BU

Biblioteca Universale Rizzoli

Maria Venturi in BUR

Addio e ritorno
Un'altra storia
L'amante è finita
L'amore s'impara
L'amore stretto
Caro amore
Chi perdona ha vinto
Il cielo non cade mai
Da quando mi lasciasti
La donna per legare il sole
Incantesimo
In punta di cuore
Mia per sempre
La moglie addosso
La moglie nella cornice
Il nuovo incantesimo
Il rumore dei ricordi
Storia d'amore
La storia spezzata

MARIA VENTURI

Incantesimo

BUR

NARRATIVA

ISBN 88-17-12824-4

Prima edizione Superbur Narrativa: gennaio 2002
Nona edizione BUR Narrativa: aprile 2006

NOTA DELL'AUTRICE

Esiste una grande differenza tra scrivere un romanzo e scrivere una fiction televisiva: lo dico con cognizione di causa, perché da oltre quindici anni faccio entrambe le cose. Il romanzo nasce da un lavoro solitario e l'autore costruisce liberamente le trame, i personaggi, i dialoghi. La fiction, invece, è un'opera di gruppo: l'idea motrice e il suo ampliamento passano allo story editor e agli sceneggiatori: a loro tocca trasformare la scrittura in dialogo, ambientazione, azione, susseguirsi di eventi. A questo punto subentrano i responsabili del "prodotto" che, su incarico della rete emittente, identificano gli eventuali punti deboli, suggeriscono le opportune correzioni, talvolta impongono alcuni ribaltamenti.

Ma le differenze non finiscono qui. Un romanzo può essere costruito su una trama scontata, come la crisi di un matrimonio o le insidie di una passione, e avere come punto di forza la psicologia dei personaggi, le analisi, il messaggio sommerso. Un'opera televisiva deve invece basarsi su una trama "forte" e densa di accadimenti, e ai protagonisti non è concesso fermarsi a pensare: essi sono sempre al centro di una azione o di un evento e i loro sentimenti, le loro riflessioni non possono essere descritti, ma debbono emergere da ciò che fanno. I telespettatori non leggono, guardano.

Quasi tutti i miei romanzi sono stati trasformati in fiction televisiva, cosa che ha comportato agli sceneggiatori la necessità di aggiungere eventi, colpi di scena, personaggi secondari. Con *Incantesimo* per la prima volta ho trasformato un mio soggetto televisivo in romanzo e liberamente, da sola, ho dovuto compiere il procedimento contrario: descrivere ciò che in TV si vede, privilegiare la riflessione rispetto all'azione, raccontare i risvolti e i motivi di un colpo di scena, focalizzare le trame sui due "eroi" portanti, Marco e Caterina.

Basandomi sul soggetto televisivo originale, ho reintrodotto nel romanzo situazioni e fatti che si erano via via perduti in fase di sceneggiatura o di revisioni e ne ho creati di nuovi. Ma, allo stesso tempo, ho cercato di mantenermi fedele all'ossatura della fiction (il cui successo è dovuto anche alla bravura dello story editor Gianfranco Clerici e del suo gruppo di sceneggiatori). Ne è risultato il mio primo *romanzo televisivo*: una lettura inedita per chi non sta seguendo le puntate in onda su Raiuno, e un modo per continuare "l'incantesimo" per quelli che ne sono, invece, appassionati spettatori.

Incantesimo

A mia madre,
che è stata e resta
la prima fan di *Incantesimo*

I

Caterina scese dall'autobus una fermata prima, sperando che un tratto di strada a piedi la aiutasse a scaricare la tensione d'una notte insonne. L'appuntamento con Giuseppe Ansaldi era per le nove, e mancava oltre mezz'ora. Ho bisogno di questo posto e devo farcela, si disse dirigendosi verso la Life. Devo smetterla di fare la disfattista, si corresse.

Ansaldi era il direttore amministrativo della clinica, non un anonimo dipendente: e lui stesso, il pomeriggio prima, le aveva telefonato per confermarle quel loro colloquio di lavoro precisando che si trattava di una formalità. La Life doveva assumere tre infermiere, e lei aveva tutte le carte in regola per essere tra queste: il diploma ottenuto col massimo punteggio, il corso di ferrista, l'iscrizione al quarto anno di Medicina.

Persino la mancanza di un requisito importante come l'esperienza di un precedente lavoro si era rivelata una nota a suo favore.

Per poter frequentare l'università si era dovuta adattare a occupazioni saltuarie e prevalentemente serali, come prendersi cura di bambini e di anziani, vegliare delle persone ammalate. Ansaldi era stato molto colpito da questo particolare.

A presentarla a lui era stata proprio la figlia di una ottantenne che aveva assistito per un mese, caldeggiando la sua assunzione e descrivendola come un personaggio dei romanzi di Cronin: la giovane infermiera tutta volontà, calore umano e spirito di sacrificio.

Sotto con l'aureola, si irrise Caterina accelerando il passo. Perché si voleva così male? Lei *meritava* quel posto perché la sua vita era stata davvero un corpo a corpo con il dolore e il sacrificio e questo l'aveva resa sensibile alle sofferenze altrui. Soltanto la volontà, che negli ultimi due anni le aveva dato una forza quasi sovrumana, d'un tratto era venuta meno facendola crollare anche fisicamente.

Era stanca, stanca, stanca. Lavorare alla Life significava sì disertare le lezioni e rimandare a tempo indeterminato la laurea, ma anche poter contare su uno stipendio fisso e avere degli orari regolari. Passare una serata a casa, rilassarsi davanti al televisore, infilare un pigiama e dormire per tutta la notte... Da quanto tempo non lo faceva?

Signore, fa' che Ansaldi mi assuma, si ritrovò a implorare. Ma dubitò che Dio stesse ad ascoltarla. Qualche volta aveva dubitato addirittura della sua esistenza. Scacciò quei cattivi pensieri con l'oscura paura di essere punita. Doveva aiutarsi da sola e avere più fiducia in se stessa: era una brava infermiera e aspettava solamente di poterlo dimostrare.

Passando davanti a una vetrina vi si specchiò automaticamente: tutto a posto. Quella mattina, all'ultimo momento, si era sfilata jeans e maglietta, la sua tenuta abituale, per indossare un tailleur grigio con una camicetta di seta bianca. La Life era una clinica di lusso, e aveva fatto bene a scegliere un abbigliamento più consono. Si rammaricò soltanto di non essere andata dal parrucchiere per farsi accorciare i capelli: così neri e diritti, e lavati in casa, le davano un'aria da zingara.

Al diavolo, non si stava presentando a un concorso per miss Eleganza. Ansaldi stesso, dando evidentemente per scontata la sua assunzione, le aveva spiegato che l'ottima fama della Life non dipendeva soltanto dalle strutture d'avanguardia e dal personale medico altamente qualificato, ma anche dal modo rispettoso e umano con cui i pazienti venivano trattati. A una infermiera si potevano perdonare una distrazione o un ritardo, ma non un comportamento impaziente o sgarbato.

Caterina era certa che nessuno avrebbe dovuto mai rimproverarle questo, ma sia il buon carattere sia la professionalità erano requisiti virtuali dei quali poteva dare prova solamente lavorando.

E se Ansaldi non l'avesse assunta? Se il professor Olivares, direttore sanitario nonché maggiore azionista della clinica, avesse deciso di scegliere personalmente le tre infermiere da inserire nell'organico?

Basta con il disfattismo, Caterina si impose nuovamente. Girato l'angolo, scorse davanti a sé la Life. Era un moderno edificio di quattro piani costruito su tre ali e immerso nel verde di un grande parco. Una siepe di azalee e rododendri separava il vialetto pedonale dalla strada asfaltata riservata alle auto e alle ambulanze.

Caterina stava percorrendo gli ultimi metri del vialetto quando vide una BMW metallizzata fermarsi davanti all'ingresso della clinica. Ne scese un giovane uomo vestito di grigio, con una valigetta in mano.

Se lo ritrovò accanto nel momento in cui la porta automatica si spalancò davanti a lei. Istintivamente fece un passo indietro, per dargli la precedenza, ma il giovanotto le fece cenno di passare. Aveva i modi bruschi e il volto severo, come accigliato.

Ma una volta che furono dentro la precedette senza esitare verso il bancone a ferro di cavallo del ricevimento. «Sono Marco Oberon e ho un appuntamento con Olivares» disse all'addetta.

Caterina, sorpresa, vide la donna scattare in piedi

come un soldatino. «Il professore è ancora in sala operatoria, e mi ha detto di accompagnarla nell'ufficio della signora Nardi.»

Marco Oberon, Caterina pensò seguendoli con lo sguardo mentre si allontanavano... I giornali avevano parlato di lui, *l'enfant prodige* della chirurgia plastica che gli azionisti avevano chiamato dal Brasile per sostituire Barbara Nardi. In quell'ultimo anno la Life era stata presa d'assalto da cronisti e telecamere come un set cinematografico: le vicissitudini, gli scandali e i colpi di scena che si erano susseguiti nella clinica per miliardari avevano appassionato l'opinione pubblica e dato a Barbara Nardi una popolarità da diva.

Quante lotte, quante perdite prima di lasciare l'Italia e la clinica con Thomas Berger. Il loro "impossibile" amore era ancora lontano dal lieto fine, perché restava l'ultimo nemico da abbattere: il cancro che l'aveva colpita...

Stranamente, Caterina non era mai riuscita a provare pena per la giovane dottoressa. Tutte le sue battaglie si erano svolte nel superbo scenario di case da sogno e sotto l'ala protettrice di una famiglia amorosa, ed era proprio questo a fare la differenza tra loro. Lei è diventata un'eroina e io sto ancora scappando dal mio passato, pensò con amarezza... Solo le disgrazie dei ricchi hanno la dignità della tragedia, per i poveracci come me c'è solo lo squallore della cronaca nera.

«Posso esserle utile?» le chiese la donna che poco prima si era allontanata con Marco Oberon.

Caterina, richiamata bruscamente alla realtà, ebbe un sobbalzo. «No... Cioè, sì. Ho un appuntamento con Giuseppe Ansaldi. Mi sa dire dove posso...?»

«Non è ancora arrivato» la donna la interruppe. Le indicò un salottino poco distante. «Può sedersi lì. Chi devo annunciare?»

«Caterina Masi.» Pronunciò il suo cognome con la

certezza di non suscitare alcuna reazione. Erano trascorsi ormai otto anni da quando suo padre aveva ucciso sua madre con un coltellaccio da cucina.

Sedici colpi inflitti bestialmente. Il solito "fattaccio di sangue" sparito dalle prime pagine e dalla memoria dopo aver consumato la doverosa indignazione della gente. Forse qualcuno ricordava i particolari più agghiaccianti: era stata la figlia quindicenne, testimone oculare del feroce omicidio, a far condannare il padre. Quella ragazzina ero io, Caterina ricordò col cuore stretto.

L'avvocato difensore si era scagliato contro di lei rivelando che era la figlia adottiva della coppia e additandola alla pubblica disapprovazione come una adolescente "visionaria e ingrata". Forse qualcuno ricordava genericamente anche questo intrigante risvolto del processo, ma non certo il suo cognome e il suo volto.

«Il ragionier Ansaldi non dovrebbe tardare. Lo aspetti pure lì» la donna ripeté indicandole nuovamente il salottino e scrutandola con aria perplessa.

Caterina si accorse che da un paio di minuti, persa nei suoi pensieri, se ne stava impalata davanti a lei.

Arrossì imbarazzata. «Grazie, è molto gentile.»

Si era appena seduta quando, all'improvviso, tutte le luci si spensero. Dietro le vetrate gli alberi schermavano il chiarore del giorno e nell'atrio calò una rilassante penombra. Caterina socchiuse gli occhi e cercò di concentrarsi sull'incontro con Ansaldi. Ma quella pace fu brevissima: nel volgere di pochi minuti accadde il finimondo: telefoni che squillavano, persone che chiedevano aiuto dagli ascensori bloccati, infermieri che attraversavano l'atrio correndo. Un medico irruppe verso il bancone del ricevimento come una furia: le sale operatorie erano rimaste al buio e con le apparecchiature spente, che cazzo era successo al gruppo elettrogeno? Perché non era ancora partito?

Caterina scattò istintivamente in piedi, realizzando la gravità di quell'incidente. Si guardò attorno chiedendosi che cosa poteva fare. Nulla, purtroppo… La luce tornò all'improvviso, come se n'era andata, e in quello stesso momento vide una giovane donna varcare di corsa l'ingresso della Life. Teneva fra le braccia una bambina sui quattro anni che abbassava e sollevava la testa disordinatamente, come se le mancasse il respiro.

Un'infermiera le attraversò la strada e la donna le gridò: «Mi aiuti, mia figlia ha inghiottito un…».

«La metta a testa in giù» l'infermiera rispose proseguendo.

«L'ho già fatto!» La donna corse verso un uomo col camice bianco: «Dottore, si fermi, mia figlia non respira!».

«Sono un inserviente, deve cercare un medico.»

Dopo aver assistito al quinto tentativo di farsi ascoltare da qualcuno, Caterina si avvicinò reprimendo a stento un moto d'indignazione. Era questa la decantata umanità del personale della Life? La piccola aveva smesso di divincolarsi e un flebile rantolo le raschiava la gola.

«Che cosa è successo?» chiese.

«Ha inghiottito un confetto… Eravamo ai giardinetti qui accanto e sono corsa alla Life. Signorina, mi aiuti, mia figlia sta morendo!»

Caterina afferrò per un braccio una giovane donna che stava passando. Vera Medici, lesse sul tesserino di riconoscimento che portava sul risvolto del tailleur. «Questa bambina ha bisogno di un medico, subito.»

«Portatela al pronto soccorso dell'ospedale più vicino.»

«Sua madre l'ha fatto! L'ha portata qui!» Caterina protestò.

«C'è stata un'emergenza e in questo momento i medici hanno altro da fare.»

«È un'emergenza anche questa! Non lo vede? La bambina sta diventando cianotica.»

«Mi lasci andare» Vera Medici la interruppe allontanandosi e senza degnarla di un'occhiata.

«Io li denuncio tutti!» gridò la madre in preda al panico. La bambina aveva adesso la piccola bocca spalancata, in una immobilità di morte.

Caterina la strappò dalle braccia della madre. «Venga con me» disse di getto, senza in realtà sapere dove andare e che cosa fare... Ancora pochi minuti, e la piccola sarebbe morta davvero. Si guardò intorno disperata. «Mi segua» ripeté. Aveva visto una freccia che indicava un ambulatorio di pronto soccorso e vi si diresse correndo nella speranza di trovarvi almeno un medico di guardia. Ma la stanza era deserta.

La donna si torse le mani. «Mio Dio, e adesso che cosa facciamo?» singultò.

Caterina adagiò la bimba sul lettino. «Una tracheotomia» rispose con voce ferma avvicinandosi all'armadietto dei medicinali. Sentì la donna giungere alle sue spalle e, senza voltarsi, mentre apriva l'antina di vetro alla ricerca di un anestetico, le disse: «Mi lasci fare».

Non c'era un solo istante da perdere, neppure per spiegarle che era un'infermiera e che conosceva, sia pure teoricamente, l'intervento.

Xilocaina: riconobbe la scatola dell'anestetico e aprì in fretta il flacone. Poi tolse un bisturi dal vassoio dei ferri implorando tra sé che fosse sterile. Ormai era una lotta con i secondi. Dopo aver praticato l'anestesia, iperestese la testa della piccola e, con i polpastrelli, cercò l'angolo fra le due lamine delle cartilagini tiroidee. Poi, con un gesto deciso, praticò un'incisione verticale di due centimetri e raggiunse la trachea passando sopra l'istmo della tiroide.

Il confetto era conficcato proprio lì. Caterina divaricò i muscoli sternotiroidei e lo estrasse delicatamente. Pochi istanti dopo l'aria penetrò attraverso l'apertura con un soffio simile a un sospiro. La madre, che aveva seguito l'intervento trattenendo il fiato, come ipnotizzata, scoppiò in singhiozzi.

Caterina fece per dire qualcosa, ma la porta si aprì. Girò la testa e vide un uomo e una donna arrestarsi sulla soglia. Lui era Marco Oberon, il giovane chirurgo brasiliano che aveva incontrato poco prima all'ingresso della Life, e lei era Tilly Nardi, la matrigna di Barbara, di cui aveva visto più volte la fotografia sui giornali.

Tilly si avvicinò al lettino fissandola con un'espressione via via perplessa, sbalordita, spaventata. «Chi è lei? Che cosa sta facendo?»

«Ha appena salvato la vita di mia figlia» la donna rispose per lei.

«*Salvato?* Che cosa significa?»

Marco Oberon si avvicinò al lettino e si curvò sulla bambina. «È stata tracheotomizzata» disse rivolgendosi a Tilly.

Caterina ritrovò la voce. «Ho dovuto farlo. Aveva inghiottito un confetto e stava...»

«Ma lei chi è?» Tilly chiese con voce tremante. «Io non la conosco... Non è un medico della nostra clinica.»

«No... Solo un'infermiera. Stavo aspettando il ragionier Ansaldi per un colloquio di lavoro quando è arrivata questa signora. Sua figlia era cianotica, e nessuno...»

Marco Oberon la interruppe con violenza. «Ho capito bene? Lei, una sedicente infermiera, era qui *per caso* e si è presa l'iniziativa di eseguire un intervento chirurgico? È criminale! È pazzesco!» esplose rosso in viso.

Caterina si eresse sulle spalle. «Io *sono* un'infermiera e ero venuta qui per cercare un lavoro. Ma a questo punto è meglio che me ne vada.»

«Eh, no, ragazza cara» Oberon tuonò. «A questo punto lei deve affrontare tutte le conseguenze di quello che ha fatto.» Si rivolse a Tilly: «Chiama subito qualcuno, bisogna trasportare immediatamente la bambina in sala operatoria».

II

Erano quasi le due del pomeriggio quando la porta del salottino si aprì e un'anziana infermiera le chiese di seguirla in direzione. Per oltre quattro ore Caterina era stata lasciata in quella piccola stanza, come una reclusa, e la violenza per l'ennesima ingiustizia subita aveva ormai smesso di indignarla. Non era rassegnata – non lo sarebbe stata mai –, ma pronta a pagare il prezzo di quanto aveva fatto.

L'infermiera la introdusse nel grande e luminoso studio del professor Olivares. Era un bell'uomo sulla cinquantina. Capelli castani appena brizzolati, occhi chiari e fisico da atleta, sembrava il primario di un serial televisivo. Ma la severità di quei chiari occhi, puntati su di lei, fecero svanire di colpo la sensazione di ritrovarsi in un set.

«Si sieda» Olivares le disse asciutto. Nello studio c'erano sua moglie Giovanna Medici, Tilly Nardi, Marco Oberon e Giuseppe Ansaldi: tutti con uno sguardo di raggelante disapprovazione alzato su di lei.

Quello era un processo. E Caterina ebbe la certezza che, qualunque cosa avesse detto in sua difesa, era già stata condannata senza appello.

«Si rende conto della gravità di quanto ha fatto? La bambina poteva morire» l'aggredì Olivares.

«Se non l'avessi operata, sarebbe sicuramente morta.»

Olivares avvampò. «Nella mia clinica lavorano sedici medici e quaranta infermieri che...»

«Quando è arrivata quella donna con la bambina, non c'era nemmeno una persona disponibile.»

Giovanna Medici intervenne con voce indignata: «Ma che cosa sta dicendo?».

«La verità. La bambina stava soffocando e la madre chiedeva inutilmente aiuto. Tutti andavano e venivano di corsa, senza nemmeno ascoltarla, e a quel punto non ho potuto fare a meno di agire.»

Giovanna Medici fece per ribattere qualcosa, ma Olivares la zittì con un gesto. «Il suo aiuto doveva limitarsi a cercare un dipendente della clinica» disse.

«L'ho fatto. E la risposta di una dipendente è stata di portare la bambina in un altro ospedale perché alla Life c'era una situazione di emergenza. Ma la bambina stava morendo soffocata e non c'era un istante da perdere.»

Marco Oberon intervenne duro: «Queste sono accuse tanto gravi quanto generiche… Chi sarebbe la fantomatica dipendente della clinica che si è comportata con tanta irresponsabilità?».

«Vera Medici. Ho letto il suo nome nel tesserino d'identificazione che portava sulla giacca.»

«Vera è mia figlia!» gridò Giovanna. «Non posso permetterle di coinvolgerla in questa sua…»

«Mi dispiace, ma le cose stanno così.» Caterina inspirò a fondo. «So di essermi presa una iniziativa molto grave, ma ho un diploma di infermiera e sono iscritta al quarto anno di Medicina. Anche se non avevo mai praticato una tracheotomia, l'ho vista eseguire molte volte in sala operatoria… Pochi istanti, e avremmo perduto la bambina: se tornassi indietro, rifarei la stessa cosa.»

Guardò Olivares negli occhi. «È giusto che lei mi butti fuori da questa porta e anche che mi denunci… Ma umanamente può condannarmi? Se si fosse trovato al mio posto, avrebbe voltato la faccia per non passare dei guai?»

Giovanna Medici intervenne aspra: «Queste sono belle e patetiche parole. La verità è che lei cercava un lavoro alla Life e ha deciso di proporsi come una salvatrice, una eroina».

«Non è vero!» Caterina proruppe. «Se non mi crede, lo chieda a sua figlia Vera.»

«Lo farò io stesso» disse Olivares.

Tilly si schiarì la voce. «Sono andata poco fa a trovare la bambina... Sta bene. Il dottor Grassi ha detto che l'intervento è stato eseguito alla perfezione e dobbiamo darne atto a questa ragazza.»

Marco Oberon si alzò di scatto: «Questa ragazza ha avuto soltanto la fortuna degli irresponsabili e dei pazzi. Sta a voi decidere se denunciarla o no, ma per quanto mi riguarda voglio essere sicuro di non trovarmela mai più tra i piedi in questa clinica».

Ansaldi annuì. «Stia tranquillo. Dopo quello che è successo, l'assunzione della Masi è fuori discussione.»

Si alzò anche Caterina: «Giusto. Lei ha il mio indirizzo e sa dove farmi cercare dai carabinieri». Lanciò un'occhiata circolare: «Credo di non avere altro da aggiungere» disse dirigendosi verso la porta.

«Io sì» la fermò Olivares. «Se le cose stanno come ha raccontato, al suo posto avrei fatto la stessa cosa.»

Giovanna Medici aspettò che la ragazza fosse uscita. Poi si rivolse al marito con amarezza: «Ancora una volta ti sei schierato contro mia figlia. E per difendere una piccola bugiarda, una estranea».

Tilly guardò l'amica, imbarazzata. «Forse è meglio che vi lasciamo soli...»

«E perché? Non è un segreto per nessuno che mio marito detesta Vera.»

«Questo non è vero» Olivares puntualizzò. «Semplicemente, non riesco a fidarmi di lei.»

«Mentre ti fidi ciecamente di una ragazza che hai

visto oggi per la prima volta, dando per scontato che a mentire sia mia figlia!»

«Forse c'è stato un malinteso» interloquì Tilly. «Alla Life c'era davvero il caos, stamattina, e può darsi che Vera abbia perso la testa come tutti noi... Che non si sia accorta delle gravi condizioni in cui si trovava la bambina.»

Olivares assentì. «In ogni caso, quella Masi ha avuto del fegato.»

Marco Oberon inorridì. «Gesù, Diego, è così che vanno le cose nella tua clinica? Una anonima visitatrice entra in sala operatoria, esegue un intervento dopo aver fatto una diagnosi approssimativa, e tu quasi la applaudi?»

«Certamente no. Ma le dobbiamo dare atto di aver salvato una vita.»

«E questo chi lo dice?» urlò Giovanna. «È una diagnosi che ha fatto lei! Ed è solo lei ad affermare che non c'era un solo medico disposto a intervenire, che Vera se n'è lavata le mani.»

«Se non è vero, è verosimile: tua figlia non ha mai brillato per senso della responsabilità e buoni sentimenti.»

Giovanna fissò il marito quasi con odio. «Lo vedi? Ho torto quando dico che non la puoi sopportare?»

Fu Marco Oberon, stavolta, a sentirsi imbarazzato. «Adesso devo andare. Sono arrivato stanotte e non ho ancora disfatto le valigie.»

«Devo andare anch'io» disse Tilly, alzandosi. Non era una scusa. Suo figlio Massimo era appena uscito dalla comunità per tossicodipendenti in cui aveva trascorso otto mesi, e almeno per quei primi giorni non voleva lasciarlo troppo solo.

Tilly la scorse all'uscita della rampa: Caterina stava discendendo il vialetto pedonale lentamente, con la testa bassa, e un moto di pena le strinse il cuore. Povera ragazza anche lei. Come la raggiunse, suonò il clacson e abbassò il finestrino. «Vuoi un passaggio?» le chiese impulsivamente.

Caterina sollevò la testa. «Grazie, non si disturbi.»

Tilly si accorse che aveva gli occhi rossi di pianto e la sua pena crebbe. «Avanti, sali» insistette aprendo la portiera.

Dopo qualche istante di esitazione Caterina si avvicinò all'auto, passando attraverso due cespugli di azalee. «Davvero non deve disturbarsi» ripeté. «Fare due passi a piedi mi farà bene...»

«Ti farà meglio fare due chiacchiere con me.»

«Ho già detto tutto.»

«Non ho intenzione di farti il processo» Tilly sorrise. «Avanti, sali. E allaccia le cinture. Sono una pessima guidatrice» aggiunse mettendo in moto.

«Un bell'incidente e avrei risolto tutti i miei problemi.»

«Ma ti sembrano cose da dire?» Tilly protestò. «Adesso tu vieni a casa mia e ti calmi.»

«Perché si preoccupa per me? Io sono l'irresponsabile e la pazza che ha rischiato di mettere la Life nei guai.»

«Io non la penso affatto così. Al contrario, sono certa che col tuo intervento hai risparmiato molti guai alla Life.»

«La bambina stava morendo... E ho detto la verità anche su Vera Medici. Mi dispiace per sua madre, ma se n'è davvero lavata le mani.»

Tilly si girò brevemente verso di lei e sospirò. «Vera è fatta così. Incapace di buoni sentimenti. È come nascere con un handicap... una malformazione dell'anima.»

Caterina tacque, ma non era affatto d'accordo con

quella diagnosi. Ripensò a suo padre. Anno dopo anno l'aveva visto diventare sempre più egoista, insensibile, violento. «Quando l'ho sposato non era così» le ripeteva sua madre. Quella che Tilly riteneva una malformazione congenita era stata per suo padre una specie di lenta conquista. Abbandonando i buoni sentimenti aveva trovato la libertà assoluta: di alzare le mani, bere, usare, infierire, spadroneggiare. Quando la moglie si era ribellata, l'aveva fatta fuori. Caterina non avrebbe mai dimenticato la luce di gioia malvagia che brillava nei suoi occhi mentre, coltellata dopo coltellata, infieriva su di lei.

A lungo si era macerata nei sensi di colpa per non essere corsa a fermarlo. Ma crescendo si era pietosamente assolta. Assistere a quel massacro, dalla fessura della porta, era stato come ritrovarsi a due passi dall'inferno. Quell'uomo malvagio era il Maligno. Un terrore devastante aveva invaso ogni fibra del suo corpo impedendole di urlare, di muoversi.

Ci aveva provato. E ogni volta che nei suoi incubi notturni riviveva quella scena, si svegliava di colpo avvertendo le identiche sensazioni fisiche: la gola secca, il cuore che batteva a precipizio, le gambe paralizzate.

Devo pensare ad altro, si diceva. Ma ovunque la sua mente si soffermasse, erano ricordi di amarezza, di lotte, di solitudine. Dopo la tragedia i nonni paterni si erano rifiutati di tenerla e il tribunale minorile l'aveva affidata a una zia di sua madre, la sola parente disposta ad occuparsi di lei. Ma era una donna depressa, silenziosa, scorbutica.

A diciotto anni aveva potuto finalmente disporre del piccolo appartamento ereditato da sua madre, e i soldi ricavati dalla vendita le avevano permesso di iniziare una vita indipendente.

«Non devi arrenderti» Tilly le disse, quasi avesse letto nei suoi pensieri.

Caterina sorrise tristemente. «Non l'ho mai fatto. Ma fino a oggi sono stata sempre sconfitta.»

Sorrise anche Tilly, ma con allegria. «E allora le leggi statistiche stanno dalla tua parte. Animo, ragazzina, adesso è arrivato il momento di vincere.»

«Sono stanca, signora Nardi.»

«*Tilly.* E dammi del tu, ti prego.» Le diede un buffetto sulla gota. «Io voglio aiutarti.»

«Perché?»

«Perché sei una brava ragazza e hai bisogno di una amica.»

Gli occhi di Caterina si riempirono di lacrime. «Come fa... fai... a essere così buona?»

«Non lo sono poi tanto... Di certo, non somiglio alla mielosa descrizione che i giornali hanno fatto di me. In certe situazioni, e con alcune persone, posso diventare implacabile. Ma lasciamo perdere. Voglio farti conoscere Massimo, mio figlio. È uscito da una brutta storia di tossicodipendenza... O almeno, lo spero» confessò con semplicità.

Caterina non volle ferirla dicendole che lo sapeva. I giornali scandalistici si erano buttati anche sulle traversie del ragazzo Nardi, inviato dal giudice in una comunità dopo un tentativo di furto. E non era stato il solo dolore per Tilly: nel volgere di un anno aveva perduto il marito, l'amatissima figliastra Barbara si era ammalata di cancro, il genero si era tolto la vita e, non bastasse, aveva dovuto affrontare tutti gli scandali della Life.

D'un tratto si vergognò del proprio protagonismo vittimistico: come altrimenti definire la convinzione di sentirsi la detentrice di tutti i drammi del mondo?

Tilly aveva ripreso a parlare. «Il responsabile del centro voleva che Massimo restasse in terapia più a lungo, ma io ho preferito compiere un atto di fede nelle promesse di mio figlio. Dice che questa volta con la droga ha chiuso per sempre… Che finalmente ha visto l'orrore del baratro in cui era precipitato…»

«Ha bisogno della sua… della tua fiducia, Tilly.»

«Tutti danno la colpa di quello che è successo alla sua ragazza. Ma anche se Gabriella non mi piace e il suo cinismo mi fa paura, non posso assolvere mio figlio da colpe che sono soltanto sue. Dopo tutto quello che ha fatto, è davvero difficile dargli fiducia…»

«Sta ancora con quella ragazza?»

«Gabriella è un argomento tabù. Non lo so, ed evito di chiederglielo per paura che mi dica una bugia.» Tilly rallentò. «La mia casa è quella… E tu, hai un ragazzo?»

Caterina scosse la testa in segno di diniego. Durante il primo anno di Medicina aveva incontrato un laureando che le era apparso protettivo, serio, umano. Dopo qualche incontro, quando il loro rapporto cominciava a prendere un risvolto importante per entrambi e lui la invitò a casa per presentarle i genitori, le sembrò arrivato il momento di raccontargli tutto di sé. Lui l'aveva ascoltata con espressione assorta e compartecipe.

Non lo vide per tre giorni. Al quarto se lo ritrovò davanti confuso e a testa bassa: non se la sentiva di impegnarsi… Anche suo padre glielo aveva sconsigliato… Il suo passato gli faceva paura… Meritava un uomo più maturo, più forte di lui…

«Siamo arrivati» Tilly disse. «Guarda, c'è Massimo.»

Molti mesi più tardi Caterina, angosciata e furiosa per l'ultimo scontro con Marco Oberon, avrebbe d'un tratto ricordato quel perfetto pomeriggio di aprile nella villa dei Nardi. Perché non si era innamorata del figlio di Tilly invece di mantenersi inconsciamente e masochisticamente disponibile a una passione devastante come quella che la univa a Oberon?

Massimo le piacque subito. Era seduto in giardino, davanti a un tavolo pieno di libri, e stava prendendo degli appunti. Come la vide avvicinarsi con la madre, si alzò prontamente.

«Questa è Caterina» la presentò Tilly.

Massimo le tese la mano. «Ciao.» Gli occhi chiari la fissarono con sincero interesse e Caterina vi scorse calore, mitezza, fiducia. Capì che anche lei gli piaceva. Ma quella misteriosa alchimia che sin dai primi istanti può irresistibilmente attrarre un uomo e una donna non scattò: tra loro esplose il colpo di fulmine dell'amicizia, un rapporto d'affetto che sarebbe rimasto affetto per sempre.

«Non abbiamo ancora pranzato» disse Tilly rivolgendosi a Caterina «devi avere una gran fame anche tu.»

Tornò poco dopo con un vassoio e, addentando un tramezzino, Caterina apprezzò che non avesse fatto servire quello spuntino da un domestico. Era evidente che, da vera signora qual era, Tilly aveva voluto risparmiarle l'intimidatorietà della sua ricchezza.

In realtà non ne era affatto intimorita. Benché non avesse mai visto una residenza tanto lussuosa, se non al cinema, e per la prima volta si ritrovasse a far colazione nell'angolo di un parco fiorito, di fronte a una piscina, si sentiva rilassata e a proprio agio.

«Caterina mi ha appena raccontato quello che è successo alla Life» Massimo disse alla madre. «È assurdo che l'abbiano trattata come una criminale invece di farle un monumento! Tu sei un'azionista e puoi...»

«Non voglio imporre l'assunzione di Caterina: ti immagini quanti problemi avrebbe?»

«E allora stai a guardare senza fare nulla?»

«Certamente no. Domattina parlerò con Giovanna Medici e cercherò di farla ragionare.»

Caterina sospirò. «Lei e il nuovo chirurgo, Oberon,

erano i più accaniti contro di me. Escludo che la signora Medici si lasci convincere: sembra una donna molto determinata, molto dura.»

«È solo una corazza. Era la prima moglie di mio marito Ivano, ma tra noi c'è sempre stato un rapporto molto bello, senza alcuna gelosia: posso dire che Giovanna è la mia migliore amica. Contrariamente alle apparenze, è una donna molto umana, molto giusta. È stata dura con te perché, senza volerlo, l'hai colpita nel suo punto più debole: la figlia Vera. Il rapporto con lei è tutt'altro che felice...»

«Ma se l'ha difesa a spada tratta! Senza nemmeno lasciarmi spiegare!»

«Giovanna è piena di sensi di colpa. È difficile amare una figlia come Vera, e d'altra parte si sente responsabile per come è diventata... Ma è un discorso molto delicato.» Allungò la mano verso il secondo tramezzino: «Fino a questo momento ho parlato soltanto io. Non ti sembra arrivato il momento di raccontarmi un po' di te?».

La ragazza abbassò la testa. Dopo qualche istante la rialzò e la guardò negli occhi. «Sono Caterina Masi» disse in tono quasi truce.

Massimo scoppiò a ridere. «Ehi, la prendi proprio dall'inizio!»

Caterina tenne gli occhi fermi su Tilly. «*Masi*. Questo cognome non ti ricorda niente?»

«No... Non mi pare.»

«Otto anni fa mio padre massacrò mia madre a coltellate. Io sono l'ingrata e visionaria figlia adottiva che testimoniò contro di lui: così fui definita all'epoca.»

«Oh, Dio... Sì, adesso ricordo. Che storia terribile! Ne fui angosciata soprattutto per te. E mi chiesi a lungo che fine avessi fatto.»

«Sono sopravvissuta.»

Massimo le circondò le spalle: «Adesso ci siamo noi. Non è vero, mamma?».

«Sì, certo. Parlerò con Giovanna stasera stessa. Deve sapere che...»

«No» disse Caterina. «Ti prego, non farlo. Preferisco rimanere disoccupata che essere assunta per compassione.»

III

Due giorni dopo Caterina ricevette una telefonata dalla Life: il ragionier Ansaldi l'attendeva nel suo ufficio. L'incontro fu brevissimo e l'amministratore non fece nulla per nascondere la propria animosità.

«Dopo molte discussioni, e nonostante il mio parere contrario, il professor Olivares e la moglie hanno deciso di assumerla. Devo dirle subito che non si tratta del posto che sperava.»

«Qualunque posto mi va bene.»

«Dopo quello che è successo, non possiamo consentirle né l'accesso in sala operatoria né un contatto professionale con i pazienti. In pratica, dovrà fare l'inserviente.» Le lanciò un'occhiata. «Personalmente le sconsiglio di accettare. Con il suo diploma e il suo corso di ferrista non le sarà difficile trovare presso un'altra struttura una occupazione più qualificante.»

Ansaldi si guardò bene dal dire a Caterina ciò che Tilly le aveva anticipato: assumerla come inserviente era il compromesso che lei, Olivares e Giovanna avevano dovuto accettare per non urtare la suscettibilità di Vera e per non dare al personale della clinica l'impressione che una iniziativa formalmente esecrabile, come la tracheotomia eseguita alla bambina, fosse stata premiata. Ma si trattava di un compromesso temporaneo: entro qualche mese, Caterina avrebbe avuto le mansioni e le responsabilità per cui era qualificata.

«Preferisco la certezza di questo posto» disse a Ansaldi.

L'uomo represse a stento un moto di stizza. «Se spera in una riqualificazione o in un avanzamento, è meglio che si ricreda subito.»

Caterina si irrigidì. «Conto di laurearmi in medicina, e sicuramente non farò l'inserviente a vita.»

«Bene.» Ansaldi si alzò. «Le farò preparare il contratto.»

«La ringrazio.»

«Lo stipendio, al netto delle trattenute, è di poco superiore al milione. È sicura che le basti?»

No, non le bastava certo, e avrebbe dovuto continuare ad assistere privatamente dei malati, almeno per due notti alla settimana. Ma si guardò bene dall'umiliarsi.

«Non si preoccupi per me» rispose alzandosi, senza rendersi conto del tono involontariamente sarcastico di questa rassicurazione.

Prese servizio sei giorni dopo nel reparto del day-hospital e delle degenze brevi. Non doveva temere un imbarazzante incontro con Vera o con Marco Oberon perché entrambi lavoravano in un'altra ala della clinica.

La caposala le spiegò che i turni di lavoro delle inservienti cambiavano due volte al mese: il primo iniziava alla sei del mattino e terminava alle due del pomeriggio; il secondo iniziava alle due del pomeriggio e terminava alle dieci di sera.

Caterina cominciò con l'orario diurno. Il ritmo di lavoro era frenetico e coordinato come una catena di montaggio: insieme con l'altra inserviente del reparto doveva ordinare e ripulire la sala d'attesa, i bagni di servizio, il cucinotto e la stanza dell'infermiera di notte.

Poi cominciavano la sterilizzazione delle due sale operatorie. Alle otto preparavano le colazioni e passavano a distribuirle con il carrello. Ritirati tazze e vassoi, cambiavano la biancheria dei letti e rifacevano le stanze.

Mezzogiorno arrivava in un baleno. Ed era l'ora di apparecchiare i tavoli delle stanze per il pranzo e di servire i cibi arrivati dal centro cucina del primo piano.

Alle tre, caricata la lavastoviglie e rimesso in ordine il cucinotto, pulivano nuovamente i bagni di servizio e infine – se gli interventi della mattinata erano terminati – tornavano alle sale operatorie per una seconda sterilizzazione.

La caposala, inizialmente prevenuta nei confronti di Caterina, dovette ben presto ricredersi. E quando il professor Olivares le chiese se era soddisfatta della nuova assunta, ebbe parole di elogio sperticato: non aveva mai visto una ragazza scrupolosa, disponibile e sgobbona come la Masi. «Se è vero che ha un diploma di infermiera» la caposala commentò alla fine «per il lavoro che fa mi sembra sprecata.»

Olivares le suggerì di affidarle lei stessa qualche mansione più impegnativa.

Due settimane dopo, quando Caterina passò dal turno del mattino a quello serale, la caposala cominciò a utilizzarla per quelle incombenze che le infermiere eseguivano di malavoglia, ma erano comunque più gratificanti delle pulizie: prendere la temperatura, praticare enteroclismi, preparare i pazienti per l'intervento, accompagnarli in sala operatoria o in un altro reparto per una visita specialistica.

Una sera, quando meno se lo aspettava, Caterina si ritrovò faccia a faccia con Marco Oberon. Il chirurgo, invitato da Giovanna Medici a visitare una sua vecchia amica che era stata appena ricoverata, quando entrò nella stanza vide Caterina curva sul letto: aria attenta e assorta, teneva il polso della donna tra le dita per controllarne le pulsazioni.

«Sta meditando di eseguire un altro intervento?» Oberon chiese sarcastico.

Caterina si rialzò. «La signora ha appena avuto un capogiro. L'ho fatta sdraiare e...»

«E invece di chiamare un'infermiera o un medico ha optato per il familiare fai-da-te» l'uomo proseguì con lo stesso tono.

La paziente lo fissò senza capire. «Veramente abbiamo suonato il campanello, e nel frattempo questa gentile signorina mi stava tranquillizzando.» Come a confermare le sue parole, in quel momento un'infermiera aprì la porta della stanza.

Caterina, con un cenno di saluto alla paziente, fece per andarsene, ma Marco Oberon la raggiunse. «Credevo che lei fosse stata assunta come inserviente.»

«È così, si tranquillizzi. Se fosse arrivato in questo reparto tra un quarto d'ora, mi avrebbe trovato a vuotare le padelle dei pazienti.»

«Il suo tono mi sembra fuori posto.»

Anche il suo sarcasmo, Caterina fu lì per rispondere. Ma lei era un'inserviente e lui il chirurgo divo della Life: non poteva permettersi di perdere quel posto né di costringere Tilly a prendere nuovamente le sue difese. «Mi scusi» disse tra i denti.

«Parlerò con il professor Olivares. Non è un fatto personale: io non contesto lei, ma i suoi comportamenti.»

«È la stessa cosa.»

«No. Dentro la Life le persone diventano ruoli, regole, parti di un sistema. Non conta chi sono, ma come si comportano. Mi sono spiegato?»

«Temo che lei sia prevenuto nei miei confronti, dottor Oberon» osò Caterina.

«Invece di ammettere il suo errore, lei ha accusato di

insensibilità e inefficienza il personale della Life… E ha tentato di mettere in cattiva luce Vera Medici con la sua stessa madre. Lei non è soltanto una carrierista smaniosa di protagonismo, signorina Masi, ma anche una persona cinica e sleale.»

Prima che potesse replicare qualcosa, il chirurgo rientrò nella stanza della paziente.

L'umiliazione la aggredì come un pugno allo stomaco lasciandola stordita e incredula. Vorrei sparire, devo andarmene, come può pensare delle cose tanto orribili su di me? Il senso dell'ingiustizia la fece tornare in sé. Non si sentiva più offesa, ma indignata. Basta subire, si disse. Pensò di raccontare tutto a Tilly, ma preferì non farlo.

In quelle settimane Caterina era tornata altre due volte a villa Nardi e vi aveva trascorso anche una intera domenica. L'amicizia con Massimo si era rinsaldata e Tilly, col suo istinto da chioccia, aveva preso la ragazza sotto l'ala. La chiamava quasi ogni giorno. Per evitare che si stremasse nell'assistenza privata degli ammalati le aveva fatto affidare, con discrezione, un incarico serale che prevedeva otto ore di straordinario settimanali: aiutare la responsabile del deposito medicinali nel controllo quotidiano del carico-scarico.

La tentazione di telefonare a Tilly per raccontarle dell'ingiusta aggressione di Marco Oberon si fece più forte, ma la scacciò nuovamente. Doveva difendersi da sola. Era diritto del chirurgo ritenere spericolata e arbitraria la sua iniziativa di eseguire quella tracheotomia, ma non poteva permettere – a lui e a nessun altro – di darle della bugiarda. Doveva affrontare Vera Medici.

Rammaricandosi di non averlo fatto prima, e dandosi della vigliacca per essersi addirittura rallegrata di non incontrarla mai, decise di andare a cercarla nel suo ufficio, subito.

Vera fece ostentatamente finta di non riconoscerla, e questo accrebbe l'ira di Caterina. «Sai benissimo chi sono» sbottò dandole impulsivamente del tu. «E ricordi altrettanto bene che cosa hai detto quando ti ho chiesto aiuto per quella bambina.»

«Quale bambina?» Vera cascò dalle nuvole.

«Smettila con questi giochetti. La bambina che non hai degnato di un'occhiata e io sono stata costretta a operare.»

«Adesso ricordo. Sei tu che devi rinfrescarti la memoria: io mi fermai, capii la gravità della situazione e ti invitai a seguirmi subito al pronto soccorso.»

Caterina la guardò inorridita. «Gesù... È questo che hai raccontato a Oberon e agli altri? È incredibile...»

«È incredibile che qualcuno abbia creduto a *te*. E ti abbia assunto. Fortunatamente non tutti. Adesso, se non ti dispiace, ho da fare.»

«Non finisce qui» sibilò Caterina sbattendo la porta.

La verità era che non poteva fare niente per difendersi. Ancora una volta, non le restava che subire una ingiustizia. O dimettersi. Tornando verso il suo reparto prese in seria considerazione questa prospettiva: come aveva detto Ansaldi, con il suo diploma di infermiera e il suo corso di ferrista avrebbe potuto cercare un posto in un'altra struttura pubblica o privata.

L'hai già fatto, si disse. Decine di domande e anche un paio di colloqui finiti nel nulla, senza alcuna risposta. Fatalità? Sfortuna? Mancanza di raccomandazioni? La sola idea di ricominciare le faceva cadere le braccia. No, doveva tenersi ben cara quella occupazione alla Life.

Era tornata da mezz'ora nel suo reparto quando la caposala la raggiunse per dirle che il professor Olivares voleva parlarle e l'aspettava subito nel suo studio. Addio posto, Caterina pensò con un sospiro. Sicuramente Vera era andata a lamentarsi con il patrigno, raccontando chissà quale altra bugia e a quel punto lei non aveva più né la voglia né la forza di difendersi.

Se fino a pochi minuti prima rimanere alla Life le era sembrato il male minore, adesso persino la prospettiva di essere sfrattata e ritrovarsi a elemosinare un posto le appariva di gran lunga più sopportabile che continuare a lavorare in un covo di nemici.

La porta del professore era aperta e Caterina vi irruppe col volto in fiamme. «Mi licenzi pure. Ho avuto uno scontro con sua figlia Vera e so di non...»

«Si calmi.» Olivares le indicò la poltrona davanti a sé. «Vera è figlia di mia moglie. Ma, anche se fossi suo padre, la riterrei comunque indifendibile.»

Caterina aprì e chiuse la bocca, incapace di parlare. Che cosa stava accadendo? Fissò il professore con aria interrogativa.

Olivares non volle tenerla in ansia. «La gravità di quanto è accaduto quella sciagurata mattina alla Life è stata oggetto di una indagine interna. Non abbiamo interrogato soltanto la madre della bambina, ma anche il personale e alcuni pazienti che si trovavano nell'atrio del ricevimento. Lei ha purtroppo detto la verità affermando che tutte le richieste di aiuto sono cadute nel vuoto: compresa quella fatta alla mia figliastra. E il dottor Grassi, che ha visitato la tracheotomizzata, ha confermato la sua versione dei fatti: senza il suo intervento, peraltro ben eseguito, la bambina sarebbe sicuramente morta.»

Olivares le rivolse un breve sorriso. «Spero che l'emergenza non si ripeta e che lei non debba più operare fino alla laurea in Medicina. Nel frattempo verrà in sala con me. La mia ferrista è andata in pensione e lei la sostituirà.»

«Io non le ho chiesto niente!» Caterina abbassò il tono della voce. «Mi basta che la verità sia venuta fuori. Io non sono né un'esaltata né un'incosciente, professore.»

«E io non l'ho mai pensato. Adesso che lo sanno anche gli altri, ritengo che tu abbia diritto al ruolo che ti compete. Ansaldi sta preparandoti un nuovo contratto, da infermiera, e da domattina ti trasferirai nel mio reparto.»

Senza accorgersene era passato al tu, e Caterina ne provò una gioia spropositata. D'un tratto si sentiva protetta, rassicurata come una bambina. La bambina che non era mai stata...

Ma non era quello il momento per i brutti pensieri. «Non so come ringraziarla» esclamò. «Questa è la cosa più bella che mi sia mai capitata!»

«Aspetta a dirlo. Nel mio reparto non esistono orari e quando opero io sono implacabilmente esigente. A quanto dicono le infermiere, Oberon non è da meno.»

«Dovrò lavorare anche con lui?» Caterina chiese quasi spaventata.

«Non in sala operatoria. Ma ti capiterà di seguire anche i suoi pazienti durante la loro degenza alla Life.»

«E il dottor Oberon è d'accordo?»

«Non ci sono problemi.»

Il problema c'era, eccome, ma il professore non ritenne opportuno parlarne con Caterina. Sua moglie Giovanna era stata la prima persona a cui aveva annunciato la decisione di riabilitare e trasferire la Masi. La sua reazione era stata di viva contrarietà, e questo lo aveva allo stesso tempo stupito e deluso perché anche lei sapeva, quanto lui, che Vera aveva mentito e che era stata commessa una grave ingiustizia nei confronti della povera ragazza.

Quando glielo aveva fatto osservare, il disappunto era sfociato in irragionevole crisi di stizza: esistevano molti modi per riparare a quella ingiustizia, ma lui aveva crudelmente scelto il più plateale... Non capiva che prendere con sé la ragazza equivaleva a sbugiardare e umiliare pubblicamente Vera? Non pensava che questo avrebbe creato a lei, sua madre, tensioni e complicazioni a non finire?

Alla irata risposta «ne ho abbastanza di tua figlia», Giovanna aveva abbandonato la stanza. Poco dopo era arrivato Marco Oberon: non riteneva esagerato beatificare una ragazzetta malata di protagonismo? Per quanto lo riguardava, non aveva mutato opinione nei suoi confronti: gli tenesse fuori dai piedi, e ben lontana dai suoi pazienti, quella mina vagante...

Infine era arrivato Giuseppe Ansaldi, che poco prima aveva trovato Vera sconvolta: la Masi aveva fatto irruzione nel suo ufficio urlando e minacciandola, evidentemente consapevole di essere protetta dal primario... A questo proposito, tra il personale già cominciavano a circolare strane voci... pettegolezzi spiacevoli che Vera stessa aveva orecchiato e che non gli sembrava il caso di alimentare.

Diego Olivares, paonazzo, lo aveva sbattuto fuori vincendo a fatica l'impulso di spaccargli la faccia.

«Non ci sono problemi» ripeté a Caterina.

Rimasto solo, si augurò che fosse davvero così. Quella ragazza gli suscitava un inspiegabile istinto di tenerezza e di protezione. Per qualche istante si chiese, onestamente, se le maligne insinuazioni di Vera non avessero mirato dritto alla verità, scorgendo nel profondo del suo cuore un sentimento di cui non era ancora consapevole. Onestamente si rispose di no.

L'unica donna che amava era sua moglie. Continuava ad amarla nonostante le tensioni e l'animosità che stavano avvelenando il loro rapporto. Caterina non c'entrava. Per lei provava un affetto... *paterno*, addirittura più profondo di quello che lo aveva legato a Barbara. Arrivò a questa conclusione con sbalordimento, e subito lo prese una vaga malinconia. Gli dispiaceva di non avere avuto dei figli. E gli dispiaceva, soprattutto, di non essere riuscito ad affezionarsi a Vera. Il nodo di tutti i problemi con Giovanna era lì, e sua moglie continuava ad accusarlo rifiutandosi di scorgere l'amarissima verità: neppure lei riusciva a volerle bene. Ma sarebbe stato crudele aprirle gli occhi. Accusando il marito, Giovanna sfogava l'aggressività contro se stessa. E assistere al degrado del loro bellissimo rapporto era la punizione che inconsciamente si infliggeva.

Sono esausto, Diego pensò. Sfilò il camice, spense le luci e uscì dallo studio.

IV

Quando ricevette il secondo stipendio, Caterina decise di acquistare a rate una macchina usata. Tilly inutilmente insistette per farle accettare un prestito e convincerla che un'auto nuova era, in ogni senso, più affidabile.

Di fronte al gentile, ma irremovibile rifiuto, Massimo si offese. «Se ci considerassi davvero la tua famiglia non faresti tante storie! Permetteresti addirittura a mia madre di regalartela, come ha fatto con mia sorella Barbara!»

Caterina si rivolse a Tilly: «Il mio non è orgoglio, lo capisci? È che voglio farcela da sola, dimostrare a me stessa che ne sono capace... Barbara ha combattuto molte lotte, ma non quella per conquistarsi l'autostima».

«Capisco benissimo» disse Tilly.

Massimo sorrise storto. «Autostima permettendo, posso almeno accompagnarti con un mio amico meccanico, per dare un'occhiata al motore? Oppure consideri più stimolante farti rifilare un catorcio?»

«Devo ridere?»

«No, devi rispondere.»

«Con la cifra di cui dispongo, posso permettermi *soltanto* un catorcio. E la vostra consulenza sarebbe sprecata.»

«Rischi di restare a piedi! E tra un anno al massimo dovrai comprare un'altra macchina.»

«Tra un anno sarò benestante» scherzò Caterina. «E intanto spero che la fortuna continui a assistermi!»

Né la ostentata avversione di Marco Oberon, né le frecciatine di Vera, né i modi freddi di Giovanna Medici riuscivano a turbare la serenità di Caterina.

Da quando aveva cominciato a lavorare nel reparto di Olivares le sembrava di vivere in una specie di stato di grazia. Non era mai stanca: alla sera, quando tornava a casa, si stupiva lei stessa di avere ancora la forza di prepararsi agli esami. La gratitudine per il professore era una specie di droga: la volontà, l'energia, l'efficienza, la concentrazione derivavano dal desiderio di dimostrargli che la sua fiducia era stata ben riposta. Desiderava con tutta se stessa la sua approvazione, perché lo riteneva un chirurgo eccezionale e un essere umano straordinario.

Superato l'iniziale timore, aveva cominciato a seguire i suoi interventi con interesse e concentrazione: adesso conosceva i suoi gesti, preveniva le sue richieste, captava al volo i suoi stati d'animo. Al termine delle operazioni più impegnative, Olivares si soffermava a spiegarle quali erano stati i rischi, quali i momenti critici e quali gli imprevisti, affinché capisse in che modo era riuscito a neutralizzarli.

Lui stesso chiese alla caposala che la Masi, nell'alternanza dei turni di lavoro, facesse sempre quello diurno. In sala operatoria gli era diventata preziosa, e ogni mattina voleva trovarla alla Life. Non si trattava certo di un trattamento di favore per risparmiarle della fatica. Il turno di notte consentiva a Caterina di avere la giornata successiva tutta per sé, e di regola non contemplava i ritmi frenetici di quello diurno. Portava con sé i libri e tra un giro di controllo e l'altro, una chiamata e l'altra, riusciva anche a studiare.

La richiesta di Olivares inorgoglì Caterina, ma peggiorò decisamente la sua qualità di vita. Arrivava alla Life alle sei del mattino e molte volte le capitava di restarvi fino alle dieci di sera: sedici ore di corse, tensioni, coinvolgimento stressante. «Roba da sommossa sindacale» scherzava Massimo. Di certo, nessun collega poteva obiettivamente invidiarla.

Ma Vera, che per tre mesi aveva assistito con frustrazione e impotenza ai successi di Caterina, ebbe la prima occasione per passare al contrattacco. Un commento qui, una insinuazione là, e riuscì a fare circolare tra i corridoi il subdolo messaggio: la Masi era la grande protetta del primario e ormai dettava legge. Si era rifiutata persino di fare i turni di notte...

Fu Marco Oberon a raccogliere le prime lamentele delle infermiere e a captare il clima di antagonismo e di scontento che si stava creando nel reparto. Irritato e preoccupato affrontò Olivares spiegandogli quello che stava succedendo. Olivares gli rispose che non poteva rinunciare alla collaborazione della sua ferrista per dei malcontenti da asilo infantile.

Ma l'intervento di Ansaldi lo costrinse a cambiare idea: come direttore amministrativo della Life, gli disse, doveva segnalargli che la Masi faceva mediamente sei ore di straordinario ogni giorno e questo, sindacalmente, avrebbe potuto creare non pochi problemi. Più che da questa eventualità, il professore fu colpito dall'impegno di Caterina: come aveva potuto non accorgersi del massacrante tour de force a cui l'aveva costretta?

In agosto Caterina riprese i turni della notte ed ebbe di nuovo il tempo per preparare gli esami, fare qualche spesa, dare una riordinata al suo monolocale. Dopo un luglio piovoso, era esplosa un'afa implacabile e quasi tutti i pomeriggi andava a villa Nardi.

Era come trovarsi in vacanza: studiava con Massimo sotto la verde tettoia di un gazebo e di tanto in tanto andavano a fare una nuotata in piscina. Tilly era felice della loro amicizia e dell'impegno che il figlio dimostrava dopo aver ripreso la facoltà di Medicina: negli ultimi cinque mesi aveva fatto ben tre esami e sembrava intenzionato a recuperare tutto il tempo perduto.

Una sera, dopo aver accompagnato Caterina in clinica (l'amato "catorcio" l'aveva tradita), Massimo si imbatté in Marco Oberon. Il chirurgo stava entrando alla Life e, inaspettatamente, si fermò a salutarlo. Gli chiese come stava, che cosa faceva, come procedevano i suoi studi.

Massimo si ritrovò a parlargli con naturalezza. E la sua sorpresa arrivò al massimo quando, nel congedarlo, Oberon lo invitò a trascorrere qualche mattinata nel suo reparto. «Puoi seguirmi nei giri di visite e anche entrare in sala operatoria. Un po' di pratica può esserti di aiuto.»

Massimo lo raccontò subito a Caterina, e lei ebbe una reazione scettica. «Dove sta l'inganno?» scherzò.

«Non capisco che cosa vuoi dire.»

«E io non capisco che cosa c'è dietro il raptus di disponibilità da parte di una persona arrogante e scorbutica come Oberon superstar.»

«Deve essere solo apparenza. Con me è stato gentilissimo.»

«Forse perché tu e tua madre siete azionisti della Life. Quando incontra me, nemmeno mi saluta. È come se non esistessi.»

«Sei stata imposta da Olivares, che notoriamente ti considera la sua cocca. È comprensibile.»

«Sei uno stronzo.»

Tre giorni dopo Massimo si scusò e la loro amicizia riprese.

Una sera, sul finire di settembre, accadde qualcosa di determinante. Come sempre, tutto avvenne per quel concomitare di eventi insospettabili, con i segni della quotidianità, che il caso invece sapientemente provoca per perseguire i suoi disegni generosi oppure crudeli.

Come sempre avviene nelle strutture ospedaliere, anche quella sera al pronto soccorso della Life arrivò un'ambulanza con una persona urgentemente bisognosa di cure. Come una volta al mese regolarmente avveniva, anche quella sera Marco Oberon era in clinica per il servizio di guardia notturna. Tutto normale, scontato. Ma il caso, nel volgere di un quarto d'ora, mise in moto la catena dell'eccezionalità: l'anziana donna arrivata al pronto soccorso, come Oberon diagnosticò, andava immediatamente sottoposta a un intervento di appendicectomia; la sua ferrista ebbe un improvviso attacco di asma; l'infermiera chiamata in sua sostituzione aveva chiesto il permesso per andare a casa un'ora prima. Caterina invece si trovava ancora nel reparto perché Massimo, che doveva andare a prenderla per mangiare una pizza insieme, era rimasto bloccato dal traffico.

La caposala la fermò per tempo, un istante prima che salisse sull'ascensore. «C'è un'emergenza, devi raggiungere subito in sala operatoria il dottor Oberon.»

«Non c'è la...»

«Ci sei solo tu. Sbrigati, per favore.»

Oberon ebbe un moto di sorpresa nel ritrovarsela di fronte ma, dando prova di un ottimo autocontrollo, non fece alcun commento. «Appendicite acuta» la informò lapidario.

Caterina si comportò a sua volta come se da sempre lavorasse con lui. Avvicinatasi al lettino, notò che la donna non era ancora stata preparata per l'intervento.

Dopo averle rasato i peli del pube e disinfettato il campo operatorio, si avvicinò al lavandino e infilò mani e braccia sotto il getto dell'acqua. Poi indossò mascherina e guanti. L'anestesista era arrivato e l'operazione poté cominciare.

Caterina passò via via a Oberon bisturi, divaricatore, pinze Klammer, forbici. Si trattava di un intervento di routine che ormai conosceva a memoria, tuttavia non poté fare a meno di notare l'abilità e la sicurezza con cui Oberon eseguiva i familiari gesti: incidere i muscoli retti dell'addome, esteriorizzare il cieco, evidenziare il mesentere. Stava per allacciarlo, quando si bloccò. Caterina scorse un barlume di disappunto nei suoi occhi attenti. Sporse in avanti la testa e capì al volo: l'appendice si presentava in posizione anormale ed era più difficile portarla all'esterno. Prima ancora che Oberon glielo chiedesse, gli porse nuovamente il bisturi per allargare l'incisione addominale e consentirgli di isolare e poi legare l'appendice. Oberon prese il bisturi lanciandole una breve occhiata di sorpresa.

A operazione finita, le rivolse un asciutto «grazie» e si allontanò in gran fretta.

Caterina aspettò che l'operata si risvegliasse dall'anestesia. Poi, aiutata dal barelliere, la portò nella stanza. Guardò l'orologio e ricordò d'un tratto l'appuntamento con Massimo: erano le undici, e sicuramente se n'era andato.

Sbagliava: la stava ancora aspettando nella sala d'attesa, seduto accanto a un ragazzo coi lunghi capelli fermati da un elastico e la barbetta incolta. Dove l'aveva già visto? Massimo glielo presentò. «È Mike, un mio vecchio amico. La sua ragazza è ricoverata in questo reparto e lui è venuto a trovarla.»

Il giorno dopo, quando Caterina tornò alla Life, la caposala le disse che la ferrista di Oberon era in malattia e sarebbe toccato a lei assisterlo durante un intervento fissato per l'indomani mattina.

«Il dottor Oberon lo sa?» Caterina domandò sorpresa.

«Me lo ha chiesto lui. A quanto pare ieri sera è rimasto soddisfatto di te e ha smesso di farti la guerra.»

Era la prima volta che la caposala parlava, e per di più tanto esplicitamente, del difficile rapporto con il chirurgo brasiliano, e Caterina si diede dell'ingenua per aver creduto che nessuno se ne fosse accorto.

«Va bene» si limitò a dire. «Domattina sarò qui alle sei.»

«Puntuale, eh?» si raccomandò la caposala.

«Certo.» Per mettersi al riparo da ogni rischio, decise che avrebbe chiamato un taxi.

Anche se Marco Oberon continuava a comportarsi con distacco, la sua richiesta era un segnale di disgelo, e Caterina non disperava che ne seguissero altri. D'un tratto si accorgeva che la silenziosa guerra di Oberon l'aveva estenuata, costringendola a seppellire nell'inconscio la tensione e la frustrazione che ogni giorno le provocava.

Ma il caso intervenne di nuovo: i suoi disegni erano altri, e per raddrizzare il normale evolversi degli eventi sfoderò l'attacco grandioso.

Alle sei del pomeriggio Tilly arrivò nel reparto di Caterina. Aveva il viso sconvolto e gli occhi rossi. «Massimo è nei guai» le disse. «Se non fosse mio figlio, Olivares lo avrebbe già denunciato...» Scoppiò in singhiozzi.

Caterina la abbracciò, preoccupata e incredula. «Calmati... Massimo non può avere fatto niente di...»

«Dal deposito dei medicinali è sparita della roba. Morfina, oppiacei... Se n'è accorta Vera, stamattina...»

«Va' avanti» Caterina disse accigliandosi. «Che cosa c'entra Massimo?»

«Secondo Vera, il furto è avvenuto ieri sera tra le otto e le dieci. E Massimo a quell'ora era alla Life.»

«Come un altro centinaio di persone! Medici, infermieri, pazienti, visitatori!»

«Massimo è un ex tossicodipendente.»

«E che cosa vuol dire?»

«Che è inaffidabile, irrecuperabile, bugiardo, ladro...» Tilly singultò.

«Non lo penserai davvero!»

«Io no... Ma è questo che la gente pensa di ragazzi come Massimo.»

«Escludo che Olivares possa essere così prevenuto.»

«Io stessa ho il terrore che a rubare quella roba sia stato mio figlio» Tilly confessò. «Come posso pretendere che non sia sospettato? Vera e Ansaldi stanno facendo delle indagini... Se entro domattina non si approderà a nulla, sono obbligati a denunciare la sparizione di quella roba.»

«Ieri sera Massimo è venuto alla Life per prendere me. Io ero in sala operatoria con Oberon e mi ha aspettato nel reparto.»

«È quello che sta ripetendo da tre ore, nello studio di Diego... Ma non può provare di non essersi mai mosso dalla sala d'attesa. Io sono venuta da te per sapere se per caso hai visto qualcosa... Magari sei uscita dalla sala operatoria per dirgli che tardavi, e lui era seduto...»

Mike. Aveva visto lui, il ragazzo col codino che Massimo le aveva presentato come "vecchio amico"... Quella sera e due mattine prima, mentre gironzolava nel reparto.

Il ricordo fu come una folgorazione. «Forse qualcosa ho visto» disse con la voce eccitata. «Anzi, *qualcuno*. Di' a Massimo di raggiungermi qui appena può.»

Mike aveva mentito. Con l'aiuto della caposala, Caterina controllò l'elenco di tutti i pazienti del reparto e insieme, con discrezione, fecero anche un giro delle stanze: in quei giorni la ricoverata più giovane aveva quarantacinque anni e nessuno aveva mai sentito nominare quel Mike...

Massimo la raggiunse alle otto di sera, e Caterina quasi lo aggredì. «Chi è l'amico che mi hai presentato ieri sera? Che cosa fa? Perché era qui?»

«È uno che spacciava e si faceva. Ma adesso è pulito. L'hai sentito anche tu, no? Era alla Life per visitare la sua ragazza.»

«Balle.» Caterina gli riferì brevemente del controllo che lei e la caposala avevano fatto nel reparto e concluse: «Dobbiamo andare a cercarlo, subito. Ti ricordi dove abita?».

Massimo scosse stancamente la testa. «Non voglio mettere di mezzo quel ragazzo.»

«Preferisci spezzare il cuore di tua madre? Pagare per un furto che non hai commesso? Distruggere il tuo avvenire? Io non ti chiedo di andare a denunciare quel Mike, ma solo di parlargli. Ci deve spiegare la vera ragione per cui era alla Life e perché si è inventato la balla della fidanzata.»

«Abita... abitava vicino a Cinecittà. Però io e Gabriella lo cercavamo in un bar della zona. Era il posto dove tutti i tossici andavano a cercarlo.»

«Sai ritrovarlo, questo bar?»

Massimo abbozzò un sorriso malinconico. «Un anno fa era casa mia.»

«E allora andiamoci. Senza perdere un minuto.»

Massimo esitò. «Non concluderemo niente. Mike ieri sera mi ha detto che è uscito dal giro, che è pulito.»

Caterina lo afferrò per un braccio, spazientita. «Quando sarai grande, ti spiegherò che Babbo Natale non esiste. Intanto fidati di me. Hai qui la macchina?»

«No, sono venuto con mia madre.»
«Andremo con la mia. Hai preso almeno il cellulare?»
Massimo si passò le mani sui fianchi. «Sì, è in tasca. Ma che cosa vuoi fare?»
«Te l'ho detto, fidati di me.»

Erano le tre del mattino quando riuscirono finalmente ad arrivare davanti alla nuova casa di Mike. Per tutte quelle ore era stata come una sinistra caccia al tesoro: un continuo spostarsi da una zona all'altra, da un locale all'altro, seguendo via via indicazioni ora reticenti e talvolta fuorvianti. Una cosa era certa: Mike continuava a spacciare.

Massimo e Caterina scesero dalla macchina e lei suonò il citofono: dopo un paio di minuti udirono l'assonnato e infastidito «Chi è?» di Mike. Invece di rispondere, chiamarono col cellulare il pronto intervento.

Alle quattro tutto era finito. Durante la perquisizione i carabinieri trovarono, ancora etichettati e inscatolati, gran parte dei medicinali che erano stati rubati alla Life.

Caterina chiamò subito Tilly per dirle che tutto era andato bene. «Vieni da me! Dobbiamo festeggiare!» Tilly esplose con incontenibile gioia.

Le dispiacque rifiutare: ricordò in quel momento che all'indomani mattina alle sei avrebbe dovuto essere alla Life per assistere Oberon in sala operatoria. *All'indomani?* No, fra due ore. Giusto il tempo di andare a casa per fare una doccia, cambiarsi e bere un caffè.

V

L'intervento era molto impegnativo, come la caposala aveva preannunciato a Caterina. Si trattava di rimuovere dal cervello di una giovane donna un glioma maligno, la cui infiltrazione era profonda e mal delimitata.

Il caso continuò ad accanirsi contro Caterina: non soltanto entrò in sala operatoria deconcentrata e stanchissima, ma vi giunse con oltre mezz'ora di ritardo: il suo taxi era stato tamponato da un'altra macchina e l'autista aveva preteso l'intervento di un vigile.

Marco Oberon non fece commenti sul ritardo, ma la trapassò con un'occhiata feroce che ebbe su di lei un effetto catastrofico: colpevolizzata, intimorita e agitata, commise uno sbaglio dietro l'altro. Il solo ricordo la faceva arrossire di vergogna.

A un certo punto Oberon, fuori di sé, le gridò attraverso la mascherina: «Esca da qui! Subito!». Il suo aiuto corse fuori con lei alla ricerca di un'infermiera che la sostituisse.

La caposala, impietosita, invitò Caterina a riposare nel letto dell'infermiera di notte. Lei vi si sedette lottando contro la nausea. Le tempie pulsavano e i muscoli erano tesi come corde. A mezzogiorno Olivares la mandò a chiamare. Il suo sguardo, deluso e triste, le strinse il cuore.

«Mi dispiace» gli disse balbettando.

«Questa volta non posso davvero difenderti: è inammissibile comportarsi come hai fatto tu stamattina.»

«Lo so. La mia unica attenuante è che...»

«Non esistono *attenuanti*. In sala operatoria sono in gioco delle vite umane, e tu hai rischiato di compromettere l'intervento di Oberon.»

«Ha ragione. Qualunque cosa deciderà, ha ragione...» Caterina si torse le mani.

«Tilly mi ha raccontato quello che è accaduto stanotte...» Olivares fece una breve pausa. «È encomiabile l'impegno con cui hai aiutato un amico, ma certi slanci devono conciliarsi con la razionalità e con il senso del dovere. Il tuo dovere, stamattina, era avvertire la caposala che non eri nelle condizioni di entrare in sala operatoria.»

«Le giuro che ho pensato di farlo! Ma non volevo sembrare una assenteista, una lavativa.»

«E così ti sei comportata da irresponsabile. Dire che Oberon è fuori di sé è poco... Mi hai messo in una situazione molto imbarazzante, Caterina.»

«Dica pure che sono licenziata.»

«È quello che Oberon giustamente vorrebbe.»

«E lei no?»

«Devo riflettere. Per il momento ti chiedo di prendere qualche giorno di ferie e di restare a casa. Sei una brava ragazza e fino a stamattina sei stata anche una brava infermiera...» disse quasi a se stesso. Come pentito di quel barlume di comprensione, aggiunse in tono di distaccato commiato: «Ti farò chiamare per annunciarti le nostre decisioni».

Guardandola uscire dalla stanza, a testa bassa, si trattenne a stento dall'impulso di correrle dietro per fermarla, rassicurarla, dirle che la capiva... Accidenti a me, pensò qualche ora dopo, la capisco davvero. Ha girato attraverso strade e quartieri malfamati per provare l'innocenza di un amico, senza curarsi dei pericoli che correva. E dopo una notte insonne le è sembrato "da lavativa" assentarsi dal lavoro... Sì, questa ragazza ha cuore e fegato. Se fosse mia figlia, sarei fiero di lei. E invece per viltà e per quieto vivere sto meditando di licenziarla. Oberon l'ha detto chiaramente: o lei o me. Se non la licenzi, me ne vado. E mia moglie, montata da Vera, arriverà alla certezza che Caterina Masi è la mia amante. Questo non posso sopportarlo. Non posso mandare a puttane il mio matrimonio per salvare quella ragazza...

Come materializzata dai suoi pensieri, Giovanna entrò nello studio. Aveva una espressione turbata e grave, ma priva dell'ostilità che le era diventata abituale. «Ho avuto un lungo colloquio con Tilly» disse. «Tra un'ora verrà alla Life.»

«Per parlare della Masi, immagino. Purtroppo questa volta è indifendibile» Olivares ribatté in fretta, sperando che la sua voce avesse il tono della credibilità.

Di nuovo quell'espressione turbata. «Credo che tu debba ascoltarla. E anche Marco Oberon... Tilly vuole una riunione qui, nel tuo studio.»

«Ci sarai anche tu?»

«Sì, se lo desideri.»

«Io vorrei averti vicina sempre, lo sai» le sussurrò, pervaso da un improvviso sollievo. Forse le cose si potevano ancora aggiustare. Tutto dipendeva da Tilly Nardi.

L'esordio di Marco Oberon fu brusco e inequivocabile. «Se ci hai convocati per perorare la causa della Masi, non mi siedo neppure» disse rivolto a Tilly.

«Sono una azionista di questa clinica e te ne andrai soltanto dopo avermi ascoltato.»

Olivares sobbalzò e lanciò un'occhiata a Oberon, certo che avrebbe lasciato la stanza sbattendo la porta alle sue spalle. Fu stupito e sollevato nel vederlo invece spostare la poltrona e sedersi. Forza Tilly, continua così, la implorò tra sé.

Ma, quando riprese a parlare, dalla voce di Tilly era sparita ogni intimidatorietà. «Sapete chi è Caterina Masi?»

«Una disgraziata» disse Oberon tra i denti.

«Lo è stata, ma non nel senso che intendi tu. Caterina è la figlia di quel Masi che ammazzò la moglie a coltellate, sotto i suoi occhi. E quando testimoniò contro di lui, i giornali innocentisti la sbatterono in prima pagina, incuranti di ogni legge. Il mostro era lei, la figlia visionaria e cattiva... Fu così che Caterina apprese di essere stata adottata dai Masi. È da otto anni, quando era poco più che una bambina, che è costretta a difendersi: dalla fame, dalla solitudine, dalla curiosità, dalle accuse ingiuste...» La voce le si spezzò.

«Come sai queste cose?» Olivares chiese, terreo.

«Me le ha raccontate lei, il giorno che si presentò alla Life e fu sbattuta fuori.»

Marco Oberon sospirò. «Mi dispiace. Davvero. Ma come medico non posso cambiare la mia opinione su di lei.»

«Però puoi considerare i fatti in un'ottica diversa» gli suggerì Tilly. «Cinque mesi fa Caterina ha preferito salvare una bambina sconosciuta che lavarsene le mani per non avere guai. E stamattina si sarebbe presentata in sala operatoria sveglia e attenta se non avesse girato fino all'alba per trovare il ladro dei medicinali e scagionare mio figlio... Io trovo straordinario che Caterina sia sopravvissuta a quello che ha passato senza incattivirsi, senza perdere l'amore per il prossimo. Licenziarla dalla Life sarebbe una ingiustizia insopportabile. E anche rimandarla a fare l'inserviente.»

«Io sono d'accordo» disse Giovanna.

Olivares l'avrebbe abbracciata. «Anch'io.» Era sconvolto per il racconto di Tilly e detestava la cocciutaggine e l'insensibilità che Oberon dimostrava. Ma si accorse che anche lui era turbato.

«Sta bene» Oberon disse alzandosi. «Non voglio apparire l'orco della situazione.»

«Farò in modo che non lavori più con te» tenne a precisare Olivares.

«Questo è il minimo!»

«Un momento» disse Tilly fermandolo. «Quello che vi ho detto di Caterina deve restare qui. Non è di chiacchiere o compassione che ha bisogno.»

«Grazie» Diego disse quella sera alla moglie prendendola tra le braccia.

Giovanna non si ritrasse. «Sono stata molto ingiusta con quella povera ragazza. E anche con te. La verità è che ero gelosa... La paura di perderti mi faceva stare male.»

Il marito le accarezzò dolcemente il viso. «Stavo male anch'io.»

L'aveva conosciuta tre anni prima, quando dal Brasile si era trasferito a Roma per dirigere la clinica di cui sarebbe poi diventato il maggiore azionista rilevando le quote di Thomas Berger.

Nato in una affollata favela a ridosso dei lussuosi alberghi della costa, fin da ragazzino aveva avvertito l'ingiustizia della diversità e la violenza della miseria. Aveva due possibilità per riscattarsi: diventare un divo del pallone oppure arrivare alla laurea. Scelse quest'ultima. Una borsa di studio gli consentì di frequentare l'università, e i mille lavori a cui si adattava, di aiutare la famiglia. C'era stata qualche donna, nella sua vita, ma mai il matrimonio, un rapporto stabile, una passione. Era troppo concentrato nella volontà di riscatto per innamorarsi, e troppo responsabile per buttare nell'esistenza dei figli a cui non poteva dare nulla.

A cinquant'anni, giunto sulla vetta, aveva conosciuto Giovanna. «Sei stata il mio primo amore» le sussurrò sfiorandole le labbra. «Mi sono innamorato di te come un ragazzino...» la sua mano scese sui seni della moglie. «Sei così bella... E ti desidero da impazzire...»

«Vorrei essere ancora giovane. Perché non ti ho incontrato quando avevo vent'anni? Quanti sbagli, avrei...»

«Che cos'hai, qui?» il marito la interruppe. La carezza diventò una stretta delle dita e un roteare dei polpastrelli.

«Niente. Un piccolo nodulo, probabilmente un...»

«Da quanto tempo si è formato?»

«Non lo so. L'ho sentito l'altro giorno, mentre facevo la doccia. Quattro anni fa mi hanno già asportato una piccola cisti adiposa.»

«Domattina ti faccio dare un'occhiata da Furlan.»

«L'oncologo, addirittura... No, Furlan no. Mena gramo, non lo sopporto.»

«Allora Marco. Smettila di comportarti come una bambina capricciosa o una donnetta ignorante. Con i noduli al seno non si scherza.»

Giovanna si rabbuiò. «Lo so. L'altro giorno, quando me ne sono accorta, ho provato un grande spavento.» Tacque per qualche istante. «Poi mi sono detta: e chi se ne importa? Meglio finirla così, con un cancro, che stare a guardare l'agonia del tuo amore...»

«Sei una deficiente» tuonò Olivares. Era furioso davvero.

«Domattina, appena arrivo alla Life, vado da Oberon.»

«Se non lo fai, ti ci trascino a calci nel sedere. Perdio, Giovanna, non lo capisci che sei la cosa più importante della mia vita?»

«Ero gelosa di Caterina. Lei è tanto più giovane di me...»

«E anche di me! Potrebbe essere mia figlia. E poi, ti sembro l'uomo che perde la testa per le ragazzine? O il chirurgo assatanato che salta addosso alle infermiere?»

«Adesso l'ho capito.»

«Vera deve andarsene, dalla nostra casa e dalla Life. È lei che ti avvelena l'esistenza. Purtroppo non sopporta le persone felici, corrette, leali.»

«Non posso scacciarla. Per vent'anni l'ho tenuta in Germania, in un pensionato, vergognandomi della breve relazione con suo padre, vergognandomi della sua nascita, vergognandomi di rivelare la sua esistenza a Ivano, a Tilly, persino alla sorella Barbara! Non mi posso dare pace per tutto il male che le ho fatto.»

«Vera ti ha ricambiato a piene mani» il marito osservò amaro.

«Perché nessuno le ha insegnato la lealtà, i valori veri, l'amore! Detesta la felicità perché non l'ha mai avuta!»

«Smettila di autofustigarti. Quello che hai fatto purtroppo non puoi cancellarlo. Ma da due anni stai espiando, strisciando, distruggendoti per riparare. A questo punto tanto vale che tu le metta in mano una pistola e ti faccia ammazzare.»

«Preferirei morire che scacciarla. Non puoi chiedermelo, Diego.»

«Va bene. Non voglio vederti infelice.»

Alle due di notte non era ancora riuscito a prendere sonno. Era preoccupato per la moglie e avvilito per la propria impotenza. Aveva fatto tutto il possibile per stabilire un buon rapporto con Vera, ma quella ragazza non aveva rapporti con nessuno. Per lei le persone erano oggetto di intrighi, gelosia, sospetti, prepotenza. Gioiva nel creare tensioni e seminare zizzania. Forse la diagnosi di Giovanna era giusta: nessuno le aveva insegnato l'amore. E Caterina? Anche lei era cresciuta sola, e per di più in un ambiente anaffettivo e violento, eppure non se ne era lasciata sopraffare.

Il pensiero di Caterina e l'orrore di ciò che aveva appreso da Tilly gli causarono una fitta d'angoscia. Si sentiva agitato, teso, irrequieto. Era inutile proseguire quel corpo a corpo con l'insonnia. Silenziosamente, per non svegliare Giovanna, si alzò e scese in cucina a bere un bicchiere d'acqua. Poi andò in salotto e accese il televisore, tenendo il volume al minimo.

Si appisolò senza accorgersene. A risvegliarlo fu il rumore della porta d'ingresso che si apriva. Udì la voce di Vera che parlava con qualcuno e poi la sua risata. Guardò istintivamente l'orologio: le tre e mezzo. Una voce maschile si alternò a quella di Vera, e Diego tese l'orecchio, incredulo: gli sembrava quella di Giuseppe Ansaldi. Ma no, sicuramente sbagliava. Ansaldi aveva il vizio del gioco, viveva al di sopra delle proprie possibilità, frequentava giri poco raccomandabili, ma stava alla larga dalle donne. Il suicidio del figlio Roberto e il divorzio dalla moglie Cristina lo avevano segnato, rendendolo incapace di altri affetti, altri legami.

«Eri con Ansaldi?» chiese poco dopo a Vera, certo di una risposta negativa.

«Sì, perché?»

«Non sapevo che foste tanto amici.»

Vera gli agitò davanti agli occhi, provocatoriamente, la mano sinistra. «Questo anello me l'ha regalato lui.»

L'uomo non riuscì a controllarsi. «Che cosa stai combinando, Vera?»

«Ho una relazione con Giuseppe. Qualcosa in contrario?»

«È pazzesco.»

«Non capisco perché. È un uomo libero, come me.»

«Non dirmi che sei innamorata di lui. È un pover'uomo, un ex socio che tua madre, per compassione, ha assunto alla Life. E ha la mia età. Potrebbe essere tuo padre!» sbottò.

«Appunto: ho incontrato l'uomo di cui avevo bisogno.»

Olivares fece per risponderle, ma si accorse di essere troppo stanco per affrontare uno scontro. Per forza: era in piedi, anzi, sulle barricate da oltre venti ore. E di problemi e amarezze ne aveva avuto abbastanza, per quella interminabile giornata.

Tornò a letto e si sdraiò accanto a Giovanna. Quando suonò la sveglia, tre ore dopo, si stupì di sentirsi riposato e pieno di energie. Si curvò sulla moglie e la scosse dolcemente. «È ora di alzarsi. Stamattina vieni in clinica con me e ti fai visitare da Marco prima che entri in sala operatoria.»

«Domani...» Giovanna biascicò, assonnata.

«No, oggi.»

Marco Oberon, al termine di una breve visita, diede appuntamento a Giovanna per il mattino dopo. «Ti tolgo addirittura questo nodulo, e chiedo al patologo di farmi avere subito il referto.»

«Pensi che sia maligno?»

«Voglio la certezza che non lo sia.»

L'intervento fu brevissimo, e in anestesia locale. Nell'attesa che il laboratorio inviasse il risultato dell'esame, Giovanna andò nell'ufficio, lesse un giornale, fece un paio di telefonate. Era stranamente tranquilla, e avvertiva solamente un lieve pizzicore in corrispondenza della ferita. Un piccolo taglio che Oberon aveva suturato con cura, spiegandole che in poche settimane la cicatrice sarebbe scomparsa. Aggiunse discorsivamente che, salvo eccezioni, anche negli interventi più seri l'estetica del seno non subiva più danni.

Forse proprio questo aveva rassicurato Giovanna: la serenità di Oberon, il suo dare per scontato che, tolto il nodulo, tutto era stato risolto.

Ma sbagliava. Subito dopo l'intervento, Marco aveva espresso a Olivares i propri timori: quel nodulo non gli piaceva, né per come si era radicato, né per la forma, né per la stratificazione.

Il referto diede la conferma: si trattava di un carcinoma. Alle dieci Olivares raggiunse la moglie. Volle essere lui a dirglielo, preparandola a tornare in sala operatoria.

VI

La sera della riunione Tilly aveva telefonato a Caterina per tranquillizzarla: nessun provvedimento era stato preso contro di lei e all'indomani Olivares stesso l'avrebbe chiamata per invitarla ufficialmente a riprendere il lavoro. Ma Olivares, tutto preso dal problema della moglie, lo fece soltanto due giorni dopo. Questo ritardo sembrò a Caterina un amaro segno di insensibilità e disinteresse nei suoi confronti.

Quando tornò alla Life dovette ricredersi e rimproverarsi, ancora una volta, il proprio protagonismo di vittima. Un nuovo scandalo minacciava di riportare la clinica alla ribalta della cronaca.

L'oncologo Gino Furlan si era dimesso preannunciando una denuncia contro il direttore sanitario e Marco Oberon: era inaccettabile che un chirurgo estetico brasiliano fosse autorizzato a eseguire interventi per i quali non era né specializzato né qualificato. La stessa clinica, nata come centro di chirurgia estetica per miliardari, nel volgere di una decina d'anni si era trasformata in una struttura sanitaria plurispecialistica con tanto di convenzioni e pronto soccorso. Quali privilegi, quali protezioni politiche lo avevano reso possibile?

La decisione di Olivares di far operare sua moglie da Marco Oberon aveva offerto a Furlan l'occasione per uscire dalla Life a testa alta e con l'immagine di grande e battagliero chirurgo. In realtà era un uomo presuntuoso e frustrato e un operatore mediocre: il suo contratto di lavoro con la Life scadeva alla fine di quell'anno e Giuseppe Ansaldi lo aveva informato per tempo che non gli sarebbe stato rinnovato.

La minacciata denuncia preoccupò Olivares soltanto per il polverone che la stampa e la TV avrebbero potuto sollevare. Le accuse di Furlan erano infatti pretestuose e gratuite e l'avvocato Jean-Pierre Gorini, amico personale dei Nardi e dei coniugi Olivares, chiese tutta la documentazione necessaria per passare al contrattacco: i titoli e il curriculum del chirurgo brasiliano, e l'iter delle autorizzazioni e delle licenze via via concesse alla Life.

Quando ebbe tutto in mano, Gorini incontrò l'avvocato di Furlan: qualunque iniziativa contro la Life avrebbe avuto come effetto una denuncia per diffamazione e una richiesta di danni adeguata.

Il legale sconsigliò vivamente Gino Furlan dal proseguire e a quel punto l'oncologo, in un soprassalto di dignità, lasciò la clinica tre mesi prima della scadenza del contratto.

Caterina, che non si era mai interessata a Marco Oberon se non per l'ostilità che le dimostrava, fu colpita dal racconto che Tilly le fece della sua storia professionale: dopo la laurea in Medicina, presa nel suo Paese, Oberon si era trasferito negli Stati Uniti, a Boston, specializzandosi in chirurgia vascolare. Nei due anni successivi aveva lavorato presso un ospedale californiano prendendo una seconda specialità in microchirurgia del cervello. A trentun anni, per gravi motivi familiari che però Tilly non conosceva, era stato costretto a tornare in Brasile, accettando la direzione sanitaria di una clinica di chirurgia plastica e ricostruttiva. Vi era rimasto tre anni, fino a quando non era stato chiamato alla Life da Diego Olivares, di cui era stato allievo all'università.

Della vita privata, invece, Tilly sapeva pochissimo: soltanto che Marco era nato in una famiglia molto povera, come Olivares, e che era divorziato, o separato, dalla moglie Rita.

Anche questo particolare colpì Caterina: chissà perché, si era fatta l'idea che fosse scapolo. Di certo, non riusciva a immaginarlo nel ruolo di marito o di innamorato: la sua unica passione sembrava essere il lavoro.

Ma Caterina anche su questo punto dovette ricredersi. Due sere dopo il suo ritorno al lavoro, mentre si dirigeva verso il parcheggio, lo scorse poco davanti a sé. Come lei, si stava dirigendo verso la propria auto. Probabilmente qualcuno lo aveva chiamato al cellulare perché stava parlando.

La sua voce si fece sempre più concitata e Caterina non poté fare a meno di sentire alcune frasi: *mi hai fatto impazzire, non ci casco più, rivolgiti al mio avvocato, piantala con le tue telefonate*... A un tratto captò un nome, Rita, e capì che stava parlando con la moglie.

Imbarazzata Caterina rallentò il passo e si fermò in un angolo buio del parcheggio aspettando che Oberon salisse nella sua macchina: sarebbe stato imbarazzante anche per lui scoprire che qualcuno aveva ascoltato una telefonata tanto intima. Il tono di Oberon era quello di un uomo ferito, arrabbiato, indifeso. Sì, si era davvero sbagliata nel ritenerlo una persona fredda. E chiaramente era ancora molto innamorato della moglie.

La guerra lampo tra Gino Furlan e la Life provocò dieci giorni di ritardo al programmato intervento di Giovanna Medici, e più avanti Caterina si sarebbe chiesta se anche quella guerra non fosse rientrata nelle trame del caso per riportarla verso Marco Oberon. Una cosa era sicura: il giovane chirurgo, pur colpito dalle rivelazioni di Tilly, era determinato a mantenere le distanze da un'infermiera che riteneva professionalmente inadeguata.

I dieci giorni di ritardo crearono una catena di piccoli eventi che lo costrinsero a cambiare idea.

Il primo fu un temporale improvviso, e insolito nella stagione autunnale, a cui seguì un acquazzone da diluvio universale. Caterina, dopo aver vanamente aspettato che spiovesse, si fece prestare un ombrello e uscì dalla Life. Arrivò alla sua macchina fradicia d'acqua, con le stecche dell'ombrello piegate dal vento. Il motore si mise in moto subito. Miracolo, funzionavano anche i tergicristalli. Caterina fece retromarcia e si diresse verso l'uscita.

Ma a pochi metri dal cancello l'auto sussultò due volte e si bloccò. Dopo aver inutilmente tentato di rimetterla in moto, Caterina afferrò quel che restava dell'ombrello e ne scese: non le rimaneva che raggiungere il bar vicino e chiamare un taxi. Imprecando contro il tempo, l'incauto acquisto di quel catorcio, l'ombrello che non si apriva e la sua stupida avversione per i cellulari affrettò il passo.

Aveva percorso un centinaio di metri, un corpo a corpo con il vento sferzante e la pioggia, quando udì alle sue spalle il rumore di un'auto. I fari lampeggiavano e Caterina, istintivamente, si spostò sulla destra.

L'auto si fermò accanto a lei e la portiera si aprì: «Salga.» Era Marco Oberon.

Quel tono perentorio accrebbe la sua irritazione: «Grazie, sono arrivata». Si rese immediatamente conto della stupidità di quella frase.

«Avanti, salga» Oberon ripeté sporgendosi dalla portiera. Appena lei fu seduta la chiuse e ripartì. «Dove abita?»

«Non si disturbi, può lasciarmi al primo parcheggio di taxi.»

«Escludo che con questo tempo ne trovi uno libero. E non sono così incivile da piantarla per strada sotto questo diluvio.»

«Ha fatto ben peggio, dottor Oberon» le scappò detto. Se ne pentì subito. Anche se era la verità, non poteva permettersi di dirlo.

«Mi sono soltanto difeso dalla sua inadeguatezza professionale.»

Caterina si impose di non rispondere.

«Allora, dove devo portarla?»

«Abito in Trastevere.»

Dopo un paio di minuti Oberon le lanciò un'occhiata: «Il suo silenzio è insolito».

«Non voglio correre il rischio di dire cose spiacevoli.»

«Da quando in qua si fa fermare da un rischio?»

«Lei è un grande chirurgo, io l'ultima delle infermiere: non posso permettermi di...»

«Sopravvaluta il mio potere. Non sono nemmeno riuscito a farla allontanare dal mio reparto.»

Caterina non resse più. «Ammetto di avere delle colpe... In sala operatoria, quel giorno, mi sono comportata da incapace. Ma non lo sono, e purtroppo non mi ha voluto concedere la possibilità di dimostrarglielo. Lei non ha mai commesso uno sbaglio, una distrazione?»

«Qualche volta. Ma mai in sala operatoria.»

Le persone implacabili come lui le facevano paura, ma si guardò bene dal dirglielo: si era già spinta troppo oltre in quella discussione e non voleva che degenerasse. La risposta di Oberon aveva la perentorietà dell'"ultima parola" e consentiva una ritirata onorevole. Fu quanto Caterina fece, guardando davanti a sé e sperando che Oberon, persuaso di averla spiazzata e messa a tacere, ritenesse chiuso il discorso.

Invece non abboccò. «È evidente che si considera la vittima di un uomo insensibile e fanatico, signorina Masi.»

«Ho detto questo?»

«No. Ha troncato il discorso per non essere costretta a cambiare idea.»

«Neppure lei sembra disposto a cambiarla. Mi ha giudicato e condannato...»

«Io *giudico* solo i fatti! Non basta dire "scusami", "ho sbagliato" per cancellarli e pretendere che non sia successo nulla!» La reazione di Oberon fu spropositata e lui stesso, subito, se ne accorse. «Non ce l'ho con lei, ma con l'irragionevolezza femminile. Insomma, mi sono lasciato condizionare dalle mie vicende private» aggiunse quasi con malgarbo.

Nonostante il tono, sembravano parole di scusa e Caterina ne fu sorpresa. Stavolta avrebbe voluto dire qualcosa, ma non ne fu capace.

Fu Marco Oberon a riprendere la parola. «Il mio matrimonio è finito molto male, ma la cosa peggiore è che dopo un anno mia moglie ha invertito i ruoli: lei è diventata la vittima, io l'aguzzino.»

Quell'inaspettato sfogo accrebbe il disagio e lo stupore di lei. Si girò verso Marco. «Mi dispiace...» mormorò.

«Non capirò mai che cosa avete in testa voi donne.»

Quella generalizzazione infastidì Caterina, ma si limitò a un generico cenno di assenso. Se non capiva le donne, tanto peggio per lui.

«Ho conosciuto mia moglie quando avevo soltanto ventidue anni e l'ho sposata subito dopo la laurea. Rita era al centro del mio mondo e credevo che fosse una moglie serena. Invece aveva una relazione con un playboy da strapazzo... Un imbecille. L'ho capito perché li ho trovati a letto insieme.»

L'amarezza della sua voce rattristò Caterina. «Molte

mogli tradiscono per amore... Quando si accorgono che qualcosa ha smesso di funzionare nel rapporto, ricorrono all'arma estrema per richiamare l'attenzione del marito...»

«Lei è una ragazza dalle risorse infinite: chirurgo, poliziotta, adesso anche psicologa» Oberon replicò con feroce sarcasmo. «Mi piacerebbe capire che cosa vuole fare da grande!»

«Non è di me che stavamo parlando. Io non sono mai stata sposata. E neppure fidanzata» Caterina puntualizzò.

«E allora si risparmi le sue analisi imparaticce.»

«Avanzavo soltanto un'ipotesi. Ma a quanto pare preferisce pensare il peggio di tutti, compresa sua moglie.»

«Lasciamo perdere, non ho voglia di discutere con lei.»

«Non ho cominciato io.»

«Giusto. Non capisco davvero perché l'ho coinvolta nelle mie miserie e gliene chiedo scusa.»

«Esistono disgrazie peggiori di un matrimonio che si sfascia.»

«E che cosa può saperne...» Marco si interruppe per tempo, ricordando all'improvviso quello che Tilly Nardi aveva raccontato di lei. «Sono d'accordo» si corresse. «Io stesso ho vissuto esperienze peggiori.»

Caterina non fece commenti e anche Oberon tacque sino a quando non furono al di là del Tevere. «Dove abita?» le chiese.

«Giri a destra e poi vada sempre dritto. Mi dispiace che si sia disturbato a...»

«È stato un piacere.»

Il secondo incidente voluto in quei giorni dal caso fu lo choc anafilattico che colpì una paziente attorno alle dieci di sera, tre ore dopo che il pronto soccorso l'aveva inviata al reparto di Olivares e di Oberon. Si trattava di una ragazza di vent'anni, tamponata da un'auto e sbalzata dal motorino.

Accertato che non esistevano lesioni interne, gli unici danni riportati dalla caduta erano risultati la frattura della mandibola, la lacerazione delle narici e un lieve trauma cranico. Oberon aveva rassicurato i genitori della ragazza, subito accorsi alla Life: nonostante l'apparente devastazione del viso, si trattava di danni riparabili che non avrebbero lasciato alcun segno.

Caterina quella notte era di turno. Era arrivata alle nove e tre quarti, trovando, come sempre a quell'ora, il reparto silenzioso e tranquillo: i medici avevano fatto l'ultimo giro di visite, erano stati distribuiti i medicinali, i calmanti e le camomille, le luci erano spente. Solo da due stanze proveniva il suono attutito dei televisori ancora accesi.

Nel darle le consegne per la notte, la capo infermiera le segnalò il caso della ragazza da poco ricoverata: l'effetto degli analgesici sarebbe durato per molte ore, e in ogni caso non se ne potevano somministrare altri prima delle quattro del mattino. Si limitasse a darle un'occhiata di tanto in tanto, senza lasciarsi impressionare dal volto gonfio e tumefatto.

A mezzanotte Caterina tornò per la quarta volta nella stanza della ragazza, sempre più inquieta nonostante le rassicurazioni dell'infermiera: non solo il viso, sotto le bende, le sembrava molto più gonfio, ma anche il collo e gli avambracci si stavano ingrossando in modo innaturale. Controllando la cartella del pronto soccorso, Caterina notò che le era stata praticata una iniezione antitetanica. Non poteva trattarsi di choc anafilattico? Si affrettò a chiamare il medico di guardia, che arrivò invece con molta calma e l'espressione infastidita.

Dopo aver dato un'occhiata alla ragazza, il fastidio diventò irritazione: «Che cosa non va, secondo lei?» chiese provocatoriamente.

«Il gonfiore del...»

«È un gonfiore assolutamente normale, dopo la botta che ha preso. Stavo visitando un paziente nel reparto accanto: per piacere, non mi chiami più per le sue paranoie» soggiunse nel lasciare la stanza.

Un quarto d'ora dopo Caterina tornò dalla ragazza e notò che respirava a fatica. Il collo sembrava un cilindro pulsante e anche le mani erano deformate dal gonfiore. Sollevò le coltri e trattenne a stento un grido: i piedi avevano assunto una dimensione quasi mostruosa.

Adesso non aveva dubbi. Si trattava di una violenta reazione allergica con rischio di uno choc mortale. Senza perdere un istante Caterina chiamò di nuovo il medico di guardia. Di fronte alla sua reazione inferocita («Ancora lei? Arriverò quando posso!») prese l'unica decisione possibile: telefonò al medico che era di guardia al pronto soccorso spiegandogli concitatamente ciò che stava accadendo e pregandolo di salire al più presto nel reparto di Olivares.

Al medico bastò un'occhiata per capire che la diagnosi di Caterina era giusta. «Prepari una flebo di cortisone, subito» le disse mentre auscultava la ragazza.

Marco Oberon arrivò alle due e mezzo del mattino, quando ormai la situazione era sotto controllo: il medico del pronto soccorso, sapendo che si trattava di una sua paziente, aveva ritenuto di doverlo avvertire di quanto era accaduto.

Oberon andò a cercare Caterina. «A quanto pare merita un elogio» le disse asciutto.

«Ho fatto solo il mio dovere» ribatté lei nello stesso tono.

Nello sguardo del chirurgo baluginò il familiare lampo di ironia. «Appunto. È encomiabile che non sia andata oltre.»

«Ho imparato la lezione» Caterina borbottò.

Il pomeriggio seguente Olivares convocò il medico del turno di notte e gli fece una lavata di capo per l'incuria e l'indifferenza con cui si era comportato. Il medico si difese accusando Caterina di non avergli spiegato la gravità della situazione, ma né il primario né Oberon gli credettero. Caterina apprese questo particolare dalla caposala, e quando vide Oberon lo ringraziò per la fiducia che stavolta le aveva dimostrato.

«Ho imparato la lezione» lui le rifece scherzosamente il verso: ma senza alcun sarcasmo.

Il terzo "incidente" avvenne due giorni prima dell'intervento di Giovanna. Caterina e l'équipe erano in sala operatoria in attesa di Olivares ma una emergenza costrinse il professore a cambiare programma e al posto suo arrivò Marco Oberon.

Il suo volto, accigliato e teso, accrebbe il disagio di Caterina. Per qualche istante rimase immobile in mezzo alla stanza chiedendosi che cosa fare: sparire silenziosamente? Aspettare che fosse lui a congedarla?

La risposta arrivò con un brusco invito. «Si prepari, dobbiamo cominciare.»

Si trattava di un delicato intervento di chirurgia ricostruttiva, l'ultimo di un lungo calvario: la paziente, una bella donna sulla trentina appassionata di equitazione, tre anni prima era stata disarcionata dal suo cavallo durante una corsa nei boschi. Nella caduta, il polpaccio destro era stato spappolato dall'impatto con la sporgenza aguzza di uno spuntone di roccia. Con l'intervento di quella mattina, il terzo, la ricostruzione del polpaccio, si sarebbe conclusa.

Caterina si concentrò nei movimenti di Marco Oberon allungandogli via via bisturi, divaricatore, tamponi, pinze. Quando i due lembi, netti e asciutti, furono pronti, iniziò la fase più delicata: rimuovere dall'avambraccio, dove era stato provvisoriamente trapiantato per consentire la rigenerazione cellulare ed evitare i rischi di rigetto, il tessuto che era stato tolto da una natica della paziente per poi innestarlo nel polpaccio.

Caterina non fu la sola ad accorgersi dell'improvviso moto di stanchezza di Oberon.

«Va' pure, suturo io» disse il suo aiuto.

Marco annuì con la testa e si allontanò. L'aiuto prese il suo posto e Caterina ebbe un sussulto notando che si stava preparando a ricucire senza rimuovere il piccolo tampone rimasto tra il tessuto innestato e il lembo destro dell'incisione.

«Si è incantata?» il medico l'apostrofò con malgarbo.

Caterina gli indicò con lo sguardo il campo operatorio implorando tra sé che capisse. Non voleva mortificarlo segnalandogli la grave distrazione davanti all'anestesista e alla seconda infermiera, e d'altro canto era consapevole del grave rischio che la paziente avrebbe corso se il tampone non fosse stato rimosso.

Purtroppo l'aiuto non capì. «Cosa fa lì?» ripeté.

«Il tampone...» Caterina sussurrò.

«Cosa blatera? Avanti, si spicci.»

A quel punto Caterina prese, con fulminea lucidità, la sola decisione possibile: uscì di corsa dalla sala operatoria e raggiunse Marco Oberon.

Si era appena sfilato i guanti e si stava togliendo il

camice. Caterina, dopo avergli spiegato brevemente quello che stava succedendo, aggiunse: «Per non umiliarlo può dirgli che…».

Oberon corse via senza lasciarla finire e Caterina lo seguì. Lo vide entrare in sala operatoria e fermarsi sulla porta. «Ho dimenticato di avvisarti che prima di suturare devi rimuovere un tampone» Oberon disse al collega con naturalezza.

Era il suggerimento che lei voleva dargli. E apprezzò che Oberon ci fosse arrivato da solo, dando prova di una sensibilità e un tatto di cui lo aveva ritenuto incapace.

Caterina riprese il suo posto scusandosi. Più tardi Oberon la raggiunse: «Devo ringraziarla, Caterina. Senza il suo intervento, avremmo combinato un disastro».

Era la prima volta che la chiamava per nome e le rivolgeva una frase gentile.

All'indomani la caposala le riferì che Oberon l'aveva chiesta in sala operatoria per l'intervento di Giovanna.

VII

Alfonso Vasquez era un ricattatore anomalo. Non minacciava, ma chiedeva per piacere. Non insisteva con scadenze fisse, ma si faceva vivo un paio di volte all'anno e talvolta passavano anche sedici, diciotto mesi tra una richiesta e l'altra. Non domandava cifre esorbitanti, ma rimaneva sempre entro i limiti di una ipotizzabile liquidità.

Alfonso, un lontano parente di Rita, fino a nove anni prima era stato anche il migliore amico di Marco Oberon. In teoria, Oberon avrebbe potuto ignorare di essere ricattato da lui e ritenerlo il solito parassita che, caduto in disgrazia, sopravvive sfruttando indecorosamente il buon cuore e la gratitudine dei vecchi amici. In realtà, nemmeno per un istante avrebbe potuto illudersi che fosse così.

La prima richiesta era arrivata in una circostanza che dopo nove anni ancora lo sconvolgeva. La bara bianca della piccola Chelo, la sua nipotina di cinque giorni, era appena stata sotterrata e Marco non era riuscito a trattenere le lacrime.

Alfonso lo aveva preso per un braccio. «Hai fatto bene, era la sola decisione possibile.»

Lui si era girato di scatto: «Che cosa dici?».

Alfonso, con un sorriso di sinistra complicità: «Di me puoi fidarti. Due giorni fa un'infermiera ti ha visto avvicinarti all'incubatrice e togliere l'ossigeno... Due o tre minuti, il tempo di farla morire».

Marco aveva fatto per dire qualcosa, ma Alfonso glielo aveva impedito: «Al posto tuo avrei fatto la stessa cosa. Con quale coscienza fare sopravvivere una bambina cerebrolesa, un vegetale, venuta al mondo perché un mascalzone ha stuprato la povera Manuela?».

Un brivido gli era corso lungo la schiena: «Non voglio parlarne, Alfonso». Manuela era la sua sorellina quindicenne. Poco più che una bambina, una dolce e ignara bambina down ignobilmente violentata dal fattore: era giunta al settimo mese di gravidanza quando si erano accorti del suo stato.

La loro madre, già provata dalla perdita del marito, si era tolta la vita, ma la tragedia non era ancora giunta all'epilogo: Manuela aveva dato alla luce una figlia cerebrolesa.

Di nuovo la voce di Alfonso: «Hai fatto bene, te lo ripeto. Al posto tuo anche io avrei impedito ai medici quell'insensato accanimento per far sopravvivere la bambina. Hai sacrificato lei per salvare tua sorella...».

«Basta, Alfonso.»

«Certo, certo. Per l'infermiera puoi stare tranquillo, è una mia amica e l'ho convinta a tacere. Mi è costato una bella sommetta, ma per gli amici...»

«Quanto?» Marco aveva ringhiato.

E Alfonso aveva sparato la prima richiesta.

Di una cosa Marco era certo: sua moglie ignorava che Alfonso lo ricattasse. Rita detestava quel parente e lo aveva sempre messo in guardia da lui...

L'ultima richiesta era arrivata mentre stava andando in sala operatoria per sostituire Olivares, e doveva ringraziare soltanto Caterina Masi se l'intervento non era stato compromesso dalla sua distrazione.

La cifra, stavolta, era farneticante: mezzo miliardo di lire in assegno circolare, da consegnare all'uomo che si sarebbe presentato in clinica a suo nome.

Marco non possedeva quella cifra, ma alla sua veemente protesta Alfonso aveva replicato: «Puoi vendere qualcosa: quel disegnino di Picasso è come danaro contante. In ogni caso ti lascio dieci giorni di tempo».

Ne erano trascorsi otto, e Marco non aveva ancora fatto niente per realizzare quel mezzo miliardo. Ma per la prima volta si impose di guardare in faccia l'odiosa realtà. Da nove anni Alfonso gli portava via tutti i soldi che via via accantonava. E c'era di peggio: senza accorgersene, si era lasciato risucchiare anche la dignità, l'onestà, il coraggio. Era comprensibile che a venticinque anni si fosse fatto spaventare e manipolare: se l'infermiera lo avesse denunciato per la morte di Chelo, non soltanto la sua professione di medico sarebbe stata stroncata sul nascere, ma lo scandalo avrebbe sconvolto la vita di Manuela.

Solo pochi intimi sapevano della violenza di cui era stata vittima e della nascita di Chelo. Solo pochi intimi frequentavano la piccola casa di campagna in cui Manuela e la zia materna, l'unica parente rimasta, erano andate a vivere. Cronisti e fotografi le avrebbero scovate, assediate, sbattute in prima pagina.

Ma col passare degli anni il giovane medico alle prime armi era diventato un apprezzato chirurgo. Messo di fronte alle proprie responsabilità, avrebbe potuto difendersi. Dimostrare che Chelo, nata prematura e con una grave insufficienza respiratoria – oltre che cerebralmente lesa – non sarebbe comunque sopravvissuta a lungo: molti giudici e molti medici erano contrari all'accanimento terapeutico, e avrebbe potuto contare sulla loro solidarietà, su quella della stessa opinione pubblica.

Perché, dunque, non si era ribellato? Per amore della sorella? Per continuare a difendere la sua serenità e la sua vita?

Marco avvertì un moto di irrequietezza e di disagio. Guardò l'orologio: le sette. Mancava un'ora al primo intervento di quella mattina. Non scappare, risponditi, si impose. Ami davvero tua sorella oppure il forte legame di un tempo è diventato un affetto obbligatorio e scontato? Senti la sua mancanza oppure ti basta saperla accudita e al sicuro? Accidenti a me, non riesco a capirlo. No, sei in malafede.

Per anni aveva vissuto e lavorato lontano dal Brasile, e a ricordargli il Paese d'origine era sempre stato Alfonso, con le sue telefonate ricattatorie. Nei mesi di intervallo, raramente gli succedeva di pensare a Manuela. Ogni volta che lo faceva, le vecchie ferite si riaprivano: per lui la sorella rappresentava l'inamovibilità del passato, il conto sempre aperto coi sensi di colpa e la sofferenza.

Ma d'un tratto qualcosa era cambiato. Era successo la sera della riunione nello studio di Olivares, quando Tilly Nardi aveva raccontato tutte le violenze, le umiliazioni e le ingiustizie subite da Caterina Masi.

Ne era rimasto suo malgrado turbato, anche se non l'aveva dato a vedere. Ma da quella sera si era ritrovato a pensare spesso a sua sorella. Manuela aveva capito ciò che era accaduto al suo corpo? Si era resa conto di aver partorito una bambina? Adesso aveva la stessa età di Caterina.

Era strano, ma ogni volta che si interrogava su sua sorella istintivamente la associava a lei. Sì, da quella sera nello studio di Olivares era davvero cambiato qualcosa, come se Caterina fosse diventata la sua cattiva coscienza. Costretto dai fatti a riabilitarla, si era ritrovato a guardarla con occhi diversi. E aveva visto una ragazza piena di dignità e di coraggio, capace di slanci encomiabili. Si vergognava per come l'aveva trattata.

Lei non ha mai commesso uno sbaglio? Quella domanda lo faceva arrossire. Da nove anni la sua vita era tutto un fuggire, aggirare, eludere, subire. Pagare Alfonso era stato un modo per autopunirsi e mettere a tacere la coscienza. Decidendo che la piccola Chelo non poteva vivere, si era sostituito a Dio: dentro di sé lo aveva sempre saputo. E adesso capiva che anche il suo rigore professionale, anche il suo estenuarsi nel lavoro avevano origine da quella atroce decisione.

Aveva spento una vita, e non sopportava di perderne altre. Ma anche questo fanatismo era un peccato di tracotanza. Continuava a comportarsi come se fosse Dio, arrivando a giudicare e condannare.

Lo aveva fatto con Caterina e, prima ancora, con Rita. Che razza di marito era stato? Cosa altro le aveva dato, se non una passione senza tenerezza, senza parole, senza dedizione? Dando per scontato che le bastasse, non aveva raccolto né richieste di aiuto né segnali di allarme. Ed era incredibile che, invece di sollecitare il divorzio, lei ora mendicasse un'altra possibilità per riprendere la vita insieme.

Troppo tardi, Marco sospirò guardando nuovamente l'orologio. Purtroppo l'antica passione se n'era andata e neppure il tradimento gli bruciava più.

Rita era una splendida trentenne con tante qualità, ma ne scorgeva anche i limiti: quelli di una donna superficiale, priva di autentici interessi, incapace di spingersi oltre il sereno microcosmo in cui era cresciuta e che aveva sperato in passato di ricostruire.

Il pensiero riandò, istintivamente, a Caterina e subito avvertì una sensazione di pericolo e di impotenza. Stavolta toccava a lui prendere atto dei propri limiti. A differenza di quella ragazza, le violenze della vita lo avevano messo all'angolo trasformandolo in un uomo disilluso, indurito e incapace di sentimenti profondi. Sospirò di nuovo e si alzò: finalmente era arrivata l'ora di entrare in sala operatoria.

Erano le due quando ne uscì. Prima di tornare nel suo studio andò nella stanza di Giovanna per farle un saluto. Vi trovò Vera e Olivares, silenziosamente seduti accanto al suo letto.

Giovanna aveva gli occhi socchiusi. Ma nel vederlo si sollevò sui cuscini. «Come va?»

«Lo chiedo a te.»

«Sono molto stanca. E faccio fatica a muovere il braccio.»

«È normale. Ti abbiamo appena tolto il drenaggio e...»

«A molte donne resta il braccio gonfio e indolenzito per anni.»

«La prossima settimana inizierai la fisioterapia e tra un mese...»

Giovanna lo interruppe di nuovo. «Mi rifiuto di fare la chemioterapia.»

«Non ce ne sarà bisogno. Per sicurezza ti sottoporremo a un ciclo di radiazioni.»

Le labbra di Giovanna si piegarono all'ingiù. «Con il cancro non esistono sicurezze.»

«Ma nei casi come il tuo esistono percentuali di guarigione più che rassicuranti!»

Intervenne il marito. «Non capisco questo tuo improvviso disfattismo.»

«Non si tratta di...» Giovanna rinunciò a spiegarsi. «Ne parleremo un'altra volta. Adesso vorrei riposare» disse socchiudendo di nuovo gli occhi.

Marco era giunto a pochi passi dal suo studio quando Vera lo raggiunse di corsa. «Sono preoccupata per mia madre. Non l'avevo mai vista così.»

«Non aveva mai avuto un cancro.»

«Ma Barbara sì, e per mia madre è stato ben peggio.» Non vi era alcuna gelosia, nella voce di Vera, e i suoi grandi occhi chiari esprimevano una autentica preoccupazione.

Marco ne fu sorpreso e si pentì della brusca risposta. «Dopo l'operazione» le spiegò «c'è quasi sempre un piccolo crollo: fisico e psicologico.»

«L'altro giorno mia madre sembrava sollevata, quasi euforica.»

«Anche questo è normale» Marco continuò a spiegare pazientemente. «L'operazione appare come il maggior pericolo da superare, una paurosa incognita... Ma una volta passata l'euforia per avercela fatta, piombano addosso tutte le tensioni e la stanchezza accumulate nell'attesa dell'intervento. Ci si rende conto che esistono altre incognite, che la battaglia contro il male non è ancora vinta.»

Vera annuì. «Capisco. Ma mia madre è sempre stata una donna forte e combattiva, un panzer... È tremendo vederla tanto cambiata.»

«Dalle tempo qualche settimana e vedrai che tornerà quella di prima.»

«Ti ringrazio, Marco. Sei stato molto gentile.»

«Se hai bisogno di me, sai dove trovarmi.»

Più tardi Olivares andò nello studio di Marco. Anche lui sembrava colpito dall'insospettabile affetto che Vera improvvisamente dimostrava per la madre. Forse Giovanna non aveva torto, forse c'era davvero qualcosa di buono nell'animo di quella ragazza, disse all'amico.

Marco stava per replicare qualcosa quando squillò il suo cellulare. Era Alfonso. Con la sua solita voce, perentoria e melliflua, gli ricordò che il tempo stava per scadere e non avrebbe aspettato un giorno di più.

«Ha sbagliato numero» Marco disse interrompendo la comunicazione.

Quella sera, al parcheggio, trovò la sua automobile con le quattro ruote squarciate. Sotto il tergicristallo, come una multa, un lapidario messaggio: *Se vuoi la guerra, non andrai lontano.*

Marco accartocciò il biglietto e lo scaraventò irosamente oltre un cespuglio. Stava per chiamare un taxi quando vide Caterina entrare nel parcheggio e dirigersi verso di lui, per raggiungere il familiare catorcio. Impulsivamente, senza rendersene conto, si ritrovò ad andarle incontro. E senza rendersene conto le diede per la prima volta del tu. «Sono rimasto a piedi, mi daresti un passaggio?»

«Certo.»

Se Caterina era sorpresa, non lo diede a vedere. E Marco le fu spropositatamente grato per non avergli risposto con una battuta tipo "quale onore" o "è sorprendente che lei sia rimasto a piedi".

Raggiunsero la macchina in silenzio e, mentre metteva in moto, Caterina gli chiese: «Dove devo portarla?».

«Abito in corso Francia. È sulla sua strada.»

«Mi dia pure del tu, dottor Oberon.»

«*Marco*.»

Il cellulare suonò di nuovo: uno squillo, due squilli, tre squilli… Al sesto, scattò la segreteria telefonica.

Caterina, concentrata nella guida, non lo sollecitò a rispondere né mostrò alcuna sorpresa perché non l'aveva fatto.

«È un seccatore» Marco tenne a precisare. Si sforzò di scacciare il pensiero di Alfonso, ma le gomme squarciate e il significativo biglietto erano una minaccia che non poteva ignorare.

Alfonso era venuto a Roma, sicuramente non da solo, per seguire da vicino il nuovo corso del ricatto: non più uno stillicidio di piccole somme, ma richieste sempre più esorbitanti. Non sarebbe ripartito a mani vuote, e ancor meno avrebbe mollato la presa da un investimento che dopo nove anni finalmente poteva dare i massimi frutti: il giovane medico alle prime armi era diventato un noto e ben pagato chirurgo...

Vendo il Picasso, gli do tutto quello che ho in banca e gli dico che la festa è finita: un'altra richiesta, un'altra intimidazione e lo denuncio. Questa decisione, presa istantaneamente, lo fece sentire come se si fosse tolto un peso. Era la sola possibile per liberarsi da Alfonso senza scatenare la violenta reazione per un rifiuto inaspettato e senza preavviso.

Il cellulare squillò di nuovo, e stavolta rispose subito. Era Alfonso. Marco non gli diede tempo di andare oltre l'aggressivo approccio. «Fra quattro giorni sarò pronto» gli disse asciutto. «No, non prima. E c'è un'altra cosa: devo vederti di persona. Richiamami fra quattro giorni e stabiliremo dove incontrarci» aggiunse. Subito dopo chiuse la comunicazione e spense il cellulare.

Poi, rivolto a Caterina: «Ho appena risolto un problema».

«Mi fa piacere.»

«E tu?»

Caterina si girò a guardarlo. «Non capisco.»

«Immagino che anche tu abbia qualche problema...»

«Per molti anni non ho avuto che quelli.»

Marco le posò una mano sul braccio. «Lo so. Conosco la tua storia.»

Caterina non fece domande e Marco, a disagio, spostò la mano. «Scusami.»

«E di che cosa?» lei replicò con voce amara. «La mia storia è apparsa su tutti i giornali.»

«Non hai niente di cui vergognarti...»

«Preferisco non parlarne.»

«Quando Tilly Nardi ci disse quello che...» Marco si interruppe di colpo, dandosi dell'imbecille.

«Se non sono stata licenziata è perché Tilly vi ha parlato di me. Dovevo capirlo subito.»

«Tilly è la persona più leale e buona che conosco. Stavamo per commettere una grossa ingiustizia, e ce lo ha impedito.»

«Lei e Massimo sono i miei soli amici.»

«Vorrei esserlo anch'io.»

«Perché?»

Quell'interrogativo, ingenuo e diretto, lo spiazzò. Accennò un sorriso: «Non lo so... Mi piacerebbe capirlo».

«Non voglio altri problemi» Caterina disse in fretta.

«Nemmeno io.»

«Dove abiti? Siamo nella tua zona.»

«In questi giorni non ho fatto che pensare a te, Caterina. Non sai quanto mi hai...»

«Dove ti lascio?»

«Abito lì.» Indicò il palazzo di fronte.

Quando arrivò davanti al portone, Caterina fermò e si girò verso di lui: «A domani».

«Aspetta, per piacere.»

«No.»

«Non andartene!» Marco proruppe.

Il suo tono, quasi di supplica, turbò Caterina. «È tardi e sono molto stanca» tentò di difendersi.

«Andiamo a mangiare qualcosa insieme, ti prego. Stasera non riesco a stare solo.» Ancora quella voce supplice.

«Va bene.»

Lui la guidò verso un piccolo ristorante vicino, prendendola per un braccio. La padrona lo salutò con familiarità e calore e Caterina se ne stupì: non avrebbe mai pensato che il grande Oberon potesse essere cliente abituale di una modesta trattoria e suscitare tanta simpatia.

Quando furono seduti, non poté trattenersi dal dirglielo.

Marco le spiegò che cenava in quel locale da quando era arrivato in Italia. «È il solo che frequento, e la padrona mi coccola e mi vizia. Gina è una bravissima donna, e anche una eccellente cuoca.»

Gliela presentò non appena si avvicinò al loro tavolo e Caterina, nel tenderle la mano, si vide fissare da uno sguardo bonariamente incuriosito. «Chi sarebbe questa bella ragazza?» Gina chiese.

«Una mia amica che lavora alla Life» Marco rispose pronto.

«Molto bene» Gina approvò. «Faccio io, come al solito, oppure vi porto il menù?»

«Faccia lei.» Rivolto a Caterina: «Puoi fidarti. È una eccellente cuoca, te l'ho detto».

Gina si allontanò con un sorriso raggiante e Caterina guardò Marco negli occhi. «In pochi istanti hai reso felici due donne: sei un grande seduttore.»

«Chi è la seconda?»

«Io. Mi ha fatto stupidamente piacere sentirmi presentare come tua amica.»

«*Stupidamente?*»

«Noi non siamo amici. Non ci conosciamo nemmeno.»

Marco abbassò lo sguardo e subito lo rialzò. «Hai ragione, non siamo amici. Io sono innamorato di te.»

«Sai qual è il mio piatto preferito? Il colore che odio? I film che mi piacciono? I libri che leggo? I posti che vorrei visitare?» Caterina gridò, quasi. «Non abbiamo mai parlato! Fuori dalla Life, siamo due estranei!»

«Parliamone, allora. Vuoi che cominci io?»

«No, voglio che la smetta. Sono stanca di avere paura, di...»

«Hai paura anche di me?»

Caterina rifletté qualche istante. «Sì. Dovrei lottare ogni giorno per non deluderti… Siamo troppo diversi.»

«Hai appena detto che non mi conosci.»

«Però mi sono scontrata con te fin dal primo giorno. Tu giudichi, condanni, prendi fuoco. Sei… implacabile. E prima o poi mi spezzeresti il cuore.»

Marco guardò davanti a sé. «C'è qualcosa che non sai della mia vita. È la prima volta che vorrei parlarne.»

L'arrivo di Gina lo costrinse a interrompersi. «Mentre cuoce la pasta, vi ho portato due antipastini.»

Caterina aspettò che fossero di nuovo soli. «Non cambierebbe niente. Lasciami perdere, ti prego.»

«Innamorarmi di te è stato come un colpo a tradimento perché non volevo più amore, legami, casini. Credi che non abbia paura anch'io?»

VIII

Quando Giovanna fu dimessa e tornò a casa, trovò ai piedi del suo letto un piccolo pacco avvolto da una carta da imballo e legato con una corda.

«Aprilo, è il mio regalo per te» Diego le disse, sperando che alla moglie piacesse quanto a lui.

Il volto inespressivo di Giovanna si illuminò come per incanto. «Un Picasso! Una litografia, voglio sperare.»

«No. È un pezzo unico, originale... Il particolare di un Pierrot che Picasso disegnò e dipinse per prova.»

«È tenerissimo. Ma ti sarà costato una fortuna! Dove l'hai trovato?»

«Me lo ha venduto Marco Oberon. Era di un suo amico che aveva bisogno urgente di soldi e non mi sono lasciato sfuggire l'affare.»

«Non sapevo che Marco avesse un amico a Roma.»

«Nemmeno io, ma non gli ho fatto domande: di certo, Marco non è un ricettatore! Allora, dove vogliamo appendere il tuo piccolo Pierrot?»

«Di fronte alla porta d'ingresso. Ogni volta che entro a casa voglio vederlo e ricordare quanto mi ami.» Giovanna era commossa.

Diego la raccolse tra le braccia. «Allora è stato davvero un buon investimento. Non dimenticarlo mai quanto ti amo.»

«Non lo farò più» Giovanna promise gravemente. «E c'è un'altra cosa per cui devo ringraziarti: il nuovo rapporto che hai con Vera. Immagino quanto ti è costato, e lo apprezzo proprio per questo.»

«È stata Vera a fare il primo passo. La tua malattia l'ha preoccupata e ha tirato fuori quanto di buono c'era in lei. Forse avevi ragione tu: ero prevenuto e ingiusto.»

«La lontananza della sorella l'ha tranquillizzata e ha placato la sua gelosia. Il fatto che io abbia taciuto a Barbara del mio male l'ha come lusingata... Si è sentita più responsabilizzata, più coinvolta. Per la prima volta era lei a condividere qualcosa con me. Vorrei che adesso trovasse un bravo ragazzo. La sua solitudine non è naturale.»

Diego si guardò bene dal parlarle del legame sempre più stretto di Vera con Giuseppe Ansaldi. Al di là della differenza d'età e del pesante passato di lui, vi era qualcosa che non lo convinceva e non riusciva a comprendere. Aveva la sensazione che quel rapporto andasse oltre l'amore: meglio, che di amore non ne restasse più, ammesso che ve ne fosse mai stato.

La loro assiduità sembrava quella di due cospiratori, di due complici. Da tempo sospettava che Ansaldi, responsabile degli acquisti della Life, privilegiasse un paio di aziende: probabilmente quelle che ad ogni ordine gli davano una piccola tangente. Ma le apparecchiature medicali non avevano mai dato problemi e i costi erano quelli di mercato: per questo non era mai intervenuto. Giuseppe gli faceva pena: un uomo debole, senza personalità, che una cinica moglie aveva manipolato per anni e una sorte impietosa aveva colpito nel più crudele dei modi, col suicidio del figlio.

«Che faccia scura» osservò Giovanna. I suoi occhi lo stavano scrutando, allarmati. «C'è qualche complicazione? Qualcosa che Oberon ti ha detto prima di dimettermi?»

«Va tutto bene» si affrettò a tranquillizzarla. «Stavo pensando a Vera. Forse dovrei toglierla dall'amministrazione e affidarle un incarico più gratificante, più coinvolgente...» Gli era venuto in mente in quel momento, e gli sembrò la decisione migliore per allontanarla da Ansaldi e spezzare la loro inspiegabile complicità.

Giovanna gli rivolse un sorriso grato: «Sono felice che tu cominci ad affezionarti a Vera... Che sia stato il primo a accorgerti del suo cambiamento. Ma che cosa altro puoi farle fare alla Life? È giovane, non ha esperienza, non ha un titolo che la qualifichi per...».

«È una ragazza intelligente e attenta. Potremmo affidarle un incarico di rappresentanza, di immagine.»

«Per esempio?»

«Curare le pubbliche relazioni, tenere i rapporti con la stampa, sovrintendere al ricevimento dei pazienti con particolari esigenze...» Anche questo gli era venuto in mente in quel momento. «Ne parlerò con Vera» Diego disse alla moglie. «Lei stessa potrà suggerirci qualche altra idea.»

Nel pomeriggio, quando la fece cercare, la segretaria gli riferì che Vera era andata a Terni con Ansaldi per visitare un fornitore e sarebbe rientrata in clinica all'indomani.

Diego avvertì una assurda sensazione di inquietudine che vanamente si sforzò di scacciare. Forse sbagliava, forse Vera era davvero innamorata. Ma era una ipotesi razionalmente inaccettabile. La sua figliastra rifuggiva dai deboli e dai perdenti come Giuseppe, ed era da escludersi che la misera spartizione di qualche tangente fosse alla base del loro rapporto. Il danaro era per Vera l'ultimo dei problemi: l'ingente patrimonio della madre sarebbe un giorno passato a lei e alla sorella Barbara, e in ogni caso Giovanna le aveva aperto un generoso conto in banca. In teoria quella ragazza avrebbe potuto concedersi qualunque spesa, qualunque capriccio. Ma doveva darle atto di non averne mai approfittato: Vera non mostrava alcun interesse per i vestiti, i gioielli, la vita mondana. Il danaro stesso non le importava. E allora?

Quella sera, poco prima di lasciare la Life, accadde qualcosa che accrebbe la sua agitazione. Il dottor Campi, responsabile del pronto soccorso, gli chiese se poteva parlargli: si trattava di una cosa delicata e urgente. Diego lo invitò a raggiungerlo subito nel suo studio.

Campi, imbarazzato, gli riferì che il giorno prima aveva avuto uno spiacevole scontro con Giuseppe Ansaldi per il sistematico ritardo con cui venivano evase le richieste del pronto soccorso. «Abbiamo rischiato di restare persino senza garze e siringhe» sbottò. «Ma non finisce qui: le nuove barelle che avevo ordinato sono un modello di vecchia fabbricazione, e ben quattro hanno un difetto al sistema rotante che le rende in pratica inutilizzabili. Mi dispiace dirlo: o Ansaldi è un incompetente, oppure è un disonesto. Mi risulta che anche la caposala, nel tuo reparto, abbia avuto qualche problema.»

La donna, subito convocata, fu costretta a confermarlo: «Le bocce per le flebo sono arrivate senza cannule e la Masi si è accorta che l'ultima partita di antibiotici mandata dal deposito ha come data di scadenza il dicembre di quest'anno. Tra due settimane saranno inservibili».

Olivares uscì dalla Life furibondo e indignato. Nel volgere di due ore, i vaghi sospetti si erano drammaticamente concretizzati: Ansaldi era un farabutto che per tangenti tutt'altro che "miserevoli" stava mettendo a repentaglio il lavoro e l'immagine della Life. Vera ne era al corrente? E fino a che punto? Devo portarla via dall'amministrazione e sbattere fuori Ansaldi, decise.

Il colloquio con Vera, che aveva immaginato prevedibilmente penoso e difficile, si rivelò invece tanto facile quanto sconvolgente. Vera confessò subito più di quanto Olivares le chiedesse. Non solo Ansaldi prendeva una percentuale su ogni fornitura, ma da qualche mese era nell'impossibilità di contestare o rifiutare quello che le aziende più "generose" gli rifilavano.

La brutalità di quel verbo, *rifilare*, strinse il cuore di Olivares. Come avevano potuto illudersi che Vera fosse cambiata? Messa con le spalle al muro, aveva gettato la maschera mostrandosi per come era: cinica, opportunista, incapace di lealtà e di buoni sentimenti.

«Che parte hai avuto, negli intrallazzi di Ansaldi?» chiese duro.

Vera sgranò i suoi occhioni azzurri: «Io? Nessuna. Ho anche cercato di fermarlo! Sono andata a Terni con lui proprio per parlare con un fornitore che stava per...».

«Dovevi parlare con me. O con tua madre. Siamo i maggiori azionisti di questa clinica, e saremmo stati i primi a pagare per le malefatte di Ansaldi.»

«Lo so.» Vera fece una smorfietta da bambina. «Il fatto è che mi faceva pena. È un uomo così sfortunato!»

«Poco tempo fa affermavi di amarlo.»

«Vedevo in lui un padre... Quello che non ho mai avuto...»

«Piantala con queste stronzate» Diego disse con voce tremante di rabbia. «Lo sai che vi hanno *rifilato* anche una partita di antibiotici prossima alla scadenza? Che cosa sarebbe successo se Caterina Masi non se ne fosse accorta per tempo?»

Nel momento stesso in cui pronunciava il nome di Caterina si rese conto del grave errore che aveva fatto. Vide la figliastra irrigidirsi, un lampo gelido negli occhi.

«Dovevo capirlo che c'era dietro lei!» sibilò.

«Non dire sciocchezze. Le proteste sono arrivate dai medici, dalle caposala. Lei è solo un'infermiera, e non può certo sapere cosa avviene fuori dal suo reparto.»

«Vedo che continui a difenderla. Quella gatta morta

vi ha plagiato tutti! Anche Marco Oberon adesso pende dalle sue labbra!»

«Parliamo di te» Diego tagliò corto. «Non voglio crearti dei problemi. Perciò, prima di licenziare Ansaldi, voglio che tu lasci l'amministrazione. Da domani lavorerai all'accettazione, con Teresa.»

«Che bello, sono stata promossa portinaia.»

«È soltanto una sistemazione provvisoria.» Evitò di parlarle dei progetti che aveva fatto per lei: non era affatto sicuro, adesso, che ne fosse all'altezza. Ma soprattutto non aveva più alcuna voglia di gratificarla.

«Mia madre e Tilly non ti permetteranno di licenziare Ansaldi. È un loro amico, un ex socio della Life.»

«Dopo quello che ha fatto, capiranno che tenerlo qui sarebbe un suicidio. Comunque, spero che sia lui stesso a dimettersi dopo che gli avrò parlato.»

«Posso convincerlo io» propose Vera. «Tu dammi una settimana di tempo e ti prometto che avrai le dimissioni di Giuseppe sul tavolo.»

Le antenne di Olivares si drizzarono. «Che cosa hai in mente di fare?» chiese.

«Risolvere tutto nel modo più civile, evitandoti di discutere con mia madre e risparmiandoti...»

«Non voglio averlo tra i piedi per un'altra settimana.»

«Rischi di averlo qui per sempre. Ansaldi negherà, si indignerà, cercherà di impietosire mia madre, parlerà di spiacevoli coincidenze... Detto tra noi, non puoi provare che abbia preso delle tangenti dai fornitori.»

«A questo punto, come speri di convincerlo a dare le dimissioni?» Diego chiese sinceramente incuriosito.

«Questo è un fatto mio. Allora, sì o no?»

«No. È un problema troppo serio per risolverlo con astuzie e giochetti. Parlerò con Giuseppe da uomo a uomo, e il solo favore che ti chiedo è di starne fuori.»

Vera sapeva da tempo dei traffici di Ansaldi. I primi sospetti le erano venuti archiviando i preventivi delle due aziende interpellate per rinnovare gli impianti elettrici della Life con relativa installazione di una centralina d'emergenza. Perché la scelta era caduta sull'azienda che aveva fatto i prezzi più alti proponendo materiali più scadenti ed escludendo alcune voci che l'altro preventivo contemplava?

Un mese dopo era accaduta la stessa cosa per le attrezzature del nuovo ambulatorio di pronto soccorso. In breve tempo Vera era arrivata alla certezza che Ansaldi prendeva soldi dai fornitori. E Ansaldi, dal canto suo, si era reso conto di essere stato scoperto da lei.

Ma non ne avevano mai parlato apertamente. Vera archiviava senza commenti le fatture di grossisti pagate prima che i medicinali fossero recapitati alla Life, spediva ordini di materiali di cui i reparti non avevano ancora fatto richiesta, spaventata dal perverso meccanismo che Giuseppe aveva messo in moto per speculare sugli interessi bancari e incassare in anticipo le sue percentuali. Quel meccanismo lo stava stritolando con un giro sempre più frenetico e incontrollabile di scadenze, telefonate di sollecito, documenti da far sparire o contraffare.

Per calmarsi beveva, per placare le feroci emicranie prendeva una pillola dietro l'altra. Vera si chiedeva fino a quando avrebbe retto. La spericolatezza di Ansaldi era quella dell'uomo incosciente, troppo debole per contrapporsi agli eventi, e lei stava a guardare con morbosa curiosità, attratta e respinta come quando si vede un morto sull'asfalto.

Neppure per un minuto aveva pensato di denunciarlo a sua madre o al patrigno. Facendosi silenziosa complice, lo teneva in pugno: Ansaldi era la prima persona che aveva bisogno di lei, e la sola che non le suscitasse i tormenti dell'inadeguatezza e dell'invidia. Ma quando uscì dallo studio di Olivares si rese conto che il bisogno e la dipendenza erano reciproci. Non posso permettere che Ansaldi venga cacciato dalla Life, pensò. Non posso *sopportarlo*. Quell'uomo l'aveva soggiogata con la sua debolezza: questa scoperta la colpì come una folgorazione. E la rabbia montò dentro di lei. Non sapeva se essere furiosa con se stessa per la viltà con cui lo aveva scaricato e smascherato, o con Olivares che l'aveva umiliata, o con Ansaldi che si era spinto, da imbecille, a rilevare medicinali prossimi alla scadenza.

La rabbia continuava a montare, sempre più cieca. Si fermò alla metà del corridoio, col fiato corto, e in quel momento vide passare Caterina. È tutta colpa sua, pensò torva. La rincorse e la afferrò per un braccio. «Me la pagherai» disse a denti stretti, scaricando su di lei tutta l'umiliazione e l'ira di quell'ultima mezz'ora. Adesso sapeva chi odiare.

Caterina fece istintivamente un passo indietro. «Che cosa dovrei *pagare*?»

«Mi hai messo contro mia madre, mi hai fatto il vuoto intorno... Ma a quanto pare non ti bastava e hai voluto fare la guerra anche a Ansaldi!»

«Io non ho mai fatto la guerra a nessuno, e non capisco perché dovrei avercela con Ansaldi» Caterina si ribellò.

«Perché è un mio amico! Perché è l'unico maschio della Life che non sei riuscita a portarti a letto e a irretire!»

«Tu sei *pazza*. Dico sul serio, dovresti farti curare da uno psichiatra.» La voce di Caterina si era fatta di colpo grave e pacata.

Vera perse l'autocontrollo. Con un balzo le saltò di nuovo addosso e la afferrò per i capelli. «Come ti permetti di parlarmi così?» strillò scrollandola.

L'ira le aveva dato una forza sovrumana e Caterina vanamente cercò di sottrarsi. Richiamati dalle urla di Vera, due pazienti uscirono dalle stanze e si fermarono sulla porta. La caporeparto corse a vedere che cosa stesse succedendo e corse anche Marco Oberon.

Fu lui a staccare Vera da Caterina. «Che cosa fai?» sibilò. «Non ti vergogni? Stai dando uno spettacolo penoso.»

«Anche tu! Caterina ha già scelto il suo difensore, e sei patetico se pensi di fare colpo!» sparò alla cieca, ansante. «Ansaldi li ha visti: lei e Olivares mentre entravano in un motel... Ecco perché adesso cercano un pretesto per licenziarlo.»

Caterina la fissò con gli occhi sbarrati. Poi guardò Marco, la gola chiusa per lo sbalordimento e l'indignazione.

«Le tue scenate valle a fare altrove» lo udì dire a Vera. «Questa è una clinica, non un mercato.» Un istante dopo era scomparso.

IX

Marco Oberon non poteva avere dubbi sull'amore che Olivares nutriva per la moglie: in quelle settimane lo aveva visto trepidare per lei e starle accanto con tenerezza, sensibilità e devozione inequivocabili.

Quanto a Caterina, era una ragazza troppo onesta per vivere una squallida relazione basata su sotterfugi e menzogne. A Oberon bastarono pochi istanti di riflessione per arrivare alla certezza che l'accusa di Vera era una calunnia.

Ciò che gli dispiaceva era che l'avesse aggredita nel corridoio del suo reparto, incurante (o consapevole?) delle persone che stavano a sentire. Caterina era scrupolosa, modesta, sempre disponibile, ma innegabilmente Olivares aveva stabilito un rapporto privilegiato con lei e questo non poteva non suscitare gelosie e frustrazioni.

La calunnia di Vera sicuramente non sarebbe caduta nel vuoto: qualcuno l'avrebbe alimentata e strumentalizzata. Devo avvertire Olivares, pensò. Ma subito capì che sarebbe stato un errore. Qualunque cosa il primario avesse fatto o detto per difendere la reputazione della sua infermiera preferita, alla fine non avrebbe che aggravato la situazione e gettato benzina sul fuoco.

Parlare con Vera? Un'altra soluzione controproducente. E inoltre non esistevano argomentazioni o parole tali da demolire la violenta animosità di quella ragazza nei confronti di Caterina.

A dispetto di tutto, lui non riusciva a detestarla: Vera

doveva avere delle insicurezze e dei problemi enormi, ed era deprecabile che né sua madre né il patrigno facessero qualcosa per aiutarla davvero. Il loro affetto, semmai esisteva, si manifestava come un sentimento obbligatorio. Diligentemente la difendevano, la viziavano, la assecondavano col solo scopo di renderla inoffensiva. Insomma, la trattavano come una figlia difficile che non piace, intimidisce, crea problemi, ma si deve accettare come si accetta un incidente, una calamità naturale.

Non si stupiva che fosse diventata sospettosa, aggressiva, dura. In Caterina aveva visto, fin dal primo giorno, una minaccia e Vera aveva difeso il suo habitat con la ferocia di una belva. Alla fine, Marco pensò con amarezza, Giovanna e Diego avevano davvero trasformato la figlia in una specie di pericolo sempre incombente.

Una telefonata dal pronto soccorso lo distolse dai suoi pensieri: gli stavano mandando in reparto un balordo ferito al viso durante una rissa.

Oberon andò in sala operatoria. Il ragazzo aveva sulla guancia destra uno squarcio netto di circa sette centimetri, molto profondo, provocato da una lama ben affilata: coltello? Rasoio? Al termine di quell'intervento firmò il verbale per l'autorità giudiziaria e fece il suo giro di visite in reparto.

Si stupì di non vedere Caterina e sperò che non si trovasse nello studio di Olivares per parlargli dello scontro con Vera.

Chiese di lei alla caposala e si tranquillizzò: Caterina dopo aver ricevuto una telefonata, aveva chiesto il pomeriggio di permesso ed era uscita dalla Life. Sarebbe tornata all'indomani.

Ne fu sollevato. Non poteva fingere di non aver udito le accuse di Vera né dare a Caterina l'impressione di volerne vilmente ridimensionare la gravità. Avvertiva il bisogno di dirle che non credeva a una parola di quanto Vera aveva detto e che comprendeva la sua amarezza... Ma dopo la sera della cena Caterina evitava con cura di rimanere sola con lui. Si incontravano soltanto in sala operatoria e, quando aveva fatto un tentativo per parlarle, la reazione di Caterina era stata la stessa: non c'è altro da dire, ho troppa paura, ci creeremmo soltanto dei problemi.

Adesso lo metteva enormemente a disagio l'idea di avvicinarla di nuovo, anche se per esprimerle solidarietà e comprensione. Non sapeva come e con quali parole farlo, e la sua assenza gli concedeva di riflettere e prendere tempo. Non era affatto certo che una manifestazione di aiuto non richiesto sarebbe stata gradita. Forse quel che Caterina desiderava era proprio che lui fingesse di non aver visto né sentito.

Erano le dieci quando lasciò la Life. Da due ore se ne stava nel suo studio, senza fare nulla. Ma l'idea di tornare nella sua casa deserta dopo la solita, solitaria cena nella trattoria della Gina gli causava, per la prima volta, una sensazione di istintiva riluttanza.

Tra dieci giorni è Natale, pensò dirigendosi verso gli ascensori. Nell'atrio era comparso uno scintillante abete: da quanti giorni? Le porte automatiche, che stavano per richiudersi, si allargarono di colpo e Marco si ritrovò di fronte Vera.

«Scusami» la ragazza gli disse. Schiacciò il pulsante del piano terreno. «Stai scendendo anche tu?»

«Già.»

«Scusami anche per la scenata nel corridoio del tuo reparto. È stata davvero penosa, ma la Masi mi ci ha tirato per i capelli.»

Non mi sembra una persona rissosa, stava per risponderle. Ma era troppo stanco per imbarcarsi in una discussione.

L'ascensore si fermò e Marco lasciò che la ragazza uscisse per prima. «A domani» la salutò gentilmente.

«Non vai al parcheggio? Faccio un pezzo di strada con te.»

Davanti ai cancelli della Life era comparso un altro albero di Natale. Vera seguì il suo sguardo. «Odio il Natale» enunciò a labbra strette.

«Lo dicono tutti.»

«Ma io lo odio davvero.» Lo costrinse a fermarsi. «Tu hai una pessima opinione di me, come tutti» disse inaspettatamente.

«Non ti conosco abbastanza per…»

«E invece credi di conoscere Caterina Masi.»

«Lavoro con lei.»

«È un'arrivista, una bugiarda. Ma anche tu ti sei lasciato incantare dai suoi occhioni di velluto. Sai che cosa ha fatto al povero Ansaldi? Olivares non ti ha detto niente di quella palla degli antibiotici scaduti?»

Marco scosse la testa. «No, oggi ci siamo soltanto incrociati.» Dopo qualche istante aggiunse: «Dovresti rilassarti, Vera. La Life non è un asilo né un campo di battaglia, e quello che è successo oggi è umiliante soprattutto per te. Come puoi prendertela con quella ragazza? La tua famiglia è proprietaria della clinica, lei è una dipendente, un'infermiera».

«Lei è la vera padrona! Sono *sicura* che ha una relazione con Olivares, ma tu credi che io sia meschina, invidiosa, pettegola.»

«Io credo che hai sopravvalutato il potere di Caterina Masi e le sue ambizioni, vuole soltanto lavorare e pagarsi l'università.» Marco riprese a camminare. «Dov'è la tua macchina?»

Vera indicò con un cenno davanti a sé. «La Masi è senza cuore. Ha denunciato Ansaldi per levarselo di torno, senza pensare un attimo a quello che ha passato e ai problemi che avrà se sarà cacciato come un ladro.»

«Parlerò con Diego. Mi farò spiegare che cosa…»

«Ha già fatto tutto lei. E i suoi poteri di persuasione sono più forti dei tuoi.»

«Io sono arrivato, Vera.» Si fermò accanto alla sua macchina.

«Non sopporti di mettere in discussione la tua Caterina, ecco la verità!»

«Non è la *mia* Caterina» replicò stancamente. «Adesso scusami, devo proprio andare.»

Ogni anno, il 20 dicembre, Tilly organizzava nella sua villa una cena natalizia per gli amici più cari: una quindicina di persone in tutto, che per oltre un decennio erano state sempre le stesse. Compilando la lista degli invitati di quel Natale, Tilly si sentì sopraffare da un acuto senso di perdita. Suo marito era morto, Barbara viveva lontano, Roberto si era ucciso, i coniugi Ansaldi avevano divorziato, la zia Elsa, anziana e senza memoria, viveva in un istituto per anziani... Giovanna era la sola sopravvissuta a quella lista, che per qualche istante le parve sinistramente simile a un bollettino di guerra.

Ma la sua natura costruttiva e solare la sottrasse all'autocommiserazione. A dispetto di tutto, la vita continuava e altre persone, altri affetti erano subentrati a quelli perduti. C'erano Caterina, Olivares, Marco Oberon, l'avvocato Gorini...

Massimo la pregò di inserire nella lista anche Gabriella Renzi. Usò il familiare tono di voce, imperioso e asciutto, di quando chiedeva qualcosa con il terrore che gli venisse negata e Tilly ne fu intenerita.

«Sono contenta che sia uscita dal carcere» sorrise al figlio.

«Le hanno dato una settimana di permesso e poi

dovrà scontare altri due mesi. Quello stronzo di suo padre ha impedito all'avvocato di ricorrere in appello.»

«Massimo! Ti sembra il modo di parlare? Povero dottor Renzi, chissà quanto...»

«Se n'è sempre fregato di sua figlia.»

Tilly si schiarì la voce. «Tu le vuoi ancora bene, è così?»

«Non l'ho scaricata come Renzi. Per piacere, a tavola mettila tra me e Caterina. E sii gentile con lei.»

«Ti sembro...» Lasciò perdere. Massimo era molto nervoso, e non le parve il caso di puntualizzare. Pazienza, Tilly. Pazienza, si ordinò. Perché era diventato tanto difficile comunicare? Tutto doveva essere mediato, aggirato, detto con circospezione, e questo le appariva un dissennato sperpero di energia. Pensò a Caterina e a Marco: era evidente che si erano innamorati, ma stavano erigendo tra loro una barriera di paure assurde e di ostacoli artificiosi. Aveva dovuto insistere a lungo per convincerli ad accettare il suo invito.

Pazienza, Tilly. Pazienza. Osservando alcune persone, a volte le sembravano come atleti impazziti che corressero zigzagando centinaia di chilometri anziché procedere in linea retta verso il vicino traguardo. Suo marito Ivano usava una vecchia battuta per dire la stessa cosa: rendere difficile il facile attraverso l'inutile.

Ivano era morto nella stanza del motel in cui si incontrava con Cristina Ansaldi, la moglie di Giuseppe. Lei aveva finto di credere alla patetica messa in scena per nasconderle questa verità: l'umiliazione era poca cosa rispetto allo strazio della perdita e dei sensi di colpa. Aveva capito fin dall'inizio che Ivano aveva una relazione con la moglie di Giuseppe, e non riusciva ancora a perdonarsi per non averlo costretto a parlarne.

Invece di affrontare la situazione con onestà e franchezza, si era via via imposta le strategiche astuzie del caso: tacere, simulare, sorridere, contrapporre alla passione la forza della stabilità e dei ricordi. Si era iscritta a una palestra, andava tutti i giorni dal parrucchiere, ogni sera faceva trovare al marito i piatti preferiti e la casa piena di fiori freschi.

«Devo parlarti. Ti amo, Tilly» Ivano le aveva detto tre giorni prima di morire. Si era aggrappata a quel *ti amo* impedendogli di dire altro. Voleva sfogarsi, ottenere il suo perdono, chiederle aiuto, dirle che era arrivato alla dolorosa decisione di chiedere il divorzio?

Non lo avrebbe saputo mai. Ivano le aveva offerto la verità e lei era scappata per paura. Ecco il veleno che ci intossica, Tilly pensò: la paura di vedere, di soffrire, di chiedere, di sbagliare, di essere fraintesi. Ecco l'immane sperpero di energie.

Pensò ancora a Marco e Caterina: si stavano estenuando nello sforzo di respingersi.

«Mamma, Gabriella è incinta.» La voce di Massimo, spaventata e aggressiva.

Tilly sobbalzò. «Sei ancora qui?»

«E tu dove sei? Non hai sentito cosa ti ho detto?»

«Sì, certo...»

«Tre mesi fa Gabriella aveva avuto un altro permesso. Il figlio è mio.»

Ne sei sicuro? Che cosa farete? Suo padre lo sa? Tilly frenò l'urgere di quegli angosciosi interrogativi e aspettò che proseguisse. Ma Massimo tacque, e le lanciò uno sguardo impaziente.

«Non so che cosa dire...» Era la verità.

«Grazie per l'aiuto, mamma.» Sarcastico, amaro.

«Io voglio aiutarti! Ma devi dirmi tu come.»

«Parla con l'avvocato Gorini: Gabriella non può tornare in carcere.»

«Lo farò. Domani stesso.»

«Devi parlare anche con Gabriella. Lei vuole abortire.»

Tilly inghiottì: «E tu che cosa vuoi?».

«Tenere il bambino. Ma questo è possibile soltanto se tu ci dai una mano.»

Una mano? Massimo le stava chiedendo la casa, il tempo, il futuro, la dedizione totale. Per qualche istante si sentì come violentata dall'enormità di questa richiesta.

«Allora, mamma?»

«Vi aiuterò» Tilly si arrese.

L'avvocato Gorini ottenne una proroga del permesso e disse che la richiesta di scarcerazione sarebbe stata sicuramente accettata, dato lo stato di gravidanza di Gabriella Renzi.

Gorini si stupì che l'avvocato della ragazza non si fosse curato di chiedere a suo tempo un patteggiamento della pena né avesse ricorso in appello. E Tilly fu suo malgrado costretta a dar ragione a Massimo: affidando la figlia a un avvocato d'ufficio e lavandosene poi le mani, Renzi aveva dato prova di essere davvero un padre arido e latitante.

Ma quando il figlio le portò a casa Gabriella, ebbe i primi dubbi. Quella ragazza non le piaceva. La graziosa adolescente che qualche anno prima aveva intravisto alle festicciole di Massimo era diventata una giovane adulta insensibile e sfrontata. Non le piacevano il suo modo di vestire sciatto e vistoso, il suo sguardo sfuggente, il tono imperioso con cui si rivolgeva a Massimo, il suo muoversi lento e accidioso.

Quando, con tatto e circospezione, Tilly cominciò a parlare del bambino, Gabriella la interruppe perentoriamente. «Non intendo tenerlo. Mio padre fa il ginecologo e per la prima volta potrà fare qualcosa per me, aiutandomi a abortire.»

Tilly non raccolse lo sguardo supplice di Massimo. Perché insistere? Forse era la decisione migliore. Di certo, la sola che avrebbe risparmiato a Massimo responsabilità, problemi e incognite il cui solo prospettarsi le era insopportabile.

Gabriella si installò nel piccolo appartamento degli ospiti e nei due giorni che precedettero la cena natalizia ne uscì solamente per sedersi a tavola.

Tilly rinunciò al tentativo di coinvolgerla nei preparativi. Massimo trascorreva ore ed ore rinchiuso nella stanza della ragazza e ai lunghi silenzi si alternava il suono assordante della musica o la concitazione di un litigio.

Tilly era paralizzata dalla consapevolezza della propria impotenza.

Ma ancora una volta la sua natura positiva ebbe il sopravvento. Non poteva restare a guardare senza fare nulla, non era giusto che il problema dei ragazzi ricadesse soltanto su di lei.

Cercò il numero dell'ospedale in cui Renzi lavorava e lo chiamò.

«Avrei dovuto chiamarla io, mi scusi» l'uomo disse appena fu al telefono.

«E perché non l'ha fatto?» Tilly esplose.

«Mi sono vergognato.»

Quell'ammissione, fatta con un filo di voce piena di dolore, la smontò di colpo. «Ho bisogno del suo aiuto, dottor Renzi. Non so più che cosa fare.»

«Mi rimandi Gabriella. È un problema mio, purtroppo.»

«Non le ho telefonato per questo. Il problema è anche mio, e dobbiamo cercare una soluzione.»

«E quale?» l'uomo proruppe. «Da cinque anni non faccio che cercare *soluzioni*, ma mia figlia ha un'abilità da acrobata nel cacciarsi nei guai... Alla fine ho dovuto arrendermi.»

Tilly rabbrividì. «E sua moglie? La madre di Gabriella?»

«Vive a Londra con il terzo marito. Chiamarla *madre* mi fa ridere.»

Tilly tacque e l'uomo rispose: «Ne stia fuori. E mi rimandi Gabriella».

«C'è il bambino…»

«E c'è un'altra sorpresa: mia figlia ha rimandato l'appuntamento col ginecologo.»

«Forse ha cambiato idea e non vuole più abortire.»

«Forse… Tilly, la verità è che io sono impotente. Mi giudichi pure un mostro, ma non amo più mia figlia.»

«Mi dispiace… Mi dispiace per lei, dottor Renzi.» Riattaccò con mani tremanti. Non poteva scaricare quella ragazza come avevano fatto i suoi genitori.

La mattina del 20 dicembre, il giorno della cena, Marco Oberon e Caterina la chiamarono a distanza di mezz'ora.

Il motivo era lo stesso, espresso persino con le stesse parole: non me la sento di venire, è un brutto momento, cerca di capire…

Esasperata, innervosita e stanca, Tilly ebbe con entrambi l'identica reazione: no, non capiva. La smettessero di fare gli idioti, i problemi erano ben altri.

La sola nota rasserenante di quella frenetica giornata fu la visita che Vera, a sorpresa, le fece. Passava di lì, disse, e voleva ringraziarla per l'invito, dirle quanto le aveva fatto piacere essere inclusa tra gli amici più cari. A Tilly sembrò sincera. In qualche modo Vera rassomigliava a Gabriella, e le fu di enorme conforto scorgerne, per la prima volta, un lato positivo. Forse esisteva qualcosa di buono anche nella ragazza di suo figlio, forse la gentilezza e l'affetto potevano compiere il miracolo…

X

Tilly non amava le cene di magro con il prevedibile susseguirsi di piatti a base di pesce. Per la *sua* cena preferiva attingere alle ricette della tradizione personalizzandole con il suo tocco di grandissima cuoca.

Aiutata dalla domestica filippina, quell'anno preparò come primi piatti due varietà di risotto (alla parmigiana e alla finanziera) e come pietanze un rotolo di vitello al limone e rosmarino, nodini al madera e pollo ripieno con pinoli e tartufo. I contorni erano pronti sui carrelli: spinaci alla ricotta e pecorino, verdure ripiene, insalata.

Gabriella fece una breve apparizione in cucina a pomeriggio inoltrato. «Trovo una cosa da selvaggi queste grandi abbuffate» commentò, senza alcuna intenzione di offenderla.

Tilly lo capì: «Anch'io» le sorrise. «Ma i nostri *selvaggi* vanno avanti per quasi tutto l'anno a cibi precotti, spuntini alla mensa e tramezzini al volo. Mi piace coccolarli con una abbuffata!»

«Io ho lo stomaco chiuso. Credo che non mangerò.»

«Va' a fare un riposino» suggerì Tilly.

«Non sono malata.»

«No, infatti.» Tilly si allontanò per controllare l'arrosto. Abbassò la temperatura del forno e guardò l'orologio: «Sono quasi le sette, vado a prepararmi».

«Nessuno mi ascolta.»

«Ma se Massimo è sempre con te!»

«Non è vero. E poi, non parliamo mai.»

«Perché non vai a prepararti, adesso?»

«Sono già pronta. C'è qualcosa che non va, nel mio vestito?»

Niente andava, in quella specie di sottoveste spiegazzata e corta fino all'inguine, ma Tilly non raccolse la provocazione. «Devo scappare, tra poco cominceranno ad arrivare gli ospiti.»

Alle otto e mezzo c'erano tutti, tranne Marco Oberon. Mentre Tilly faceva nervosamente avanti e indietro dalla cucina per aggiungere del brodo ai risotti ormai pronti, Giovanna intratteneva gli amici e suo marito versava gli aperitivi.

Mancavano pochi minuti alle nove quando Oberon telefonò per scusarsi: aveva un problema, si mettessero pure a tavola e lui appena possibile li avrebbe raggiunti.

Giovanna apprezzò l'autocontrollo di Tilly: era stato perpetrato un attentato ai suoi risotti, ormai collosi e sfatti, eppure minimizzò l'incidente.

«È un primo per volontari» scherzò. «Chi non ha il coraggio di osare l'assaggio è assolto.»

«Io oso» proclamò Gabriella. «Detesto la mania della pasta al dente e del riso che non scuoce. Ormai te li servono crudi.»

Tilly l'avrebbe abbracciata. Vide che anche Caterina si lasciava servire dalla filippina, e solo in quel momento si accorse che aveva il viso teso, stanco. Ma col procedere della cena sembrò rilassarsi e a Tilly fece piacere vederla chiacchierare amichevolmente con Gabriella.

Anche Vera sembrava a suo agio, tra l'avvocato Gorini e il giovane oncologo che aveva da poco sostituito Furlan. Il timore che la tensione tra lei e Caterina esplodesse con battute o reazioni incontrollabili si era fortunatamente dissolto: le due ragazze si erano limitate a ignorarsi e a stare debitamente lontane.

A quel punto si rilassò anche Tilly: tutto stava andando nel migliore dei modi. Gli invitati conversavano, scherzavano, gustavano i suoi manicaretti. E lei era nella sua bella casa, circondata dalle persone che amava. I cattivi pensieri che in quei giorni l'avevano assillata le parvero lontanissimi. Niente era irrisolvibile o drammatico e invece di piangere per ciò che le era stato tolto avrebbe dovuto ringraziare Iddio per tutto quello che le aveva lasciato.

È una serata perfetta, Tilly pensò con un fremito di beatitudine alzandosi per andare in cucina.

Era giunto il momento di far servire i dolci e togliere dal forno il suo capolavoro: gelato di crema amara in crosta di pasta sfoglia.

Marco arrivò mentre Tilly stava tornando nel salone, e l'allegro benvenuto si spense in un moto di stupore. Era con una giovane donna dagli occhi arrossati e l'espressione stanchissima.

«Ecco Rita... Il mio problema» Marco la presentò farfugliando.

Tilly si accorse, inorridita, che aveva bevuto.

Si rivolse alla donna. «Entri, sono contenta di conoscerla.»

«Mi dispiace. Io non volevo irrompere...»

Il marito la interruppe. «Tu volevi solo farmi una sorpresa.» I suoi occhi vitrei si puntarono su Tilly. «Alle sette mi ha telefonato da Fiumicino... Sono all'aeroporto, vieni a prendermi... Non mi sono ancora ripreso.»

«Hai bevuto» Tilly osservò con disapprovazione.

«Non abbastanza... Dov'è la festa?» Marco chiese guardandosi intorno.

Tilly lo prese per un braccio. «Vieni in cucina, ti faccio un caffè.» Non poteva permettergli di mostrarsi al nuovo medico della Life in quelle condizioni, e nemmeno di guastarle la festa. Perché mai era venuto? Come aveva potuto ridursi così?

Marco si divincolò. «Non voglio il caffè, voglio un altro…»

«Avanti, vieni in cucina.»

«Mi dispiace» ripeté Rita.

«Non doveva portarlo qui.» Tilly la redarguì incapace di controllarsi. «Ci sono gli azionisti della Life, il primario, il…»

«E c'è anche Caterina» Marco disse in tono cantilenante.

Tilly riuscì a trascinarlo in cucina e chiuse la porta. Lo fece sedere e gli porse un bicchiere d'acqua. «Dopo il caffè, ti chiamo un taxi e vai a dormire.»

«Non ho sonno! Sono *arrabbiato*!»

Rita sospirò. «Siamo stati per quattro ore in un bar, e non ha fatto che bere.»

«Bugiarda, ho anche parlato… litigato… urlato…» Marco disse cupo.

«Adesso va' a casa» lo esortò Tilly.

«Mi stai cacciando? Io sono venuto per la cena…»

«La cena è finita. È quasi mezzanotte, Marco.»

«E Rita? Io non la porto a casa mia, Rita…»

Posso ospitarla io. Tilly si sottrasse all'impulsiva offerta prima di formularla. Non voleva essere coinvolta in quella storia. «Le cerco un albergo.» Mise la caffettiera sul gas e andò a cercare la guida.

Trovò una stanza al Baglioni Regina e la prenotò a nome di Marco. «Tutto a posto» annunciò spegnendo il gas. «Ho chiamato anche un taxi.»

La porta della cucina si socchiuse. «Che fine hai fatto, Tilly? Di là ti stiamo aspettando per…» Era Caterina. Alla vista di Marco e di Rita si arrestò. «Scusate.»

Tilly le fece cenno di andarsene. «Di' che vi raggiungo subito.»

«Giusto il tempo di sbattere fuori i due importuni» interloquì Marco. Si alzò barcollando e si aggrappò al braccio della moglie. «Che aspetti? Togliamo il disturbo...»

Passando davanti a Caterina le rivolse un sorriso simile a un ghigno e biascicò: «Avevi ragione tu, *troppi* problemi...».

Tilly si accertò che Marco e Rita fossero ripartiti col taxi prima di tornare fra gli ospiti. Notò con sollievo che Caterina non aveva fatto parola di quello che era accaduto: tutti continuavano a conversare allegramente, e vi fu anche un applauso per il dolce di gelato al forno gustato in sua assenza. Ma per Tilly la magia di quella serata era finita, e detestò Marco per la sua inqualificabile bravata.

All'una e mezzo gli amici cominciarono ad andarsene. Tilly fermò Caterina. «Aspetta» le sussurrò. Non poteva lasciarla tornare a casa senza dirle qualcosa, il suo viso era una maschera di infelicità.

«La moglie di Marco è arrivata dal Brasile senza preavviso» le spiegò infine, quando rimasero sole.

«Perché me lo dici? Non sono fatti miei.»

«Lui non l'ha voluta nemmeno portare a casa sua. Le ho prenotato io un albergo.»

«Tilly, non voglio parlare di loro.»

«Stanno divorziando. E Oberon è innamorato di te.» D'un tratto sentiva il desiderio di difenderlo e l'animosità aveva lasciato il posto alla pena. «È stato per quattro ore in un bar a ubriacarsi e a litigare con la moglie» proseguì con calore.

«Spero che domattina stia lontano dalla sala operatoria» Caterina ribatté con ferocia. Si alzò. «Adesso devo proprio andare. Grazie di tutto, Tilly.»

Partite tutte le macchine, il suo catorcio era rimasto, unico e ben in vista, nel piccolo parcheggio alla destra del cancello. Caterina percorse lentamente il vialetto di ghiaia che conduceva a quello spiazzo.

La fretta di tornare a casa l'aveva abbandonata. D'un tratto avvertiva tutto lo squallore di quel sottotetto malamente riattato dai proprietari. I poster, le piantine rampicanti e le scaffalature con cui lei aveva tentato di abbellirlo le sembravano patetici: non vi era nulla di bello in quella vecchia soffitta come nella sua vita.

No, non si stava autocommiserando, ma si rifiutava di pensare a chi in quel momento viveva peggio di lei. Era stanca di cercare consolazione e coraggio nel confronto con i senza tetto, i malati terminali, le madri in lutto o le sue stesse tragedie passate.

C'erano anche le persone ricche, serene, privilegiate. E se un dolore o una perdita le colpiva, come era accaduto a Tilly, non trascorrevano le notti con l'occhio sbarrato su una macchia d'umidità e tremando di paura. Ovunque il loro sguardo si posasse, scorgevano visi cari e immagini di rasserenante bellezza.

Marco. Il pensiero di ciò che era accaduto due ore prima riemerse dall'angolo in cui lo aveva cacciato ed era rimasto in agguato. Era un *brutto* pensiero. Ed era stato un *brutto* spettacolo quello che Marco aveva offerto di sé. *Basta. È finita.* Vada all'inferno con sua moglie.

Affrettò il passo verso la macchina, ma si arrestò con un moto di spavento: qualcuno si era addormentato con la schiena appoggiata contro la portiera. Un uomo. Forse un barbone. Stava tornando sui suoi passi, per chiedere aiuto, ma il respiro pesante dello sconosciuto la spinse ad avvicinarsi. Forse stava male, forse era lui ad aver bisogno di aiuto.

«Marco!» Nel riconoscerlo, lo sbalordimento le strozzò la voce. Si curvò su di lui e gli sollevò la testa. «Che cosa fai qui?»

«Lasciatemi in pace... Ho sonno...»

«Marco, sono io.» Cercò di prenderlo per le ascelle. «Avanti, alzati.»

«Ti aspettavo… Sono tornato indietro col taxi…» La testa gli ricadde sulle ginocchia.

«Per piacere, Marco, alzati» ripeté scuotendolo con forza. In quel momento qualcuno spense le luci della piscina e del parco. Il cameriere filippino, Caterina pensò. Doveva fermarlo prima che rientrasse nella villa. Ripercorse il vialetto correndo e chiamandolo per nome. Tilly si affacciò alla finestra del primo piano: «Che cosa è successo?» chiese con voce preoccupata.

«Ho bisogno di Fernando. Marco Oberon è qui, e non riesco…»

«Scendo subito.»

Due minuti dopo era da lei. «Non capisco…» disse dirigendosi verso l'auto di Caterina. «L'ho messo sul taxi con la moglie e li ho visti andarsene…»

«È tornato indietro. È l'unica cosa che ha detto. Non volevo crearti questo problema, Tilly, mi dispiace.»

«Tu non c'entri! Adesso dico a Fernando di caricarlo sulla mia macchina e di riportarlo a casa.»

Mentre il domestico andava in garage, Caterina e Tilly tentarono di riscuotere Marco. Ma invano. Era raggomitolato su se stesso e dormiva profondamente.

Fernando lo sollevò come un peso morto e lo sdraiò nei sedili posteriori.

«Dove devo portarlo?» chiese prima di mettersi al volante.

«Vengo con lei» Caterina decise istantaneamente. Si rivolse a Tilly. «È meglio accertarsi che non combini altri guai.»

Le strade erano deserte e in meno di un quarto d'ora arrivarono davanti alla casa di Oberon. Caterina aiutò Fernando a sollevarlo e a trascinarlo davanti al portone.

«Le chiavi…» disse il domestico.

Caterina frugò nelle tasche di Oberon e con grande sollievo trovò subito il mazzo. Glielo porse e, mentre l'uomo trasportava Marco verso l'ascensore, lei corse ad aprire le porte. Schiacciò il pulsante dell'ultimo piano, ricordando di averlo casualmente sentito parlare del suo gazebo sul terrazzo.

La stanza da letto era alla destra dell'anticamera. La porta era aperta e il letto ancora disfatto.

Fernando la aiutò a spogliare Marco e a sdraiarlo. Lei gli sollevò le coperte fino al mento: dormiva, il respiro profondo e il volto disteso. L'aveva sempre visto come il chirurgo rigoroso e intimidatorio, e per la prima volta si rese conto di quanto era giovane.

«Adesso accompagno a casa lei» disse Fernando. Seguendo il suo sguardo aggiunse: «Ha bisogno solo di una bella dormita».

Caterina annuì. «Preferisco restare lo stesso» disse dopo qualche istante.

«Come crede.»

«Potrebbe svegliarsi, sentirsi poco bene...» sentì il bisogno di giustificarsi.

È questo l'amore? si chiese più tardi, seduta sul divano del soggiorno. Preoccuparsi, annientarsi, star male, diventare irrazionali e ciechi? *Lo amo*, pensò. La sola risposta certa è che mi sono arresa.

Tornò nella stanza di Marco, in punta di piedi e si curvò su di lui. Era ancora nella stessa posizione in cui l'avevano messo. Lo amo, pensò ancora risollevandosi. Marco aprì gli occhi ed emise un borbottio indistinto.

«Dormi» gli sussurrò.

Fece per andarsene, ma la sua mano la trattenne. «Non lasciarmi...»

Caterina stava per dire qualcosa, ma lo vide ripiombare nel sonno. Fece il giro del letto e silenziosamente si sdraiò accanto a lui. Si sentiva svuotata e triste. Mi sono arresa nel momento in cui avrei dovuto lottare con più forza, pensò. L'improvvisa comparsa della moglie l'aveva resa consapevole delle sofferenze e delle umiliazioni a cui sarebbe andata incontro legandosi a Marco, ma le aveva anche fatto capire che il dolore più insopportabile sarebbe stato rinunciare a lui. Vederlo andarsene da Villa Nardi con Rita l'aveva sconvolta. E mentre cercava di parlare e si sforzava di seguire i discorsi degli invitati, la sua mente inseguiva dubbi angosciosi: Marco era ancora innamorato della moglie? Si sarebbero riconciliati?

Si puntò su un gomito e rimase a guardare l'adorato viso. In quel momento Rita non c'era. Erano loro due, soli. Un guizzo come di orgoglio scacciò la tristezza. Posò le labbra sulla sua fronte e sfiorò il suo viso in una carezza. «Ti amo» disse piano.

Sentì le braccia di lui circondarle le spalle, e poi le labbra cercare le sue labbra. «Non lasciarmi» Marco supplicò di nuovo, con voce impastata.

«No. Non ti lascio.»

Con gesti goffi ma imperiosi Marco le tolse la camicetta e le slacciò il reggiseno. Emise una flebile protesta quando lei si scostò per sfilarsi il resto.

Tornò, nuda, tra le sue braccia con la struggente smania di essere stretta, accarezzata, saldata a lui.

Marco, con un gemito, se la raccolse contro e la penetrò. Caterina trattenne il fiato. Era la prima volta che faceva l'amore e il suo corpo giovane e sano si inarcò fremendo contro l'altro corpo.

Marco si fermò e la guardò negli occhi.

«Continua, non avere paura...» sussurrò aggrappandosi alle sue spalle. La sottile fitta di dolore fu travolta da un languore dilagante. Anni di solitudine, di sofferenza e di lotte rabbiose si dissolsero nella fremente dolcezza di quei momenti.

D'un tratto sentì esplodere dentro di sé un piacere incontenibile. I movimenti di Marco si fecero sempre più veloci, sempre più frenetici, mentre con le mani la teneva immobilizzata come se avesse paura di perderla.

Ricadde riverso su di lei con un profondo sospiro e Caterina rimase ferma ed estatica, ascoltando i battiti del suo cuore. Poi sollevò una mano sul suo viso. «Ti amo.»

Marco aprì gli occhi e li richiuse. «Rita… accidenti a te…» mormorò prima di sprofondare nuovamente nel sonno.

Caterina se lo scostò di dosso, lentamente, e rimase per qualche minuto immobile accanto a lui. Era inorridita e tremante. Un singhiozzo le raschiò la gola. Mi ha scambiato per Rita, pensò.

Accidenti a me. L'umiliazione la fece drizzare come una molla. Doveva andarsene da lì, subito. Raccolse la biancheria dal letto, infilò il vestito e corse fuori sbattendo la porta.

Marco si svegliò di colpo con la bocca amara e le tempie che pulsavano. Una lama di luce lo costrinse a chiudere gli occhi. Li riaprì e guardò la sveglia: le dieci.

Cristo, imprecò. Perché nessuno lo aveva chiamato dalla Life? Tilly. Sicuramente era stata mamma Tilly ad avvertire il reparto che sarebbe arrivato in ritardo.

Oh, Cristo, imprecò di nuovo. Solo in quel momento ricordò che Rita era a Roma. Era stato penoso dirle, anzi, urlarle, che non l'amava più e la sola cosa che poteva fare per lui era firmare i documenti del divorzio. Quanto ho bevuto? si chiese sedendosi sull'angolo del letto.

Cristo. Cristo. Cristo. A un certo punto era finito, ubriaco fradicio, a casa di Tilly. Con Rita. Dov'era, Rita?

Si alzò di scatto, chiamandola dalla porta della sua stanza. Nessuna risposta. Andò verso la cucina chiamandola di nuovo, e più forte. No, non c'era.

Al diavolo, adesso non poteva occuparsi di lei. Mise sul fuoco il bollitore del caffè e si sedette. La testa gli scoppiava.

Che cosa era successo, la sera prima? Perché mai era andato a casa di Tilly? Chi lo aveva riportato lì? Aveva l'oscura sensazione che Caterina fosse coinvolta in qualche modo in quello che era successo e non gli riusciva di ricordare. Di sicuro, era a lei che la sera prima pensava mentre beveva e litigava con Rita in quel bar. Ma dopo?

Cristo. Cristo. Cristo. *Dopo*, Caterina l'aveva visto arrivare alla festa ubriaco e con la mogliettina al braccio. Devo scusarmi con Tilly, si propose. Con Caterina, purtroppo, non c'erano scuse. Le aveva offerto come un idiota l'ennesima prova di essere un uomo inaffidabile e senza sensibilità.

XI

Diego Olivares possedeva la rara capacità di immedesimarsi negli altri e questo lo rendeva sensibile, compartecipe, attento alle sofferenze del prossimo. Aveva accettato che Giovanna riportasse Giuseppe Ansaldi alla Life mosso da una profonda pietà per la vita devastata di quell'uomo. Adesso, due anni dopo, non sopportava neppure di vederlo.

Il dolore gli era scivolato addosso esasperando un miserevole istinto di sopravvivenza e, se si immedesimava in lui, Diego scorgeva soltanto superficialità, inconsistenza, piccole astuzie.

Aspettò qualche giorno a incontrarlo: non voleva che le feste di Natale fossero turbate da discussioni e scontri, con Vera schierata in difesa dell'amico e pronta a tutto per tirare la madre dalla sua parte. Si era limitato ad accennare il problema a Tilly, pregandola di non invitare Ansaldi alla sua cena.

La mattina del 28 dicembre lo fece chiamare dalla segretaria. Arrivò nel suo studio cinque minuti dopo, col viso arrossato e lo sguardo basso. Il suo fiato sapeva di alcool. Come Olivares accennò alle inaccettabili irregolarità amministrative, Ansaldi scoppiò in singhiozzi. «Non rovinarmi» lo supplicò. «Rimedierò a tutto, ti restituirò i soldi.»

«Con le vincite al gioco?» Diego esplose. Quell'uomo senza dignità non gli suscitava compassione, ma solo rabbia e pena. Si era rovinato con le sue mani, e ora strisciava, pregava. Una telefonata gli offrì il pretesto per troncare quel colloquio.

Lo congedò invitandolo a ritornare all'indomani, senza esporsi con promesse o rassicurazioni. La sola decisione sensata da prendere era il licenziamento, e si detestò per non averglielo comunicato subito. Ancor più si detestò quando comprese che non sarebbe stato capace di farlo.

Ansaldi aveva la forza subdola dei deboli e, quando si ripresentò, Olivares gli propose un lavoro alternativo: affiancare il responsabile dell'amministrazione ricoveri.

Giuseppe si irrigidì. «Che cosa dovrei fare, esattamente?»

«Spedire le fatture, sollecitare i rimborsi, tenere i contatti con le assicurazioni private.»

«È un ruolo molto riduttivo. Umiliante.»

«È l'unico che metta la Life al riparo dai tuoi furti. Ma sei libero di andartene.»

Ansaldi strisciò di nuovo. «Accetto questo lavoro e ti dimostrerò che per il futuro potrai fidarti di me. È stata una brutta lezione, ma...»

«Bene. Alla fine delle vacanze potrai trasferirti nel nuovo ufficio.»

«E Vera?»

Olivares fece finta di non sentire. Si alzò e guardò ostentatamente l'orologio. «Ho un altro appuntamento. Buon anno, se non ti vedo» disse in tono di congedo.

Vera. Aveva rimandato anche la ricerca di una sua nuova collocazione, ma adesso il problema si poneva con urgenza e non era certo facilmente risolvibile come quello di Ansaldi.

In un momento di ingenuo slancio si era impegnato con Giovanna a dare alla figlia un lavoro più gratificante e visibile: tirandosi indietro, avrebbe dovuto spiegarne le ragioni e questo significava riaprire il fronte delle ostilità e delle polemiche. Sua moglie lo avrebbe di nuovo accusato di lasciarsi plagiare da Caterina, di essere prevenuto nei confronti di Vera, di non fare nulla per dimostrarle un po' di affetto.

A renderlo tanto riluttante non era soltanto l'idea di gratificare e promuovere una persona che non lo meritava affatto, ma anche (*soprattutto*, si corresse) la consapevolezza dei problemi che avrebbe creato a Caterina. Togliere Vera dall'amministrazione per coinvolgerla nelle attività dei reparti significava sia trasferirla nell'ufficio accanto al suo, nello stesso piano in cui lavorava la Masi, sia darle un ruolo che all'atto pratico le consentiva di curiosare, interferire, intrigare.

Purtroppo doveva accettare questo rischio: era il male minore rispetto alla certezza di ferire Giovanna e di rimettere in crisi il loro matrimonio. Ma continuò ugualmente a riflettere: pur vergognandosi della propria malafede, sapendo che queste riflessioni gli servivano solamente per prendere tempo e giustificare una decisione già definitiva.

Alla fine convocò Vera e le parlò dei progetti che aveva fatto per lei. La soddisfazione della figliastra non lo rallegrò affatto. Più tardi, parlando con Tilly, sfogò tutta la sua amarezza. Quante ingiustizie, quanti vili atti di resa si potevano fare in nome del quieto vivere?

Tilly lo rimproverò: non era da lui questo disfattismo. «Vedrai che Vera si comporterà benissimo! Adesso che le hai dato questa prova di fiducia, non ha più ragione per detestare Caterina.»

«La verità è che non mi fido di Vera.»

«Lascia fare a me.» Questo impegno allentò la tensione di Diego. Tilly da anni curava le pubbliche relazioni della Life, organizzava feste benefiche, si occupava dei problemi del personale: chi meglio di lei poteva iniziare e seguire Vera nel nuovo ruolo? Inoltre Tilly amava Caterina, e non avrebbe permesso a nessuno di crearle complicazioni e problemi. Il professore ignorava però che la ragazza stava vivendo i giorni più amari della sua vita.

All'eccezionalità delle tragiche vicende del passato aveva reagito con l'eccezionalità delle risorse che le nature sane sempre scoprono in questi casi: l'istinto di sopravvivenza, la rabbia, il bisogno di giustizia, la fede. Ma, la notte della cena in casa di Tilly, Caterina aveva vissuto una esperienza uguale a quella di milioni di donne, e perciò dolorosamente "normale": era stata umiliata e respinta. L'uomo che amava era innamorato di un'altra.

Per la prima volta in quasi ventiquattro anni Caterina aveva conosciuto la felicità e nel volgere di due ore l'aveva perduta. La sua sola risorsa era l'orgoglio. Per nulla al mondo avrebbe permesso a Marco Oberon di umiliarla ancora e così, fin dal giorno successivo a quella notte d'incubo, si era imposta un comportamento "normale", gentilmente distaccato. Oberon non ricordava nulla? Neppure con una pistola puntata alla nuca glielo avrebbe ricordato lei.

Ma l'orgoglio non la faceva sentire meglio.

A volte le comportava anzi uno sforzo che la lasciava stremata. Il giorno di Natale Oberon l'aveva raggiunta nell'atrio, mentre beveva un caffè davanti all'erogatore automatico. Sembrava imbarazzato quanto lei, come se volesse chiederle qualcosa e non osasse.

Nei giorni successivi si era vista spesso scrutare con una curiosa espressione interrogativa e assorta. E lei, facendosi una violenza immane, aveva risposto a quelle occhiate con un sorriso incerto, come a dirgli: qualcosa non va?

Niente andava. Il 31 dicembre rifiutò gentilmente l'invito di Tilly a trascorrere con lei, Massimo e Gabriella la notte di capodanno e alle dieci andò a letto. All'una fu risvegliata dai botti e dai clacson delle auto.

Si alzò, prese i libri e si mise a studiare. Laurearsi era la sola speranza, il solo traguardo a cui mirare. Studiò fino alle sei. Poi spense le luci e tornò a letto. Quello era il suo giorno libero, e poteva dormire quanto voleva.

Alle dieci fu risvegliata di nuovo: stavolta dal telefono. Alla Life c'era un'emergenza e Oberon aveva bisogno di lei.

Tre dei sopravvissuti a un tragico tamponamento a catena erano stati trasportati alla Life. Quando Caterina arrivò, Oberon si accingeva a operare una ragazzina che, nell'impatto, era stata schiacciata dalle lamiere accartocciate.

Miracolosamente, non aveva riportato lesioni interne. Ma il viso era stato devastato da qualcosa di aguzzo, probabilmente un pezzo affilato di lamiera: il naso era spappolato e un profondo squarcio partiva obliquamente dall'occhio destro per arrivare alla guancia sinistra.

Caterina non riuscì a trattenere un moto di orrore. Quanti interventi e quanto tempo sarebbero occorsi per tentare di riparare a quello scempio?

Oberon stesso sembrava preoccupato. Fece cenno all'anestesista di aspettare e si curvò a osservare il viso della ragazzina con espressione concentrata e attenta.

«Vai» disse infine all'anestesista. «Mi bastano venti minuti.» Si rivolse a Caterina: «Per il momento possiamo soltanto ripulire, drenare e tenere uniti i lembi».

Fu quanto fece, con la solita perizia. A intervento finito, Caterina lo vide fermarsi con l'anestesista e ne approfittò per lasciare silenziosamente la sala operatoria.

Ma Marco la raggiunse. «Grazie per l'aiuto. Mi dispiace averti rovinato il primo giorno dell'anno.»

«A qualcuno è andata peggio.»

Oberon annuì. «Pare che il padre e la sorella della ragazza siano morti nell'incidente.»

«È terribile.»

«Ho bisogno di un caffè. Vieni con me.»

Caterina lo seguì automaticamente, troppo sconvolta per opporre qualunque resistenza. «Non mi abituerò mai a vedere certe cose» mormorò.

«Nemmeno io.» Marco introdusse la scheda nell'erogatore e premette un pulsante. «Scusa, non ti ho chiesto come vuoi il caffè.»

«Fa lo stesso.»

Le porse il bicchierino di carta e premette di nuovo. «Stanotte ho sostituito De Cesare. Sua moglie ha avuto una bambina.» Poiché lei taceva, aggiunse: «Non ho mai avuto il coraggio di fare un figlio».

Caterina si irrigidì. Il discorso si stava facendo troppo personale. «Adesso devo andare» disse buttando il bicchiere nel contenitore dei rifiuti.

«A casa di Tilly?»

«No... Sto preparando un esame.»

«Ma è Capodanno. Dovresti...»

«Studio quando posso, e oggi è il mio giorno libero.»

«Ho finito anch'io. Perché non mangiamo qualcosa insieme?»

«Preferisco tornare a casa.»

«Dopo ti accompagno io. Non mi va di stare solo.»

Glielo aveva già sentito dire, ma questa volta non sarebbe cascata nella trappola dell'intenerimento. «Hai una moglie. Perché non inviti lei?»

Si pentì subito di avergli offerto un appiglio per proseguire quel penoso incontro. E infatti lui lo afferrò al volo. «Rita è nel suo albergo, e l'unico invito che le sto facendo è tornarsene in Brasile e firmare le carte del divorzio.»

Rita... accidenti a te... Il ricordo di quella frase la fece avvampare.

Lui l'aveva usata in un momento di ubriachezza, una botta di sesso prima di riprendere lucidamente e appassionatamente la guerra con la moglie.

Marco dovette fraintendere sia il suo silenzio sia il suo rossore perché incalzò: «Sono innamorato di te».

«Smettila» lo aggredì. Lo avrebbe picchiato.

«Non mi posso arrendere.»

In quell'istante l'ascensore si fermò al piano e Caterina si infilò tra le porte piantandolo in asso.

Era troppo agitata per tornare a casa e riprendere a studiare. Arrivata al piano terra, chiamò Tilly dal telefono a gettoni. Fernando, il domestico, le rispose che erano andati tutti a colazione fuori. No, non sapeva dove.

Riattaccò con un sospiro. La mano di Marco si posò sulla sua spalla. «Scappare non risolve niente.»

Si voltò di scatto. «No, se ti ostini a importunarmi.»

«Hai paura anche di ascoltarmi?»

«Pensalo pure, se ti...»

«Non voglio *pensare*, supporre, elucubrare. Mi sembra molto più semplice chiarire i rapporti con domande e risposte.»

«Non ho niente da chiederti.»

«Smettila di attaccarti alle mie frasi!» Marco gridò.

«Che cosa vuoi da me? Perché non mi lasci in pace?»

«Ci ho provato, ma non mi riesce. Mi sono spaccato la testa chiedendomi...» Una donna si avvicinò all'apparecchio per fare una telefonata e Marco si interruppe. «Usciamo, ti prego. Qui non si può parlare.»

Caterina fu costretta a seguirlo, avvertendo l'inutilità e il ridicolo di continuare a rifiutare. Non riusciva a spiegarsi il comportamento di Marco, e a quel punto non si sentiva soltanto offesa e piena di rancore, ma anche incuriosita. Dove voleva arrivare? *Che cosa voleva da lei?* Glielo aveva chiesto e, almeno questo, voleva capirlo.

«Stamattina sono venuta in taxi» gli disse quando furono fuori dalla Life. Gli stava offrendo un altro appiglio, ma stavolta intenzionalmente, per provocare la prevedibile proposta.

«Ti accompagno io.» Marco la sogguardò. Stupito dalla sua assenza di reazioni e timoroso che cambiasse idea, la prese sottobraccio e la guidò verso la sua macchina.

Caterina si sedette in silenzio e continuò a tacere ostentatamente. Aveva fatto abbastanza, adesso si arrangiasse da solo a cavarsi dall'imbarazzo.

Varcati i cancelli della Life, Marco percorse un breve tratto di strada e si fermò. Spense il motore e si girò verso di lei. «Il matrimonio con Rita è fallito perché lei si aspettava troppo da me. Ero arrivato alla certezza di non potere dare *niente* a nessuna donna, ma quando mi sono innamorato di te ho capito l'equivoco: non potevo dare niente a una donna sbagliata. Lasciami parlare! Avevo paura di quello che sentivo per te, paura di riprovarci, paura di deluderti e di fallire di nuovo. Ma poi sono arrivato a un'altra certezza, finalmente giusta: ero pronto, *sono* pronto per vivere con te.»

«Comincio a capire» Caterina disse, come a se stessa. La moglie l'aveva tradito, ferito, sconvolto e lui, come tutti gli amanti infelici, cercava di salvarsi da quella passione legandosi alla donna "giusta", affidabile e rassicurante.

«Che cosa *cominci a capire*?» Marco la sollecitò.

«Non importa.»

«Che cazzo vuol dire *non importa*?»

«Io non sono pronta per...»

«Tu hai paura! Tu vedi solo problemi! Perché non butti fuori tutto? Parliamone. Io non posso arrendermi se non capisco contro quali fantasmi devo combattere.»

Rita... accidenti a te. Caterina perse la testa. «Tua moglie non è un fantasma! Tu stai lottando contro l'amore che tuo malgrado provi per lei, questa è la verità.»

«Di che stai farneticando?»

«Del tuo inconscio.»

«Gesù, avevo dimenticato il tuo eclettismo. Chirurgo, poliziotta, psicologa...» L'ira lo soffocò. «Perché non ti fai analizzare, Caterina?»

«Già fatto, otto anni fa. E la psicologa fece una relazione molto rassicurante al giudice minorile. Risultai una ragazzina equilibrata e positivamente reattiva.» C'era come una nota d'orgoglio, nella sua voce.

Marco la captò e improvvisamente intenerito, le passò un braccio sulle spalle. «Lo sei anche adesso. Ti amo per questo.»

«Ho bisogno di tempo» si arrese. «Ora sono stanca, portami a casa.»

Marco rimise prontamente in moto. Nella resistenza di Caterina si era aperta una piccolissima breccia e per il momento gli bastava. Arrivato davanti al portone, scese dalla macchina per aprirle la portiera. «Tutto il tempo che vuoi» le disse.

Alla metà di gennaio un cronista del *Messaggero* telefonò alla Life per chiedere un'intervista con Marco Oberon. Il caso della ragazzina sopravvissuta all'incidente aveva scosso l'opinione pubblica e il suo giornale voleva sapere dal "chirurgo dei miracoli" quali e quante fossero le possibilità di ricostruirle il volto devastato.

La centralinista passò la chiamata a Vera, nel suo

nuovo ufficio, e la ragazza fu costretta a ribadire, con disappunto, che Oberon non intendeva rilasciare interviste.

«Almeno lei, può dirmi qualcosa?» il cronista insisté.

«Ieri è stato eseguito un secondo intervento.» Era la sola cosa che sapeva, ma le seccò doverlo ammettere. E così, in tono confidenziale, aggiunse: «Purtroppo c'è qualche problema...».

«Può parlarmene?»

«Non potrei... Il tamponamento è stato provocato dal padre della ragazzina, che era al volante, e pare che l'assicurazione dell'auto fosse scaduta...» L'aveva sentito dire da Olivares, ma anche qui non ne sapeva di più.

«Senta, Vera, adesso faccio un salto da lei e ne parliamo. Le assicuro che non scriverò niente che possa crearle dei problemi.»

Il mattino successivo *Il Messaggero* dedicò mezza pagina al dramma della ragazza. Il cronista si era dato da fare: basandosi sulle poche informazioni avute da Vera, aveva contattato la società assicuratrice dell'auto e intervistato un esperto di chirurgia plastica. Sarebbero occorsi molti e costosi interventi per ricostruire il viso della ragazza e, date le modestissime condizioni economiche della sua famiglia, era da escludersi che avesse una assicurazione privata. Il periodo di copertura assicurativa dell'auto era scaduto il giorno dell'incidente e sicuramente la società avrebbe creato dei problemi per pagare.

L'articolo si concludeva con un interrogativo: Marco Oberon e la Life si sarebbero fatti carico della lunga degenza della ragazzina e dei delicati interventi necessari, accontentandosi dei soli rimborsi mutualistici? In un riquadro si elencavano tutti i casi in cui, nel passato, Barbara Nardi e la clinica avevano dato prova di encomiabile solidarietà umana.

Marco Oberon irruppe nello studio di Olivares con il giornale in mano, infuriato: «Chi ha parlato dell'assicurazione scaduta e del secondo intervento?».

«Vera. Parlare coi giornalisti fa parte del suo lavoro, e mi sembra che l'articolo sia tutt'altro che negativo per la Life.»

«Ma lo è per me. Io sono un chirurgo, non l'uomo dei miracoli e stronzate del genere.»

«La gente va pazza per i miracoli, Oberon.»

«Allora legga i Vangeli.»

Quello che lo imbufalì fu sentire Caterina dire, con parole diverse, le stesse cose: dopo tanto chiasso e scandali la Life aveva bisogno di un po' di pubblicità positiva, e Vera si era comportata con intelligenza dando qualche informazione all'autore dell'articolo. Non le sembrava proprio che avesse fatto rivelazioni sconvolgenti, né parlato di "miracoli": si era limitata a sottolineare la bravura di un chirurgo della clinica, dato peraltro incontestabile.

«Va bene, va bene, mi avete convinto» Marco bofonchiò.

Poco dopo incontrò Vera. Olivares doveva averle detto della sua reazione irata, perché la ragazza lo fissò con aria mortificata e colpevole.

«Pare che io debba farti i complimenti» le disse accennando un sorriso. «Persino Caterina Masi si è schierata dalla tua parte.»

XII

La sfortuna è sfaticata e ha buona vista: era una delle tante sentenziose convinzioni di zia Elsa e Tilly, che da ragazzina ne rideva, dovette darle ragione. All'improvviso tutto cominciò ad andare storto, come se la sfortuna, dopo averla adocchiata, si volesse pigramente concentrare su di lei.

Gabriella annunciò l'intenzione di portare a termine la gravidanza affrettandosi ad aggiungere l'agghiacciante particolare: dopo il parto, avrebbe dato il bambino in adozione. Alla reazione di Massimo, gli sbatté in faccia di non essere affatto sicura che il padre fosse lui. Subito dopo giurò di avere mentito. L'aspro rimprovero di Tilly ebbe come unico effetto quello di renderla ancora più instabile, aggressiva e imprevedibile.

A Massimo erano saltati i nervi: estenuato dai continui litigi non studiava più, passava le giornate chiuso nella sua stanza e di sera scompariva per tornare talvolta all'alba.

Il 30 gennaio Olivares organizzò una cena per festeggiare il compleanno della moglie: e Tilly, dopo molte esitazioni, si decise ad accettare l'invito. Nel cercare una spilla da mettere sul vestito nero, si accorse che il cofanetto dei gioielli era stato svuotato. E non solo: qualcuno aveva messo mano anche alla sua borsetta, facendo sparire i contanti e le carte di credito.

Dopo aver rinunciato alla cena e avvertito Giovanna, si sedette in soggiorno per aspettare l'arrivo di Massimo.

Sbalordito, offeso e sdegnato per le sottintese accuse, suo figlio se ne andò sbattendo la porta. Il mattino dopo se ne andò anche Gabriella. Ripulendo con la domestica l'appartamentino degli ospiti, Tilly trovò nel bagno una siringa sporca di sangue e un laccio emostatico.

Per tre giorni visse nell'angoscia. Dov'era finito Massimo? Che cosa stava succedendo alle loro vite? Telefonò al dottor Renzi: no, non sapeva nulla della figlia e si mettesse il cuore in pace, *purtroppo* alle persone come lei non succedeva mai niente.

Tilly riattaccò pensando che Renzi aveva ragione: detestava Gabriella, e detestava anche se stessa per la meschinità e la ferocia che aveva scoperto in sé.

Fu tentata di chiamare Caterina: era la sola persona che avrebbe potuto confortarla e capirla, ma qualcosa la trattenne, come la sensazione di inquinarla con i suoi veleni.

Al quarto giorno Massimo si fece vivo: una telefonata concitata, brevissima, per dirle che Gabriella si era sentita male e la stava portando alla Life.

«Dove siete? Che cosa è successo?» Tilly chiese col cuore in gola.

«Adesso non posso spiegartelo. Dovresti correre in clinica e parlare con Olivares, semmai facessero delle storie per darle una stanza o per il resto.»

Riattaccò senza lasciarle il tempo di chiedergli altro. E, mentre guidava per raggiungere la clinica, si prospettò le ipotesi peggiori. In che guaio si erano cacciati? Perché quel tono di mistero?

Quando arrivò, Massimo la stava aspettando davanti all'ingresso. «Ho portato Gabriella al pronto soccorso e Caterina è andata all'accettazione per cercarle una stanza. Mi dispiace averti fatto venire per niente.»

«Massimo, sono tua madre!»

«Ma io non sono più il tuo bambino.»

Tilly lo fissò desolata e il suo viso chiuso le fece quasi soggezione. Rinunciò a difendersi. Era un adulto libero di scomparire, tornare, decidere, sbagliare senza doverle dare spiegazioni.

Ma d'un tratto non lo capiva più. Era uno sconosciuto che ricambiava il suo sguardo con una espressione sfuggente e ostile.

Non posso più fare niente per lui, pensò. La rassegnata impotenza si trasformò in ribellione. «Torno a casa» gli disse secca.

L'aveva buttata fuori dalla sua vita? Si arrangiasse. Non poteva permettergli di restare nella sua casa a sfruttarla, derubarla, toglierle la pace.

Dirò a Gorini di mettersi in contatto con il commercialista e il notaio per fargli avere quello che gli spetta dell'eredità di Ivano. Che sperperi tutto con Gabriella, che vendano tutto per la maledetta droga. *Non è più il mio bambino.*

Uscì dalla Life col viso in fiamme e risalì in macchina. *Esisto anche io.* Da quanto tempo l'aveva dimenticato? Invece di andare a casa, si fermò in un istituto di bellezza. Ne uscì cinque ore dopo con il corpo rilassato, il viso levigato e disteso, i capelli più corti e rischiarati da biondi colpi di sole.

Si accorse di avere fame: entrò in un bar, si sedette e ordinò due tramezzini con un bicchiere di champagne. Poi ne chiese un altro bicchiere. Nel portare alle labbra il terzo vide il suo viso riflesso nella specchiera di fronte. A te, sfortuna. Non sono più quella che hai adocchiato, e se non sei cieca alza le chiappe e vatti a cercare un'altra vittima.

Sono sbronza, pensò allegramente. Arrivata a casa, ricordò che era il giorno di permesso dei domestici. Tanto meglio. Vide che c'erano quattro messaggi sulla segreteria telefonica. Tirò dritto con una spallucciata, senza ascoltarli. Sei una vedova libera e sola, ridacchiò, e al diavolo tutti.

Si buttò vestita sul letto e dopo quattro notti insonni cadde in un sonno profondo.

La risvegliò la domestica filippina. Si sentì chiamare, scuotere e aprì faticosamente gli occhi. «Che ore sono?»

«Le ventidue, signora.»

«Brava, Luzou.» Le sue lezioni di italiano avevano trovato un'allieva diligente e attenta.

«C'è la signorina Caterina.»

«Dove?»

«In salotto. È venuta qui molto preoccupata.»

Caterina quasi l'aggredì. «Credevo che ti fosse successo qualcosa! Per tutto il pomeriggio non ho fatto che telefonare, lasciarti messaggi!»

«Sono stata all'istituto di bellezza.»

Caterina la fissò sconcertata. Solo in quel momento parve accorgersi che si era tagliata e schiarita i capelli.

Tilly rise. «Testa nuova, vita nuova. Non guardarmi come se fossi impazzita. Non sono mai stata tanto saggia.»

«Massimo mi ha detto che sei corsa via dalla Life sconvolta, senza neanche chiedergli di Gabriella. Credevo che...»

«Gabriella non è un problema mio.»

Caterina era sempre più perplessa. «Tilly, che cosa ti è successo?»

«Mi sono finalmente ricordata che la prima carità comincia da se stessi.»

«Tuo figlio è...»

«È una persona che non riconosco più e che non mi piace. Mi devo difendere da lui.»

«E Massimo, chi lo difende? Lo sai quello che sta passando?»

«Niente che non abbia voluto. Quattro giorni fa se n'è andato sbattendo la porta e non intendo riaprirgliela.»

«Se pensi che voglia tornare da una madre che lo ritiene bugiardo, tossico e ladro, sbagli di grosso» Caterina disse con voce sferzante.

«Non è così?»

«Tilly, i soldi e i gioielli te li ha presi Gabriella. Stamattina alle quattro è stata presa a calci da un balordo che le voleva portare via gli ultimi gioielli, e solo dopo quattro ore è riuscita a rintracciare Massimo.»

«Ma non erano insieme?»

«No, tuo figlio era a casa di un amico. Arrabbiato con te. Sconvolto dalla scoperta che Gabriella ha ricominciato a bucarsi, a mentire, a rubare.»

«Oh, mio Dio...»

«Ma quando lei gli ha chiesto aiuto, è corso a darglielo. L'ha trovata nel bar dove era stata aggredita, lasciata in un angolo del pavimento come un cane perché il padrone non ha chiamato l'ambulanza per non avere guai...»

«E adesso... come sta?»

«Meglio di come sembrava stamattina. Ma ha perso il bambino. Tanto perché tu sappia tutto, i possibili padri erano tre. Massimo piangeva, e Gabriella ha avuto una reazione furiosa: gli ha urlato che era stata con altri due ragazzi e perciò lui doveva rallegrarsi, non piangere, per la perdita del bastardino.»

Il volto terreo di Tilly spaventò Caterina e la fece pentire del modo in cui l'aveva trattata. Corse ad abbracciarla. «Scusami. Non è colpa tua, non potevi sapere...»

«Non ho avuto fiducia in mio figlio. Come sempre, al primo sospetto l'ho condannato» mormorò con un filo di voce.

«Massimo doveva difendersi, chiederti aiuto. Tilly, per piacere, non fare così.» La scrollò per le spalle.

«Vado subito alla Life» disse divincolandosi.

«Ho portato Massimo a casa mia e l'ho convinto a dormire da me. Lo vedrai domattina, quando sarete tutti e due più calmi, più sereni.»

Lo saremo mai più? Tilly si chiese per l'ennesima volta qualche ora dopo, rinunciando a prendere sonno. La sua sola colpa era stata sospettare del figlio. Ma per un anno intero, ai tempi della tossicodipendenza, lui non aveva fatto che mentire, ingannare, simulare, rubare. Di quell'anno Tilly ricordava tutte le attese angosciose, tutte le cocenti delusioni, tutti i raggiri.

Era stato come precipitare in un pozzo senza fondo, sempre più giù, fino a ritrovarsi nel buio totale. Nel deserto di ogni sentimento, di ogni regola, di ogni valore morale. Erano riusciti a risalire, ma il terrore l'aveva segnata per sempre. In quella discesa all'inferno le sue sicurezze e la sua capacità di fiducia si erano smarrite.

Adesso le aveva ritrovate. Massimo era tornato ad essere *suo* figlio. Riconosceva l'incrollabile senso del dovere, la lealtà, l'affidabilità, i valori che lei stessa gli aveva inculcato. Mai più avrebbe potuto dubitare di Massimo.

Ma non era più il suo bambino e quell'ultimo dramma le indicava con dolorosa perentorietà il posto che le competeva: quello di spettatrice. Qualunque cosa suo figlio avesse preso, lasciato, voluto, deciso, lei poteva soltanto pregare che gli andasse bene. Il ruolo di figlio protetto era finito e ora toccava a lui costruirsi i ruoli e le responsabilità di adulto: la vita gli avrebbe presentato i conti direttamente, senza più possibilità di coperture e di avalli.

Succedeva a tutti i genitori di provare il suo stesso senso di impotenza? Tilly non si era sentita così sola nemmeno dopo la morte di Ivano. A poco più di cinquant'anni si ritrovava nell'angolo. Nessuno aveva bisogno di lei.

Riprenditi la tua vita. Sei libera. Libera di fare che cosa? si irrise. Che razza di vita mi riprendo? Aveva avuto l'amore, il matrimonio, i figli, l'agiatezza: che altro pretendeva? La gioventù se n'era andata e tutti i giochi erano fatti.

Ho cinquant'anni. Da ragazzina, una donna della sua età le sembrava vecchia. E le veniva da ridere quando zia Elsa sottolineava di avere quindici anni meno della cugina Anna. Cinquanta o sessantacinque anni: che differenza c'era?

Ho cinquant'anni. Come ci sono arrivata?

Si svegliò alle nove. Era ancora raggomitolata sul divano, e la domestica l'aveva ricoperta con un plaid. La raggiunse in cucina, prese un caffè e andò in bagno a prepararsi per andare alla Life. Non aveva alcuna voglia di vedere Gabriella, ma era moralmente costretta a farlo.

Chiese di lei all'accettazione: era stata ricoverata nel reparto di Olivares. Prima di farle visita, andò nel suo studio per chiedergli notizie.

Olivares la rassicurò: l'emorragia era stata fermata e, a parte una costola incrinata e qualche ematoma, le sue condizioni erano più che soddisfacenti. Con grande tatto, non fece alcun commento sullo squallido pestaggio che l'aveva ridotta in quelle condizioni né parlò della gravidanza interrotta.

«Qualcuno ha avvertito il padre di Gabriella?» Tilly gli chiese.

«L'ho fatto io. Renzi è andato via poco fa, e gli ho parlato con franchezza della situazione. Sua figlia deve essere curata e disintossicata, altrimenti rischia grosso.»

«Gabriella non accetterà mai di andare in una comunità.»

«Quello è un problema che si porrà più avanti. Adesso la ragazza deve essere ricoverata in una struttura ospedaliera che abbia un reparto e dei medici specializzati.»

«E se rifiuta?»

«Il padre chiederà il trattamento sanitario obbligatorio. Ma io conto sulla collaborazione di Caterina. Ha preso molto a cuore questo caso, e Gabriella si è praticamente aggrappata a lei.»

Quando Tilly entrò nella stanza di Gabriella, le due ragazze stavano chiacchierando come due vecchie amiche. La presenza di Caterina la aiutò a superare il disagio di quella visita. Non sapeva che cosa dire né che cosa chiedere e le era difficile provare pena per la ragazza che aveva rischiato di distruggere la vita di suo figlio. Anche Gabriella sembrava a disagio. Cinque minuti, e Tilly si congedò.

«Aspettami nella sala d'attesa, devo parlarti» le disse Caterina.

La raggiunse poco dopo e Tilly le chiese notizie di Massimo. Perché non era in clinica con Gabriella? Stava bene?

«Abbiamo parlato fino all'alba e, quando sono uscita, dormiva» Caterina le disse. «Dopo quello che è successo, ha capito che il rapporto con Gabriella è irrecuperabile. È straziato all'idea di lasciarla, ma non può farsi distruggere dalla pietà e dal senso del dovere...»

«Ha fatto per lei molto più di quanto avrebbe dovuto!» Tilly protestò.

«È quello che ieri mattina gli ha detto anche Oberon. Massimo è per Gabriella come una stampella, e fino a quando lei saprà di poterlo usare e strumentalizzare non camminerà mai da sola. Per prima cosa, deve andare in una clinica per disintossicarsi: se nessuno le offrirà pietosamente ospitalità o aiuto, Gabriella capirà di non avere alternative.»

«Credi che ce la farà a liberarsi dalla droga e a costruirsi un'esistenza normale?»

Caterina rifletté qualche istante. «A dispetto di tutto, lo spero. C'è ancora qualcosa di sano, in lei... Tilly, credimi, non è cattiva. La sua tragedia è che si odia: è stata la peggiore nemica di se stessa.»

«Ho cercato anch'io di aiutarla!»

«È malata. La tossicodipendenza l'ha distrutta fisicamente e psicologicamente.»

«Massimo deve aspettare... Se le dice subito che la loro storia è finita, lei potrebbe avere una reazione terribile» Tilly disse in un empito di compassione.

«Stanotte abbiamo parlato anche di questo. Gabriella sarà dimessa da qui fra cinque o sei giorni, e dovrà entrare direttamente in un'altra struttura. Si rassegnerà a questo ricovero soltanto se saprà di non potere più contare su Massimo.»

«Stagli vicina. Anche a lei.»

«Massimo ha bisogno anche di te. Passata la rabbia, è pieno di vergogna per quello che ti ha costretto a subire e non ha il coraggio di tornare a casa.»

«Digli di non fare lo stupido! Sono io che devo farmi perdonare per i miei sospetti e le cose crudeli che gli ho detto.»

Caterina le sorrise. «Gli dirò anche che troverà una mamma nuova, tutta bionda...»

Tilly si strinse la testa fra le mani. «Ieri ho avuto un delirio di narcisismo e di imbecillità.»

«E perché? Mi piaci.»

«Mi sono proiettata in un futuro di lifting, massaggi e palestre» Tilly proseguì. «Ti piace anche questo?»

Caterina le sorrise di nuovo. «Ti trovo perfetta, anche quando hai queste idee pazze.»

«Hai l'aria stanca» Tilly osservò a un tratto. «Stai bene? Da *perfetta* egoista, non ho fatto che parlare di me e dei miei problemi.»

«Avrei solo bisogno di una notte di sonno.»

«Perché stasera non vieni da me? Accompagni Massimo e poi ti fermi a dormire.»

«Stasera sono di turno.»

«Ma sei stanca! Fatti sostituire da una collega!»

Caterina scosse la testa. «È impossibile. C'è una operata di Oberon molto grave, e lui stesso mi ha raccomandato di tenerla d'occhio.»

Tilly la scrutò. «Come vanno i vostri rapporti?»

«Bene… Riusciamo a parlare senza sbranarci.»

«Ho saputo da Giovanna che sua moglie è ancora a Roma. Nello stesso albergo che le trovai io la sera della cena.»

Caterina si irrigidì. «Così pare.»

«Non dirmi che Marco non te ne ha parlato!» si stupì Tilly.

«Non siamo tanto intimi.»

«Lui è innamorato di te.»

«E io di lui. Ma l'amore non ha mai risolto i problemi.»

«Questa è un'enormità!»

«No, è la verità. Te li fa soltanto aggirare o minimizzare.»

«Dobbiamo parlare, Caterina. Sono molto preoccupata per te.» Lo era davvero. E la sua faccia tirata non le piaceva per niente.

Quando Caterina entrò nella stanza di Gabriella vi trovò Marco. Inaspettatamente sembrava molto coinvolto nel problema dei due ragazzi, e questo le faceva piacere perché era un segno di sensibilità e di calore umano che mai, un tempo, avrebbe sospettato. Ma, soprattutto, era tranquillizzata dall'ascendente che Marco sembrava avere su entrambi.

Caterina si trattenne qualche minuto nella stanza e Gabriella la supplicò di ritornare appena possibile.

Alla fine della mattinata Caterina andò a casa per riposare: era stremata e non sapeva come avrebbe retto a una notte di guardia. Ma due infermiere si erano ammalate e, come aveva detto a Tilly, non poteva farsi sostituire.

Tornò alla Life pochi minuti prima delle dieci. Oberon era ancora in reparto e le raccomandò nuovamente la paziente operata due giorni prima: per qualsiasi emergenza, lo chiamasse sul cellulare.

Poi la invitò a bere un caffè alle solite macchinette. «Mi dispiace dover correre via» disse accartocciando il bicchiere. «Rita mi sta aspettando da due ore. Pare che si sia finalmente decisa a tornare a casa.»

Caterina non seppe cosa rispondergli. Marco la fissò. «Come vedi, ti sto dando tempo. Con il mio divorzio dovrebbe risolversi almeno un problema.»

XIII

Il telefono nella stanza di Gabriella era stato disattivato e suo padre le aveva portato via il cellulare per scongiurare il rischio che la ragazza si mettesse in contatto con qualche balordo del giro della droga.

Alle sue rimostranze («Mi trattate come una prigioniera! Non avete nessuna fiducia in me!») Caterina aveva replicato con sincerità che era impossibile dare fiducia a una tossicodipendente in fase di disintossicazione. «Sei depressa, vulnerabile e priva di difese: non possiamo permetterti di correre dei rischi.»

Alla fine, Gabriella si era convinta. Caterina era la prima amica che avesse mai avuto e l'unica persona di cui si fidasse. Una sera le raccontò che il padre, quando era bambina, aveva tentato di molestarla. Sua madre, invece di proteggerla, se n'era andata chiedendo il divorzio.

Aveva cominciato a fumare spinelli a tredici anni, durante una vacanza al mare in casa di un'amica, perché l'amica e suo fratello fumavano e lei aveva paura che rifiutando uno spinello li avrebbe offesi. A diciassette era passata all'eroina: era successo una notte d'estate, all'uscita dalla discoteca. Il gruppo dei suoi amici era andato ad aspettare l'alba sulla spiaggia e a un certo punto qualcuno le aveva passato una siringa pronta per il buco. Come dire di no? Si sarebbe sentita stupida, emarginata, diversa.

Caterina, sconvolta, si confidò con Olivares. «Il dottor Renzi è un farabutto. È stato lui, con le sue molestie, a rovinare la figlia.»

Olivares fu sconvolto quanto lei. Proprio il giorno prima aveva proposto a Renzi di venire a lavorare alla Life, nel reparto di ostetricia e ginecologia di imminente apertura, e a quel punto l'assunzione era impossibile. Convocò Renzi e lo affrontò con brutale franchezza.

La reazione dell'uomo fu, inaspettatamente, di desolata impotenza: «Vedo che mia figlia ha ricominciato con la sua recita... Ogni volta che vuole impietosire o accattivarsi la complicità di qualcuno si inventa un padre stupratore e distruttivo».

Gabriella, messa alle strette da Caterina e Olivares, dapprima minimizzò la sua bugia («ho scherzato»), poi accusò Caterina di avere frainteso e infine strillò che no, non era mai stata molestata, però suo padre aveva compiuto una violenza ben peggiore fregandosene di lei.

Caterina fu costretta a scusarsi con Renzi. Ma nonostante tutto non riusciva a condannare Gabriella: doveva avere un disperato bisogno di affetto e di attenzione per inventare una menzogna tanto orribile.

Ebbe al proposito una discussione con Oberon. Secondo lui, il bisogno più urgente di quella ragazza era essere ricoverata e curata in una clinica specializzata.

Vanamente Caterina lo pregò di convincere Olivares a tenerla ancora qualche giorno alla Life.

La replica fu che il primario era, se possibile, più determinato di lui a dimetterla.

Poco dopo Oberon incontrò casualmente Vera. Ancora irritato per lo scontro, le rivolse un breve cenno di saluto e fece per tirare dritto.

Ma Vera lo bloccò. «Olivares mi ha incaricata di occuparmi del trasferimento di Gabriella Renzi. Perché la mandiamo via?»

«Dobbiamo difenderci e difenderla.»

«So che cosa è successo. Mia madre mi ha raccontato della montatura delle molestie.»

«E allora perché me lo chiedi? La Renzi è mentalmente disturbata e qui non siamo attrezzati per curarla.»

«Sono d'accordo.» Lo sogguardò. «Spero che lo sia anche Caterina Masi.»

«Purtroppo l'affetto per quella ragazza la rende irragionevole.»

«*Irragionevole?* La degenza di Gabriella le ha consentito di esibire la sua generosità e il suo calore umano. Mandarla via è come toglierle un copione di grande successo.»

«Vedo che continui a detestarla.»

«Io non abbocco alle sue recite e continuo a giudicarla un'opportunista incapace di...»

«Può bastare.»

«Mi dispiace per te. Sarai molto deluso quando ti dovrai ricredere sul suo conto.»

Quando Gabriella seppe da Caterina che all'indomani il padre l'avrebbe portata in un'altra clinica, *un posto "per i pazzi"*, ebbe una reazione spaventosa: cominciò a urlare, dimenarsi, battersi i pugni sulla testa. Per calmarla, dovettero farle una iniezione. Ma dopo l'effetto del sedativo alla furia subentrò uno sfinimento che a Caterina parve ancora più straziante.

Dagli occhi di Gabriella scendevano lacrime senza singhiozzi e il viso era una maschera di rassegnata desolazione. Il dottor Renzi fece cenno a Caterina di seguirlo fuori dalla stanza. «Per il bene di mia figlia, le chiedo di mostrarsi irremovibile, se necessario impietosa. Deve farle capire che quella clinica è il solo posto in cui può andare e che io sono deciso a ricoverarla anche contro la sua volontà.»

«È disperata proprio perché lo ha capito.»

«Lo dica anche a Massimo Nardi.»

Caterina ritenne inutile precisare che in quei giorni la figlia si era rifiutata di vedere Massimo e l'aveva cacciato dalla sua stanza.

Il dottor Renzi non le piaceva: anche se i fatti l'avevano costretta a modificare l'opinione totalmente negativa su di lui, anche se doveva ammettere che le sue decisioni e i suoi comportamenti erano quelli giusti, continuava ad avvertire la stessa oscura animosità. Le era difficile vedere il buon padre in quell'uomo tanto determinato e razionale. Per lei, i buoni genitori erano necessariamente imperfetti, e cioè esitanti, iperprotettivi, contradditori, portati a sbagliare per eccesso di amore o di zelo.

Tornò da Gabriella col cuore pieno di tristezza. E per la prima volta dopo quei giorni di ricovero la ragazza le chiese di chiamare Massimo, subito: lui non era come gli altri, sicuramente l'avrebbe aiutata.

Purtroppo Caterina sapeva che non era così. Quell'incontro sarebbe stato un terribile momento di verità per entrambi: per Massimo, costretto a confessare la morte di un amore flagellato da sofferenze, azzardi e umiliazioni; e per Gabriella, che avrebbe dovuto prendere atto di tutti gli errori commessi e pagarne il prezzo con la solitudine e l'abbandono.

Caterina, dopo aver telefonato a Massimo, aspettò il suo arrivo seduta accanto al letto di Gabriella, tenendole la mano senza parlare. Quando Massimo arrivò, li lasciò soli e ritornò al lavoro. La tensione di quelle ultime ore l'aveva stremata. La caposala se ne accorse e l'apostrofò affettuosamente: non poteva lasciarsi coinvolgere a quel punto dalla Renzi, a dar troppa corda a certi malati si finiva per impiccarsi...

Caterina controllò sul tabellone giornaliero delle presenze le ultime annotazioni di Olivares e Oberon e iniziò il giro del reparto per distribuire i medicinali, fare le iniezioni e sostituire le bocce delle fleboclisi.

Passando davanti alla stanza di Gabriella, udì la sua voce alterata sovrapporsi a quella di Massimo. Si impose di proseguire: non poteva fare niente per aiutarli. Stavano affrontando la situazione più crudele, quella che esige il ricorso al peggio per uscirne: lo scontro impetuoso, le decisioni drastiche, il crollo di ogni censura. Per risalire, dovevano toccare il fondo. Perché nel buio delle loro vite tornasse il sereno, dovevano affrontare la tempesta.

Quando terminò il giro, la caposala le disse di raggiungere subito l'ambulatorio: a causa di un impegno urgente il dottor Oberon aveva anticipato le medicazioni e le visite.

Lo trovò già al lavoro, accigliato e silenzioso. Si mise al suo fianco attenta, come sempre, a prevenire le sue richieste, ma si sentiva svuotata ed esausta. A un certo punto le sembrò di svenire: in quella stanza mancava l'aria.

Solo alla fine Marco Oberon parve accorgersi di lei. «Prenditi un giorno di riposo, ne hai bisogno» disse sfilandosi il camice.

«Quando? Domani abbiamo in programma tre interventi, e dopodomani quattro» Caterina ribatté polemicamente.

«Scusa, non volevo offenderti. Hai una faccia che fa paura.»

Non era il primo a dirglielo, in quei giorni, e niente la irritava come quella forma di attenzione: che razza di gentilezza era sottolineare a una persona stanca e in crisi quanto, poveretta, fosse giù di forma?

«Mia moglie Rita si è trasferita in un residence» Marco disse inaspettatamente, cambiando discorso.

«Non era in partenza per il Brasile?»

«Ha cambiato idea. Sono furioso con lei.»

Si avvicinò al lavabo per lavarsi le mani e Caterina, dopo averlo fissato silenziosamente per qualche istante, si congedò. «Devo andare da Gabriella e...»

«Ho incaricato Gorini di mettersi in contatto con il mio avvocato di Rio per portare avanti le pratiche del divorzio» Marco proseguì. Come se non l'avesse sentita.

«Non mi...» Si interruppe. «Devo proprio andare.»

Gabriella era sola. Seduta sul letto con lo sguardo torvo e il viso arrossato dalla collera. «Mi ha mollato anche Massimo. Ma io non mi arrendo... Non mi farò rinchiudere in quella specie di carcere.»

«È un'ottima clinica, dove ti cureranno e ti aiuteranno a disintossicarti. Che vita è, la tua?»

«Quella che voglio.»

Caterina si inferocì. «Quello che vuoi è continuare a rubare, correre, affannarti e rischiare ogni giorno la galera o la morte per poterti chiudere in un cesso e bucarti?»

«Credevo che fossi mia amica» Gabriella osservò risentita.

«Tu non puoi avere amici. Nessuna persona normale può reggere a tanto squallore.»

«E allora vattene! Corri da quello stronzo di Massimo! Tu sei ancora più stronza di lui, perché nemmeno ti sforzi di frenare due lacrimucce e di recitare la parte dell'amico straziato.»

Caterina trasalì. «Dov'è Massimo?» chiese, ricordandosi improvvisamente di lui.

«Spero all'inferno. Se n'è andato cinque minuti fa, con una uscita di scena da spezzare il cuore.»

Caterina lasciò precipitosamente la stanza sperando di trovarlo ancora alla Life.

Era seduto su uno sgabello davanti all'ascensore, solo, i gomiti puntati sulle ginocchia e la testa fra le mani. Lo riscosse dolcemente. «Non potevi fare altro...»

Massimo sollevò il capo. «Lo so. Ma sono disperato lo stesso.»

«Aspettami qui. Vado a dare le consegne alla mia collega e ti accompagno a casa.»

«Non serve. Ho bisogno di stare solo, Caterina.» Si alzò faticosamente, come se sulle sue spalle fosse piombato tutto il dolore del mondo.

«Telefona a tua madre...»

«Lo farò.»

«Massimo, io ti voglio bene. Ti vogliamo tutti bene.»

Si aggrappò a lei scoppiando in singhiozzi. «Mi ha detto delle cose orribili... Non sono mai stato tanto male...»

Caterina lo tenne contro di sé accarezzandolo e confortandolo come si fa con un bambino.

Un grido, stridulo e rabbioso, li fece staccare bruscamente. Gabriella era a pochi passi da loro, tremante d'ira. Si scagliò contro Caterina. «È tutta colpa tua! Facevi finta di essermi amica per portarmi via Massimo! Chi è la squallida, di noi due?»

Prima che Caterina avesse tempo di riprendersi dallo stupore e di rispondere qualcosa, girò le spalle e corse di nuovo verso la sua stanza.

Massimo le andò dietro supplicandola di fermarsi, di fargli spiegare. Lei gli sbatté la porta in faccia urlando di andarsene, di lasciarla in pace. Poi si attaccò al campanello.

Quando l'infermiera arrivò, le chiese imperiosamente di telefonare subito a suo padre. Non voleva restare un istante di più alla Life, la portassero quella sera stessa nell'altra clinica. Sembrava in balia di un'altra crisi isterica e l'ingresso di Caterina nella stanza scatenò una sequela di urli e insulti.

L'infermiera, stupita da quella scenata e indecisa sul da farsi, andò a consultarsi con Vera, nel suo ufficio. Doveva o no telefonare al padre, come la ragazza voleva?

«Lo faccia subito, prima che cambi idea» la esortò Vera. «Il dottor Renzi sarà felicissimo di poterla trasferire nell'altra clinica senza resistenze e scenate.»

L'infermiera la guardò con espressione titubante. «Non vorrei che la figlia gli raccontasse qualche bugia... Qualcosa di spiacevole.»

«Vuole spiegarsi meglio?»

«Ha cacciato Massimo Nardi e accusa Caterina di averla rovinata. Credo che bisognerebbe calmare la ragazza e farsi spiegare che cosa è successo prima di telefonare al padre.»

Vera si alzò prontamente. «Ci penso io.» Arrivò nella stanza di Gabriella nel momento in cui Caterina e Massimo ne uscivano, sconvolti e a testa bassa.

Chiuse la porta e si sedette vicino al suo letto. «Adesso calmati, io sono qui per aiutarti. Vuoi raccontarmi che cosa ti hanno fatto Massimo e Caterina?»

«Lui è un pirla e lei è una serpe strisciante.»

Lo sguardo di Vera si illuminò. «Non era la tua migliore amica?»

«Poco fa l'ho trovata abbracciata a Massimo. È stata lei a montarlo contro di me e a farmi litigare con Tilly Nardi. Prima di andarmene da qui, devo dire al primario che razza di infermiera lavora nel suo reparto.»

«Il professor Olivares non c'è. Puoi dirlo a tuo padre e al dottor Oberon» suggerì Vera.

«Hai ragione, Oberon la guarda e le parla come se fosse Madre Teresa di Calcutta... Deve sapere chi è veramente.»

Vera si alzò. «Vado a chiamarlo. E poi telefonerò a tuo padre. Dovrai spiegare anche a lui perché vuoi lasciare subito questa clinica...» le ricordò con voce insinuante.

Oberon andò in infermeria a cercare Caterina, infastidito e irritato con Vera per averlo costretto ad ascoltare le farneticazioni di Gabriella Renzi.

Caterina aveva finito il suo turno e stava preparandosi per uscire. Il suo pallore lo allarmò: «Stai male?».

«Non potrei stare peggio, dopo una giornata come questa.»

«Ho appena parlato con Gabriella. Suo padre sta venendo a prenderla.»

«Finalmente una buona notizia.»

Quel tono duro sorprese Marco. «È una povera ragazza malata. E tu l'hai sempre capita e difesa.»

«La mia capacità di compassione si è esaurita. La *povera ragazza* sa bene come aggredire e colpire.» Una morsa di nausea le strinse lo stomaco e un fiotto di saliva le salì alla gola.

«Sei stanca, Caterina. Dovresti proprio...»

«Va' all'inferno.» Corse in bagno e, curva sulla tazza del water, vomitò tutto il veleno.

Quando tornò in infermeria, Oberon se n'era andato.

XIV

Dai sedici ai vent'anni, durante il passaggio dall'adolescenza all'età adulta, Caterina era stata sopraffatta da eventi e situazioni molto più grandi di lei: le sue giornate erano un susseguirsi di difficoltà, lotte, dilemmi angosciosi. L'istinto di sopravvivenza aveva fatto scattare una serie di meccanismi che, alla fine, si erano radicati in lei diventando parte integrante della sua natura.

Caterina non affrontava mai una situazione prima del tempo, non si lasciava mai angustiare da dubbi che non esigessero una risposta o una decisione immediata e, se un problema si configurava senza soluzione, rifiutava di vederlo o aspettava che si risolvesse da solo, come succede nella maggior parte dei casi.

Alla metà di gennaio tutti questi meccanismi di difesa si erano eretti come una barriera tra Caterina e un segnale d'allarme inequivocabile: il ciclo mensile non arrivò e lei non ci fece caso. Se ne accorse quando il ritardo diventò di due settimane. Non le era mai successo.

Invece di preoccuparsi e fare un test di gravidanza, si diede la spiegazione più tranquillizzante: stanchezza e tensioni provocavano spesso irregolarità e ritardi. Quando cominciarono i primi malesseri, nausea, sonnolenza e capogiri, li attribuì alla vita sempre più stressante che conduceva.

Ma alla metà di febbraio, quando il ciclo saltò per la seconda volta, la barriera si incrinò e la sua mente, con riluttanza e circospezione, fu costretta a riandare al ricordo di ciò che era avvenuto la notte del 20 dicembre, dopo la cena a casa di Tilly.

Sono incinta. Il sospetto era talmente spaventoso che Caterina rifiutò di soffermarvisi.

La sera dello scontro con Oberon, quando sollevò la testa dalla tazza del water con i muscoli indolenziti e un cerchio alla testa, la barriera dei meccanismi di difesa crollò di colpo. *Sono incinta di due mesi.* Il sospetto diventò una certezza che la fece barcollare. Si sciacquò la bocca, lavò la faccia e si soffermò qualche minuto in bagno sforzandosi di ritrovare l'autocontrollo. Se Marco le avesse ripetuto "sei stanca, prenditi un giorno di riposo", lo avrebbe strozzato.

Ma Marco se n'era andato. Fu un misero sollievo rispetto agli angosciosi interrogativi che le poneva quella gravidanza: una beffa, l'ennesima violenza che doveva subire, e stavolta con un figlio buttato nell'esistenza senza padre, senza sicurezze, senza altri affetti all'infuori del suo.

Che cosa accadrà alla Life quando dirò che sono incinta? Potrò continuare questo lavoro a tempo pieno e coi turni di notte, con un figlio da crescere? Dovrò smettere l'università, cercare una occupazione meno impegnativa... Ma come farò a mantenerlo? Quale futuro gli potrò dare? Il panico le tolse il respiro.

Basta. Hai almeno tre mesi davanti a te prima che alla Life si accorgano della gravidanza e altri quattro prima che il bambino nasca. *Non pensarci adesso.* L'istinto di sopravvivenza le venne pietosamente in soccorso ricordandole la familiare regola di non lasciarsi angosciare da un problema che non esigesse soluzioni o decisioni immediate.

Ci penserai fra tre mesi, quando avrai le idee più chiare. Sì, Caterina assentì, prendere tempo è la cosa più sensata che posso fare. Incrociò le mani sul ventre: coraggio, bambino, ce la faremo.

Al mattino dopo si alzò senza quella sensazione di stanchezza e di oscura ansia che da qualche settimana rendeva faticosi i suoi risvegli. Disseppellito dall'inconscio, il timore della gravidanza diventò una realtà accettabile, un problema che al momento opportuno avrebbe affrontato e risolto come era accaduto per tutti gli altri.

Le nausee cessarono istantaneamente, come pure le crisi di sfinimento e di sonnolenza. Fissò un appuntamento con il ginecologo di un ospedale pubblico. Tutto andava bene. Il ginecologo si limitò a prescriverle alcuni esami di routine e la invitò a tornare il mese successivo.

Dopo lo scontro nell'infermeria Marco Oberon si ritrovò spesso a interrogarsi su Caterina. Pur riconoscendole encomiabili qualità professionali quali l'efficienza, la disponibilità e l'approccio paziente e umano con i degenti, nei suoi comportamenti vi era qualcosa che lo lasciava perplesso e non riusciva a mettere a fuoco: come una sacca di durezza che si manifestava inaspettatamente, rendendola aggressiva e impietosa.

Era accaduto anche con Gabriella Renzi: un'accusa ridicola e un'esplosione d'ira, chiaro segno di una mente disturbata, erano bastati per trasformare Caterina, l'amica *esageratamente* solidale e comprensiva, in una implacabile estranea.

Fino a quel giorno Oberon aveva avuto la certezza che i suoi sentimenti erano ricambiati e che solamente la *disabitudine* alla felicità le impediva di lasciarsi andare. Ma d'un tratto sia questa analisi sia la sua sicurezza gli parvero il fatidico appiglio di tutti gli innamorati che non accettano di sentirsi rifiutati.

Caterina aveva chiesto tempo per riflettere: adesso il dubbio era che avesse voluto dare a lui il tempo per rassegnarsi al rifiuto. Nulla lo autorizzava a ricredersi: Caterina si comportava in modo sempre più impersonale e distaccato. Vi erano momenti in cui aveva addirittura l'impressione che lo detestasse. Ma perché? Che cosa le aveva fatto?

Un pomeriggio Rita era venuta a cercarlo alla Life, decisa a parlargli. Vera, che si trovava all'accettazione nel momento in cui sua moglie chiedeva di lui, l'aveva condotta con sé, nel suo ufficio. Il sospetto che Caterina si fosse irrigidita per l'incursione di Rita era subito caduto, perché quel pomeriggio non si trovava alla Life. E allora?

Stanco di porsi interrogativi senza risposta e visceralmente avverso a sterili elucubrazioni, Marco decise di affrontarla. A costo di tenerla legata, l'avrebbe costretta ad ascoltare le sue domande e a dargliene le risposte.

Al termine di un intervento delicato e lunghissimo la bloccò prima che lasciasse la sala operatoria. «Puoi venire un momento nel mio studio?» le chiese in tono quasi professionale.

«Sì, certo» Caterina rispose, sicura che volesse parlarle di lavoro. Ma dovette ricredersi appena seduta.

«Mi sembra di averti dato il tempo necessario per riflettere. A quali conclusioni sei arrivata?» Marco la apostrofò senza giri di parole.

Caterina, per qualche istante, lo fissò senza capire. «Conclusioni?...» ripeté automaticamente.

«Già. I miei sentimenti per te non sono cambiati e ho bisogno di vedere chiaro nei tuoi.»

Caterina ritrovò immediatamente il controllo. «Credevo che il discorso fosse chiuso.»

«Questa non è una risposta! Devo sapere se...»

«No.»

«*No* che cosa?» urlò.

«Non voglio legami. Non esiste alcuna possibilità per noi due.»

Marco la guardò. «Come sei arrivata a questa conclusione?»

Caterina abbassò la testa. «Siamo troppo diversi...» La rialzò. «Non sono innamorata di te, Marco, ecco tutto.»

«È impossibile!» proruppe. Avvertendo subito la ridicola presunzione di quella frase, si corresse. «Avevi detto di amarmi. Ero certo che volessi del tempo per...»

«Mi sono innamorata di un altro uomo» Caterina disse precipitosamente. *Colpito. Insisti, affonda.* «Credo che tra qualche mese mi dimetterò dalla Life per vivere con lui...»

L'espressione sbalordita e affranta di Marco le causò una trafittura di pietà. *Ti ha messa incinta senza accorgersene, e tra sei mesi lui ti avrà dimenticata e tu ti sbatterai per crescere suo figlio.* La pietà scomparve.

Marco si alzò. «Adesso il discorso è chiuso. Fino a quando lavorerai qui, puoi stare certa che non ti importunerò più» disse calmo. Dal suo viso era sparita ogni traccia di sofferenza. «Puoi andare» aggiunse con cortese distacco vedendo che non si era ancora alzata. Ma era gentile solo la voce. Il suo sguardo era pieno di odio.

Non ti importunerà più. Lo hai buttato fuori dalla tua vita in modo irreparabile. Non potevo fare altro, Caterina si disse con tristezza mentre tornava in infermeria.

Te lo ha impedito soltanto l'orgoglio. La vergogna di parlargli di quella notte. Quella notte per lui non esiste. Era ubriaco e mi aveva scambiato per sua moglie. Come potevo dirgli la verità? Rifilargli un figlio concepito per sbaglio?

Appunto. Te lo ha impedito l'orgoglio, la irrise, implacabile, la voce.

Nello stesso momento anche Oberon stava irridendo se stesso. Caterina lo aveva fatto innamorare e tenuto sulla corda per rimuovere la sua iniziale avversione. Lui era un importante chirurgo della Life e lei una infermiera ambiziosa, alle prime armi, consapevole dei problemi che una guerra impari le avrebbe comportato. Quando si era resa conto di averlo ormai in pugno, aveva gettato la maschera.

Ci era cascato come un fesso. Caterina aveva fatto fessi tutti, tranne Vera. Le persone ciniche e senza scrupoli riconoscono al volo i loro simili, pensò. Ma si accorse di essere ingiusto nei confronti di Vera. Quella ragazza aveva cercato di mettere in guardia tutti dalla doppiezza di Caterina, e il solo risultato era stato quello di essere giudicata invidiosa, insensibile e intrigante: persino dalla madre.

In un soprassalto di rimorso andò a cercarla nel suo ufficio. Vera stava parlando con una giovane coppia e, nel vederlo entrare, si interruppe: «Hai bisogno di qualcosa?».

«Niente di urgente... Vuoi venire a cena con me, stasera?»

La gioia e la sorpresa che le illuminavano lo sguardo erano sinceri. Stavolta non poteva sbagliarsi.

Gli bastarono pochi giorni per arrivare alla certezza che Vera, nonostante i segni lasciati dal lungo vuoto di presenze rassicuranti e affettive, aveva una natura fondamentalmente buona. Si accorse di provare per lei una tenerezza quasi paterna.

Durante le brevi pause, faceva una scappata nel suo ufficio per un saluto o le telefonava chiedendole di raggiungerlo alle macchinette del caffè. La invitò a cena una seconda volta e le diede un paio di passaggi in macchina per riaccompagnarla a casa. Queste attenzioni, a cui non era avvezza, avevano su di lei un effetto benefico. Era come veder rinverdire una piantina inaridita dalla mancanza di acqua e di sole.

Vera sorrideva, scherzava, era felice. La sua vicinanza era un sollievo anche per Marco perché, occupandosi di lei, riusciva a dimenticare se stesso e i cattivi pensieri.

Una domenica Vera insistette per essere invitata nella sua casa. «Voglio vedere dove abiti.»

«Non se ne parla nemmeno. È la tana disordinata e impresentabile di uno scapolo!» protestò.

Vera rise. «Io sono bravissima a mettere ordine. Lascia che faccia qualcosa per te» insisté ancora.

«E va bene. L'hai voluto tu.»

La casa di Marco era veramente impresentabile e Vera non poté trattenere un moto di sorpresa. «Non dirmi che non hai una donna delle pulizie!»

«Di tanto in tanto la portiera sale a mettere un po' d'ordine e a prelevare la biancheria sporca per portarla in tintoria. Preso come sono, non ho mai avuto il tempo di cercare una vera domestica.»

«Lascia fare a me, in poche ore questa tana risplenderà!» Vera disse con slancio. Gli impose di andare a sedersi in salotto e cominciò a ripulire con l'eccitazione di una bambina che ha scoperto un nuovo gioco.

Marco accese il televisore e si allungò sul divano. Non è di una donna delle pulizie che ho bisogno, pensò. Ma la sola persona con cui avrei voluto vivere si è rivelata indegna d'amore.

Sono innamorata di un altro uomo. Gli sembrò che il cuore si spostasse da una parte all'altra del petto. E per la prima volta, cautamente, osò soffermarsi su quella insopportabile rivelazione. Chi poteva essere, quell'uomo? Dove l'aveva conosciuto? E quando trovava il tempo di frequentarlo?

Forse era un giovane medico o un infermiere della Life. Escluse subito l'ipotesi. Caterina mirava in alto: perché mai ripiegare su un personaggio di secondo piano quando avrebbe potuto avere lui, Oberon, il chirurgo di chiara fama?

Olivares. Quel nome gli esplose dentro come un lampo e d'un tratto ricordò quello che Vera gli aveva detto, ai tempi in cui la riteneva ancora un'intrigante e invidiosa ragazza. *La Masi ha una relazione con Diego.*

Si alzò di scatto per raggiungere Vera. Caterina era un argomento tabù e le aveva imposto di non nominarla neppure, ma era arrivato il momento di saperne di più.

Vera era nella stanza da letto, tesa nello sforzo di rivoltare il materasso. Corse a darle una mano e poi si sedette sulla poltroncina ai piedi del letto cercando le parole per chiederle di Caterina e Diego nel modo più naturale possibile.

Vera lo fece spostare per scopare sotto al letto. D'un tratto si curvò e raccolse un oggetto. Lo osservò attentamente: era un vecchio medaglione in filigrana con una piccola perla al centro.

«Come è finito a casa tua?» Vera chiese con una strana voce ostile e sospettosa, mostrandogli il medaglione.

Lo osservò attentamente anche Marco. «Non lo so davvero. Forse è della vecchia inquilina. Ma che cosa...»

Vera lo fissò. «Sei sicuro di non averlo mai visto prima?»

Marco ricambiò lo sguardo, irritato. «Piantala con questo tono da inquisizione. Se il medaglione ti piace tanto, prenditelo pure.»

Vera apparve d'un tratto enormemente sollevata. E il suo tono cambiò di colpo. «Davvero posso tenerlo?» chiese con vocina estasiata.

Marco annuì e ritornò in soggiorno: d'un tratto non aveva più alcun desiderio di indagare sull'amante segreto di Caterina. Aspettò che Vera finisse il giochino della piccola colf e poi la riaccompagnò a casa.

Al mattino seguente Vera andò alla Life con il medaglione nella borsetta. Prima di andare nel suo ufficio, passò in infermeria e chiese di Caterina. La caposala le disse che stava facendo il giro del reparto: poteva aspettarla, non ne aveva ancora per molto.

Caterina arrivò dopo qualche minuto, sorpresa che Vera l'avesse cercata. La guardò interrogativamente. «C'è qualche problema?»

Vera estrasse il medaglione dalla borsetta e glielo agitò silenziosamente davanti agli occhi, come un ipnotizzatore. «Questo.»

«Dove l'hai trovato?» Caterina gridò quasi, allungando istintivamente la mano.

Vera lo sottrasse alla sua presa. «Me l'ha consegnato un tizio dell'impresa delle pulizie. Forse è di una ricoverata che l'ha perso in un bagno, in un corridoio...»

«Veramente è mio.» Era il medaglione che aveva indossato la sciagurata sera della cena a casa di Tilly. Al ritorno a casa si era accorta di averlo perduto. Era *impossibile* che qualcuno l'avesse ritrovato alla Life: Vera stava mentendo, e non riusciva a capire perché né che cosa stesse tramando.

«È tuo?» Vera ripeté con voce provocatoria.

«Senti, se non ci credi lascia perdere» tagliò corto.

«E perché non dovrei crederti? Ricordavo vagamente di avertelo visto al collo... Un'altra volta stai più attenta.» Le mise in mano il medaglione e lasciò l'infermeria.

Vera ricordava *benissimo* la sera in cui Caterina l'aveva indossato, e nel momento stesso in cui l'aveva trovato aveva capito che Caterina era stata a casa di Marco.

Nel letto di Marco. Ma, a quanto pareva, lui sembrava averne perduto memoria.

Restata sola, Caterina infilò il medaglione in tasca rinunciando a capire come fosse saltato fuori. Nel reparto circolavano maliziose insinuazioni sull'improvviso interesse di Marco Oberon per la figlia di Giovanna Medici e ad un tratto tutto le fu amaramente chiaro: Vera l'aveva trovato a casa di lui. Forse era stato lui stesso, in un soprassalto di memoria, a pregarla di restituirglielo: per umiliarla, per farle capire che quella botta di sesso non meritava neppure un cenno.

Il sospetto che fosse veramente così le fece montare al viso una vampata d'ira.

Tolse il medaglione dalla tasca e se lo mise al collo, bene in vista sopra il camice. Marco aveva voluto umiliarla? Guardasse pure: non ci era riuscito.

A mezzogiorno era in programma un intervento di lifting alla moglie sessantenne di un noto industriale. Era una donna ansiosa e agitata e, mezz'ora prima, Caterina andò nella sua stanza per controllare se le era stata fatta la preanestesia.

La trovò vestita e pronta per uscire: in un soprassalto di panico, aveva deciso di rinunciare all'operazione e stava aspettando l'autista per ritornare a casa.

«Non ce la faccio...» la donna spiegò a Caterina. «Ho sentito di donne che sono rimaste sfigurate dopo un lifting... Un paio d'anni fa è successo anche a una paziente della Life. Ne hanno parlato persino i telegiornali...»

Caterina si impose di controllare l'irritazione che tutti i problemi futili le suscitavano. «Il lifting non è un intervento obbligatorio e non deve giustificarsi se ha cambiato idea.»

«Dicono che il dottor Oberon sia il migliore. Forse dovrei fidarmi di lui.»

«Dovrebbe soprattutto decidersi.»

La donna esitò. «No, non me la sento. Devo rifletterci un po'...»

«Come crede.»

«Lei non è molto incoraggiante» la donna osservò con una nota di risentimento.

Caterina non raccolse. «Mi scusi, devo avvertire la sala operatoria che...» Fu interrotta dall'arrivo di Oberon.

La donna fece due passi verso di lui. «Dottore, non so che cosa fare e questa signorina non mi è di alcun aiuto.»

Solo in quel momento Oberon parve accorgersi della presenza di Caterina. Le lanciò un'occhiata e distolse subito lo sguardo. «Se non se la sente, possiamo rimandare l'intervento, signora Belli.»

«Come dicevo alla sua infermiera ho paura delle incognite... dei rischi. Vorrei saperne di più.»

«Le ho mostrato sul computer come lavorerò sul suo viso e quali risultati otterremo. Ogni intervento può presentare delle incognite, ma lei ha un'ottima salute, non è fumatrice, ha una buona muscolatura e la pelle ancora tonica: tutto questo, all'atto pratico, riduce al minimo ogni rischio.»

«Nel peggiore dei casi, qual è il più serio che corro?»

Prima che Oberon rispondesse, Caterina disse in fretta: «Devo andare, scusatemi».

«La sua infermiera non è molto collaborativa» la donna osservò con acidità.

Oberon lanciò un'occhiata a Caterina. «In sala operatoria è impeccabile» replicò in tono professionale.

«Non lo metto in dubbio. Però i pazienti avrebbero bisogno anche di una parola gentile, di un po' di calore umano.»

Oberon guardò nuovamente Caterina. «Purtroppo sono qualità sempre più...» Si fermò di colpo, il viso esterrefatto come se avesse visto un serpente sul letto operatorio.

Ha visto il medaglione, Caterina si disse con una gioia perversa. Rivolse un sorriso all'odiosa signora. «Lei ha ragione, mi scusi.»

Un quarto d'ora dopo Marco la raggiunse in ambulatorio. «Chi ti ha dato quel medaglione?» chiese senza preamboli, il dito puntato sul suo collo.

«La mia madre adottiva. La signora Belli ha preso una decisione?»

«Stai dicendo che è tuo?»

«Veramente sto chiedendo dell'intervento.»

«Ieri sera Vera l'ha trovato sotto al...» Si corresse subito. «Ieri sera era nelle mani di Vera.»

«E adesso è al mio collo.»

«Te l'ha dato lei?» Non riusciva a capire.

«Perché non glielo chiedi?»

XV

Vera, messa alle strette e dandosi dell'idiota per il dispetto che aveva voluto fare a Caterina e che ora le si ritorceva contro, farfugliò una spiegazione che a lei per prima apparve incredibile: quella mattina era arrivata alla Life col medaglione al collo e a un tratto si era accorta di non averlo più. Sicuramente Caterina l'aveva trovato da qualche parte e se l'era preso...

Si stupì che Marco bevesse quella assurda storiella invece di infuriarsi e insistere per sapere la verità.

In realtà Marco era troppo sconvolto per prendersela con Vera e indagare su irrilevanti particolari. Comunque il medaglione fosse tornato a Caterina, due cose erano certe: quell'oggetto le apparteneva e lo aveva smarrito nella sua stanza da letto, dove era stato ritrovato. In altre parole, Caterina era entrata nella sua casa. Ma quando? In che occasione? E perché?

Al termine di una faticosa giornata tornò a chiederselo. Qualcosa di oscuro e sgradevole gli serpeggiò nella bocca dello stomaco. Ebbe come la sensazione di un ricordo che stesse lentamente riaffiorando dalla parte più buia di sé, e tentò di ricacciarvelo in preda al panico. Ma la mente, con spericolatezza, lo afferrò e lo trattenne.

La cena di Natale a casa di Tilly. Tutti gli interrogativi che aveva vilmente lasciato senza risposta tornarono a turbarlo. I ricordi di quella sera si fermavano al momento in cui, ubriaco, si era presentato con Rita a Villa Nardi. Che cosa aveva fatto? Chi aveva visto? Chi l'aveva riaccompagnato a casa, svestito e sdraiato nel letto?

Di nuovo quel serpeggiare alla bocca dello stomaco. *Avanti, cerca di ricordare.* Caterina. Aveva incontrato Caterina.

E poi? Il viso stupito e addolorato di lei, Tilly che chiamava un taxi. *E poi?* Gli venne la frenesia di ricordare: d'un tratto era certo che, se fosse riuscito a ricostruire gli eventi di quella sera, tutto sarebbe stato chiarito e risolto. Era successo qualcosa che lo aveva separato per sempre da Caterina.

Avanti, cerca di ricordare.

A mezzanotte si arrese e telefonò a Rita: forse lei poteva aiutarlo. Rispose al secondo squillo, come se stesse aspettando che qualcuno la chiamasse, e nell'udire la sua voce quasi lo aggredì. «Hai venduto il disegno di Picasso» disse in tono esagitato. «Ieri Vera mi ha invitato a casa sua, e l'ho visto appeso nel soggiorno.»

«Quel disegno era mio, Rita.»

«Lo so! Credi che volessi portartelo via?»

«Allora perché ti scaldi tanto?»

Seguì qualche istante di silenzio. «Rita, mi senti?»

«Alfonso è a Roma. È venuto a cercarmi e mi ha detto tutto: ti sta ricattando da anni.»

«È un poveraccio» si schermì.

«Un poveraccio con un florido conto in banca. Si è arricchito alle tue spalle, e ora ti ha ridotto a vendere i tuoi quadri!»

«La pacchia è finita. Con quel Picasso gli ho pagato l'ultima rata.»

«Ma perché non me ne hai mai parlato? Che cosa hai fatto per essere...»

«Rita, stanne fuori. Non è un problema tuo.»

«Abbiamo vissuto insieme per otto anni: era *anche* un problema mio. E adesso mi chiedo da quanti altri mi hai tenuto fuori. Che razza di matrimonio è stato il nostro?»

«Rita, mi dispiace.»

«Se mi hai telefonato per riparlare del nostro divorzio, sta' tranquillo. Ho incaricato l'avvocato di...»

«È una buona notizia, ma non ti ho chiamato per questo.»

Di nuovo il silenzio. Poi: «Che cosa vuoi, allora?».

Adesso fu lui a tacere. Era imbarazzante, a quel punto, costringerla a riesumare i ricordi di una sera che doveva essere stata umiliante e dolorosa per lei. Era la prima volta che se ne rendeva conto.

«Marco?» lo sollecitò.

«Non importa, ti richiamerò uno di questi giorni.»

«Escludo che tu mi abbia chiamata per qualcosa che *non importa*. Avanti, parla.»

Avanti, parla, si ripeté. «Volevo chiederti qualcosa a proposito della sera del 20 dicembre, quando sei arrivata a Roma.»

«È incredibile che ricordi quella data! Sbronzo come eri, pensavo che ti fossi scordato tutto.»

Marco si schiarì la voce. «È questo il punto. Che cosa ho fatto dopo averti costretta a seguirmi a casa di Tilly Nardi? Scusami, so che per te è penoso rievocare quella sera.»

«In effetti è stato penoso vedere la signora Nardi correre al telefono e chiamare un taxi per sbatterci fuori da casa sua. Va detto che, sbronzo come eri, non davi uno spettacolo molto edificante.»

«Ho litigato con qualcuno?»

«Tilly Nardi ha fatto in modo che nessuno ti vedesse. Ti ha tenuto chiuso in cucina, e quando la famosa Caterina è entrata per cercarla, l'ha quasi costretta ad andarsene.»

«La *famosa* Caterina? Perché *famosa*?»

«Perché dal quarto bicchiere in poi non hai fatto che straparlare di lei. È evidente che ne sei innamorato.»

«Lascia perdere, Rita. E dopo, che cosa è successo?»

«Siamo saliti nel taxi e mi hai scaricato in albergo. Fine della serata e della festa.»

«Qualcuno mi ha portato a casa, mi ha tolto i vestiti e mi ha messo a letto. Chi può essere stato?»

«Il tassista, forse. Gli italiani sono così gentili!»

«Non scherzare. Per me è molto importante saperlo.»

«Forse la tua Caterina si è infilata nel bagagliaio e... Scusami, sto scherzando di nuovo. Seriamente: non so che cosa risponderti. Io sono entrata in albergo e tu sei ripartito col taxi. Mi dispiace non poterti aiutare.»

«Sei stata molto gentile.»

«Marco, il tuo problema più serio dovrebbe essere Alfonso.»

«Te l'ho detto, l'ho già risolto.»

«Non fidarti di lui. Io sono molto preoccupata per te: anche se il nostro matrimonio è finito, sei rimasto la persona a cui voglio più bene.»

«Ti voglio bene anch'io.»

«Allora rifatti vivo presto» disse riattaccando.

Marco restò per qualche minuto svuotato e triste. Crollato il risentimento per la moglie, ricordava le qualità che gliela avevano fatta amare: l'allegria, la curiosità, gli slanci generosi, le ingenuità da bambina.

Con il trascorrere degli anni queste qualità si erano esasperate trasformandosi in difetti e Rita era diventata superficiale, infantile, pretenziosa, invadente. Adesso Marco scopriva che era profondamente buona.

Probabilmente lo era sempre stata. Ma la bontà è un sentimento che non suscita la passione, pensò amaro, e non trattiene un marito disamorato. Alla tristezza si aggiunse un feroce senso di colpa.

Il telefono squillò e Marco guardò istintivamente l'orologio: l'una di notte. A quell'ora, poteva essere solo un'emergenza della Life.

Era Rita. «C'è una cosa di cui non volevo parlarti ma, dopo aver messo giù il telefono, mi sono sentita vendicativa e meschina» disse d'un fiato. «Dormivi?»

«No. Riflettevo.»

«Marco, da un mese frequento un uomo adorabile e sono rimasta a Roma per lui. È Jean-Pierre Gorini, il figlio dell'avvocato della Life. Va' a dormire e non preoccuparti per me.»

«Ti voglio bene, Rita» le disse per la seconda volta.

«L'ho capito poco fa. Per questo ti ho richiamato. Senti, mi è venuta un'idea: se per te è tanto importante sapere che cosa è successo, dopo avermi lasciato all'hotel, dovresti rintracciare il tassista. Forse la signora Nardi ricorda il numero che ha fatto, e...»

«Grazie, Rita. *Di tutto.*»

«Mi hai promesso di richiamare. Ci conto, eh?»

Forse Tilly ricordava il numero, forse non era difficile risalire al tassista chiedendo alla sua cooperativa di controllare le registrazioni delle corse della notte del 20 dicembre: ma Marco decise di lasciar perdere. Caterina era innamorata di un altro uomo e di fronte a questa realtà ogni interrogativo, ogni mistero diventava irrilevante.

La sola cosa che doveva fare era scusarsi con Tilly, sia pure in ritardo, per il penoso spettacolo che aveva dato di sé. Le telefonò il mattino dopo, dalla Life, nell'intervallo tra un intervento e l'altro.

Tilly minimizzò l'incidente, anche se ammise scherzosamente di averlo detestato per la sua irruzione da guastafeste.

In tono noncurante, Marco buttò lì che non ricordava come fosse arrivato a casa e chi l'avesse messo a letto...

Tilly fu lì per dirgli che erano stati Caterina e il suo domestico, ma l'istinto la fermò. Caterina non le aveva mai voluto raccontare i particolari di quella notte ed era stato Fernando a dirle che la signorina Masi si era fermata a casa del dottor Oberon per controllare che stesse bene.

«Tilly, Caterina è stata a casa mia e ha perso un medaglione nella mia stanza da letto. Quando può essere successo?»

«Proprio non lo so» Tilly mentì. «Perché non lo chiedi a lei?»

«Rifiuta di parlarmi. È innamorata di un altro uomo... Tu ne sai qualcosa?»

«No davvero!» Stavolta era sincera, come lo era il suo stupore. Perché mai Caterina gli aveva fatto credere una cosa simile? E come era possibile che lui avesse abboccato?

Tilly riattaccò con un sospiro. La guerra tra quei due ragazzi continuava, ed era incredibile che riuscissero a colpirsi tanto crudelmente con armi rudimentali e ridicole come quella bugia.

Gli ultimi quattro giorni di marzo sarebbero rimasti impressi nella memoria di Caterina come il prologo di una tragedia. Lenite le sofferenze, placata la ribellione e miracolosamente sopravvissuta all'epilogo, avrebbe ricostruito il frenetico susseguirsi degli eventi come una spettatrice affascinata dalla sapienza delle tragiche trame.

Lunedì 28 marzo, ore 10. Caterina arriva alla Life due ore più tardi perché è stata dal ginecologo per una visita di controllo. La caposala la prega di accompagnare all'accettazione una paziente che è salita nel reparto senza fare le pratiche del ricovero.

Davanti al bancone a ferro di cavallo c'è un giovanotto con un giubbino di pelle nera e la macchina fotografica al collo. Sta chiedendo a Teresa se Caterina Masi lavora lì e se è possibile parlare con lei.

Teresa la indica al giovanotto, e il giovanotto si presenta: è un giornalista dell'ANSA, e vuole farle qualche domanda su Bruno Masi.

Caterina si ritrae, spaventata. Balbetta che Masi è stato condannato all'ergastolo e non ha niente da dire.

Il giornalista le rivolge un sorriso quasi sinistro. «Non lo sa ancora? Ieri sera suo padre è stato scarcerato e l'avvocato ha ottenuto una revisione del processo: c'è un testimone che, sia pure in ritardo, si è deciso a dire la verità.»

«Quale verità?» Caterina grida.

«Il Masi avrebbe un alibi di ferro per la sera del delitto.»

Caterina abbandona correndo l'accettazione, incurante della paziente che deve fare le pratiche per il ricovero.

Ore 12. Caterina dovrebbe entrare in sala operatoria con Oberon, ma dice alla caposala di sentirsi male. È la verità. Si siede in infermeria col cuore stretto dall'angoscia. Le tempie le pulsano, è sopraffatta dalla nausea.

Oberon entra nella stanza e, nel vederla in quelle condizioni, subito si allarma. La invita a sdraiarsi nel lettino, le chiede che cosa sente, vuole visitarla, misurarle la pressione. Caterina risponde che non serve, è solo un malessere.

Ore 13,30. Tilly telefona a Caterina, che è ancora sotto choc. Con voce addolorata, e parole caute, le dice che l'avvocato di Masi ha rilasciato un'intervista al telegiornale e ha preannunciato una conferenza stampa con clamorose rivelazioni.

«Ho chiamato l'avvocato Gorini» conclude Tilly. «Qualunque cosa succeda, hai bisogno di qualcuno che ti tuteli.»

Ore 15. Caterina chiede di poter tornare a casa: sta sempre peggio. Mentre aspetta l'ascensore, sopraggiunge Olivares. Ha saputo della scarcerazione di Masi e vuole tranquillizzarla: non è sola, può contare sul suo aiuto, di qualunque cosa abbia bisogno lui c'è. Olivares insiste per accompagnarla a casa. Vera, al parcheggio, li vede mentre si dirigono verso la macchina di lui. Diego sostiene premurosamente Caterina e la aiuta a salire.

Ore 20,15. Caterina accende il televisore e sullo schermo compare il volto di Bruno Masi. Lo fissa come ipnotizzata. Ascolta le sue parole. Non riconosce quella voce pacata e sofferente: l'ha sempre sentito urlare. Gli anni trascorsi in carcere hanno scavato il suo viso: sembra quello di un vecchio patriarca.

«Giuro su Dio che sono innocente» dice.

L'intervistatore: «E allora perché sua figlia l'ha accusato?».

«Era una ragazzina ribelle, sempre in giro con amici disgraziati. Mia moglie la lasciava fare, ma io no. La guidavo, cercavo di tenerla a freno. Ecco perché mi ha accusato. Ma io l'ho perdonata. Continuo a volerle bene...»

Caterina spegne il televisore inorridita. Adesso muoio, pensa. Quell'uomo è un mostro, come possono credergli?

Ore 22. L'avvocato Gorini va da Caterina e le dice che da quel momento dovrà fare tutto quello che lui le suggerirà. Per prima cosa, deve restare chiusa in casa. Olivares ha già avvertito l'ufficio del personale e la caposala che la Masi ha preso una settimana di ferie.

Martedì 29 marzo. Sono solo le otto quando Tilly telefona a Caterina: si prepari, sta arrivando da lei per portarla a casa sua. Tilly è irremovibile: non può lasciarla lì da sola.

Ore 10, a Villa Nardi. Caterina sorprende Tilly mentre tenta di nascondere il fascio dei quotidiani che Fernando le ha appena consegnato. Glieli strappa quasi di mano. Il dramma del "povero Masi" è in prima pagina.

Ore 15. Caterina, appisolata sul divano, ode la voce dell'avvocato Gorini. Sta dicendo a Tilly che la conferenza stampa del legale di Masi è per quel pomeriggio, alle sedici. Masi rivelerà tra l'altro il nome del testimone a suo discarico.

Tilly: «Chi può essere? E come è saltato fuori?».

Gorini: «Il solito compagno di merende. Oppure un balordo prezzolato».

Tilly: «Non credo che Masi abbia dei soldi per pagare qualcuno. E poi era in carcere da anni: come ha fatto a organizzare questo imbroglio?».

Gorini: «Ha fatto tutto Pezzi, il suo avvocato. È un legale di mezza tacca e senza scrupoli che per due volte ha rischiato l'espulsione dall'ordine. Adesso ha investito tutto sul Masi: se riuscirà a farlo assolvere, sarà il colpo grosso della sua vita».

Ore 20. Tilly vieta a Caterina di guardare il telegiornale. Ma le ultime notizie giungono in diretta, con l'arrivo di Gorini: il testimone è un cugino della moglie ammazzata del Masi. Non si era fatto avanti prima per il rispetto e l'amore che lo legava alla parente.

Caterina ha un moto di disperata ribellione: ricorda quel cugino. Sua madre lo detestava ed erano anche finiti davanti al giudice per l'eredità di una parente comune.

Gorini: «Questo è un particolare molto importante per dimostrare che il teste non è un parente amoroso».

Ore 22. Gorini se n'è appena andato quando arriva Marco Oberon. Vuole sapere come sta Caterina, dirle che nonostante tutto la capisce e le è vicino. Mentre parla, squilla il suo cellulare: è Vera. Dove si trova? Ha qualcosa di molto importante da dirgli.

Mercoledì 30 marzo, ore 8. I telegiornali del mattino annunciano che Masi, in attesa del processo, si è rifugiato nella casa del suo legale, sul lago di Bracciano.

Ore 8,30. L'avvocato Gorini comunica a Tilly che un investigatore privato, su suo incarico, sta indagando sul testimone e ricercando i fascicoli della causa che intentò alla cugina per l'eredità.

Ore 14,15. Sul televideo compare una anticipazione clamorosa: si sta indagando sul conto corrente di Gino Lanzi, il testimone del Masi. Si profila qualche ombra sulla sua attendibilità.

Ore 18. Gorini annuncia a Tilly che l'investigatore ha raccolto tutte le prove necessarie per demolire il Lanzi e dimostrare l'inutilità del nuovo processo.

Ore 20. Olivares va a Villa Nardi per far visita a Caterina. Tilly è colpita dall'affetto e dalla tenerezza che l'uomo dimostra alla ragazza.

Giovedì 31 marzo, ore 9. Gorini presenta al giudice il dossier contro il teste Gino Lanzi. Bene in vista, le due fotocopie che dimostrano il trasferimento di cinquanta milioni di lire dal conto dell'avvocato difensore a quello del teste.

Gorini frena l'entusiasmo di Tilly: l'investigatore ha aggirato con abile disinvoltura il segreto bancario e, formalmente, il giudice potrebbe respingere una prova ottenuta in modo scorretto. In ogni caso è prevedibile un aspro contrattacco dell'avvocato Pezzi.

Ore 13. I telegiornali aprono con il "caso Masi": mentre la giustizia e l'intraprendente avvocato della figlia si accaniscono contro di lui, il Masi ha compiuto un atto eroico salvando dalle acque del lago una bambina che stava annegando.

Ore 18. Olivares telefona concitatamente a Tilly: davanti alla Life c'è uno schieramento di giornalisti, fotografi e telecamere. Vogliono intervistare e fotografare Caterina, e il suo timore è che scoprano dove si trova. Olivares esorta Tilly a far chiudere i cancelli della villa e tenere d'occhio la ragazza.

Ore 20. Con un provvedimento d'urgenza Masi è stato ricondotto in carcere. I telegiornali mostrano le immagini dell'uomo mentre i carabinieri lo prelevano dalla casa di Pezzi sul lago di Bracciano. Il Masi alza le mani ammanettate verso il cielo, con il viso che è una maschera di impotenza e di dolore. Il Pezzi rischia una grave incriminazione e l'espulsione dall'ordine.

Caterina si sente male. Tilly, spaventata, la insegue in

bagno e le circonda le spalle mentre conati di vomito sembrano soffocarla.

«Chiamo subito un medico» dice quando Caterina, finalmente, si placa.

La ragazza fa di no con la testa. «Sono incinta» sussurra.

Ore 24. Il tg della notte dà una notizia di cronaca: tre ore prima una ragazza madre, ospite di un istituto religioso, si è buttata dal terzo piano col figlioletto handicappato. La ragazza è morta e il bambino è miracolosamente sopravvissuto. Ma, questa notizia, Caterina la apprenderà soltanto il mattino dopo.

XVI

Con il suicidio di Fiorenza Baldi la tragedia entrò nel vivo e Caterina vi fu catapultata nel modo più brutale: alle otto del mattino il professor Olivares le telefonò dalla Life preannunciando l'arrivo del commissario Canziani a Villa Nardi.

Credendo di tranquillizzarla, si affrettò a precisare che il poliziotto voleva solamente rivolgerle qualche domanda su una povera ragazza che la sera prima si era tolta la vita.

«Fiorenza Baldi?» Caterina chiese.

La sua voce, simile a un rantolante sussurro, allarmò Olivares. «Sì, mi pare che si chiami così. La conosci?»

«Era... è stata la mia migliore amica.» Scoppiò in singhiozzi.

«Passami Tilly... Mi hai sentito? Per piacere, chiamami Tilly.»

«Sto bene» singultò. «Come è morta?»

Tra poco Caterina lo avrebbe comunque saputo dal commissario, Olivares sospirò. «Si è buttata dalla finestra della sua stanza. Viveva in un istituto religioso, e le suore hanno detto che da molto tempo soffriva di depressione.»

«E suo figlio? Fiorenza aveva un bambino di otto anni...»

Non poteva risparmiarle nulla. Olivares sospirò di nuovo. «Voleva morire con lui, ma un grande stenditoio che sporgeva da un terrazzo ha frenato la caduta. Ha riportato soltanto qualche contusione...»

«Dov'è, adesso?»

«Nell'infermeria dell'istituto.»

«Devo vederlo. Adesso nessuno può impedirmelo» Caterina disse con affanno.

«Non ti muovere» le intimò Olivares. «E passami subito Tilly.»

Il commissario Canziani aveva circa cinquant'anni. Alla corporatura alta e massiccia, da omone, faceva riscontro un volto dai lineamenti delicati. I piccoli occhi, chiarissimi e dal taglio allungato, gli davano una espressione quasi infantile.

Tilly provò un'immediata simpatia per lui. «Ho appena saputo della tragedia» gli disse andandogli incontro «e vorrei pregarla di usare molta cautela con Caterina Masi.» Arrossì. «Mi scusi, le ho fatto una raccomandazione superflua. Lei sa che è la figlia adottiva di Bruno Masi, vero?»

«Conosco tutta la storia. Una brutta storia.»

«Adesso c'è anche il suicidio dell'amica: Caterina è sconvolta.»

«Vorrei parlarle. Da solo. Per quanto è possibile, cercherò di non turbarla.»

Canziani aveva a suo tempo partecipato alla brevissima indagine che si era conclusa con l'arresto del Masi. L'interrogatorio della figlia era stato condotto da un collega alla presenza di una psicologa del tribunale minorile. La mobilitazione degli innocentisti, alimentata dai mass media, l'aveva indignato. E gli attacchi alla giovanissima testimone gli erano apparsi moralmente indecenti. La ragazzina non poteva certamente amare quel padre violento e brutale, ma il doverlo indicare come l'accoltellatore della madre le era certamente costato una sofferenza enorme.

Il commissario disse tutto questo a Caterina: voleva farle capire che stava dalla sua parte, convincerla a fidarsi di lui e portarla a confessare l'atroce verità che aveva intuito.

Dopo aver rievocato il lontano interrogatorio, Canziani la guardò negli occhi. «Secondo il mio collega e la stessa psicologa, lei non disse tutto del Masi. La loro sensazione fu che non osasse rivolgergli altre accuse.»

«Gli diedero il massimo della pena... Dottor Canziani, perché Fiorenza si è uccisa? Che cosa è venuto a chiedermi?»

«Nella stanza della sua amica abbiamo trovato una lettera scritta un mese fa. A lei, Caterina.»

«Non è possibile.» Inghiottì un singhiozzo. «Fiorenza mi odiava.»

Gli occhi chiarissimi la guardarono con comprensione. «Perché?»

«Non posso dirlo... La prego, non me lo chieda.»

«Otto anni fa Fiorenza ebbe un bambino. Era poco più che una bambina anche lei. Le disse chi era il padre?»

Le spalle di Caterina si piegarono. «Fu violentata...» Le lacrime le riempirono gli occhi. «Cominciò a odiarmi allora, come se fosse colpa mia. Anche i suoi genitori mi chiusero la porta in faccia.»

«Perché non denunciarono il violentatore? Forse perché era già in carcere, condannato all'ergastolo? O forse perché...» Il commissario si interruppe vergognandosi di se stesso. Basta giocare al gatto e al topo, si impose, era crudele infierire a quel modo.

Lo sguardo vitreo di Caterina gli strinse il cuore. «Non serve che mi risponda. Fiorenza, nella lettera, le chiede perdono per averla respinta e detestata. Non fa mai il nome dell'uomo che la stuprò. Lo chiama la *bestia* e lo nomina come se lei lo conoscesse molto bene, Caterina. È così? Vuole che lo dica io, quel nome?»

«Bruno Masi.» La voce di Caterina fu un gutturale lamento.

Canziani le porse istintivamente una mano. «Molestò anche lei, Caterina?»

«No, mai! Mi picchiava, mi maltrattava, ma non mi ha mai molestato. In seguito mi sono chiesta mille volte perché. E forse se lo è chiesto anche Fiorenza. Forse mi detestava perché la *bestia* aveva scelto lei e non me.»

Caterina fece una pausa per prendere fiato. «Ha ucciso mia madre perché, dopo aver scoperto che Fiorenza era incinta, voleva denunciarlo. Ma questo non l'ho potuto dire...» Si torse le mani e lo guardò disperata. «I genitori di Fiorenza mi imposero di tacere... mi minacciarono. Erano due miserabili bigotti e nascosero a tutti, anche ai parenti, la gravidanza di Fiorenza. La mandarono a partorire in un'altra città e quando nacque il figlio... un bambino down, lo affidarono a una anziana che abitava a Frosinone. Erano troppo vili persino per avere il coraggio di abbandonarlo... Da allora, ho avuto solo notizie frammentarie, sporadiche...»

«Le suore hanno raccontato che tre anni fa Fiorenza decise di andare a riprendersi il bambino e andò a vivere nel loro istituto» proseguì Canziani al posto suo. «Di giorno, mentre lei lavorava, loro si curavano del bambino. Ma per una ragazza della sua età era una vita troppo dura, senza alcuna speranza. Da qualche mese Fiorenza appariva molto depressa... Quando Bruno Masi è uscito dal carcere recitando la parte del povero innocente perseguitato, qualcosa è scattato nella sua mente. Repulsione? Terrore? La sola cosa certa è che ha deciso di uccidersi con il suo bambino.»

«Che cosa sarà di lui, adesso? Chi se ne prenderà cura?»

«Il piccolo è molto affezionato alle suore. In attesa che qualche coraggiosa famiglia si faccia avanti per l'adozione, resterà in quell'istituto.»

«Nessuna famiglia lo vorrà adottare, se si saprà che è il figlio di una bestia... del Masi...» disse Caterina con improvvisa veemenza. «E non conti su di me per avere delle prove che non esistono... per dire in tribunale il nome che Fiorenza non ha fatto...»

«Un ergastolo può bastare» disse il commissario con voce gentile. «Oggi parlerò con il legale del Masi e lo esorterò a mettere la parola fine alla sceneggiata dell'innocente perseguitato.»

«E se non lo farà? Se continuerà a rilasciare interviste, a fare dichiarazioni?»

«Lo minaccerò di rivelare quale spregevole persona difende. Pezzi non è un idiota. Persistendo, si configurerebbe un mostro anche lui. Inoltre aggraverebbe la sua già grave situazione.» Il commissario si alzò. «Le assicuro che di quanto mi ha detto non trapelerà nulla.»

«Non mi ha dato la lettera di Fiorenza» gli ricordò.

«Gliela farò avere al più presto.»

Quando Tilly le chiese, con delicatezza, perché il commissario Canziani aveva voluto incontrarla, Caterina diede una spiegazione vaga: solo delle domande... qualche informazione sui parenti del bambino sopravvissuto...

Le dispiaceva mentire a Tilly, ma per il bene del piccolo il segreto di Fiorenza doveva essere seppellito con lei.

Quattro giorni dopo, quando Caterina riprese il lavoro alla Life, il caso Masi era sparito dalle prime pagine e dai telegiornali e l'appostamento dei fotografi era finito.

Durante la sua assenza, Vera aveva avuto un violento scontro con Giuseppe Ansaldi: lui sapeva dall'inizio chi era il padre della Masi, perché non gliene aveva mai parlato? L'invito al silenzio di Tilly contava forse più del loro rapporto? Si era dimenticato dei rischi che aveva corso per aiutarlo nei suoi imbrogli e nei suoi furti?

Ansaldi servì a Vera per scaricare una rabbia che in realtà era rivolta a Caterina. Adesso, alla Life, tutti la trattavano con calore e affetto neanche fosse una eroina... Era solo una bugiarda, una opportunista. Aveva parlato del suo mostruoso padre soltanto con le persone giuste, per impietosirle e poter entrare alla Life.

Persino Oberon era tornato a guardarla con sguardo adorante. Glielo aveva portato via proprio quando il loro rapporto stava diventando importante. Da un giorno all'altro erano finite le visite al volo, le chiacchierate davanti alle macchinette del caffè, gli inviti a cena, i passaggi a casa.

Ma a Caterina non bastava. Mirava ancor più in alto, a Olivares. Vedendo la tenerezza e la premura con cui il suo patrigno la trattava, Vera aveva il sospetto che *davvero* fosse innamorato di lei. Ma come ne fece cenno alla madre, fu aggredita con furia: la smettesse! Non ricominciasse con quei maligni, assurdi sospetti!

All'inizio del quarto mese di gravidanza, Caterina chiese due ore di permesso e andò dal ginecologo per la terza visita di controllo. Tutto proseguiva nel migliore dei modi.

Caterina tornò alla Life a mezzogiorno e, avvicinandosi all'ingresso, scorse due auto dei carabinieri, un'ambulanza e un insolito movimento.

La caposala la accolse con evidente sollievo. «Devi raggiungere subito il dottor Oberon in sala operatoria» la esortò concitata.

«Che cosa è successo?»

«Un detenuto si è appiccato fuoco per protesta... Corri, non c'è un minuto da perdere.»

Anche Oberon sembrò sollevato nel vederla. Le indicò l'uomo disteso sul lettino. «È devastato dalle ustioni... Escludo che possa cavarsela.»

Si rivolse all'anestesista. «Possiamo cominciare. Caterina, controlla che non abbia delle protesi mobili.»

Il fuoco aveva bruciato i capelli e il viso sembrava un tizzone consunto... una maschera di legno riarso.

Caterina ebbe un moto istintivo di repulsione, ma la voce di Oberon la esortò a fare presto. Si curvò di nuovo sull'uomo e fece per aprirgli la bocca. Ma si sollevò bruscamente, arretrando. «Non posso.» Si strappò la maschera. «Devo andare.»

Mentre tutta l'équipe la fissava con stupore, Oberon la afferrò per un braccio. «Sei impazzita? C'è un uomo in fin di vita e tu...»

«Quell'uomo è Bruno Masi. Il suo posto è all'inferno» disse con voce di odio, divincolandosi.

«Clara, prendi il suo posto» Oberon ordinò. Era esterrefatto.

A intervento finito l'uomo fu trasferito in terapia intensiva e Oberon andò a cercare Olivares.

«Caterina mi ha detto tutto» il professore lo prevenne. «Bisogna capirla. Anche se...»

Marco sbarrò gli occhi. «*Capirla?* Di fronte a un uomo disperato, e ridotto in quelle condizioni, come suo padre, ogni rancore dovrebbe crollare per lasciare il posto alla pietà!»

«Masi non è suo padre.»

«Ma è un essere umano. Una persona che...» Scosse la testa. «Lasciamo perdere. A questo punto penso anch'io che Caterina Masi ti abbia fatto perdere la testa.»

Fuori di sé girò le spalle a Olivares e, sbattendo la porta, si diresse verso il suo studio.

Vera lo stava aspettando. «Non voglio disturbarti, ma le agenzie hanno dato la notizia del tentato suicidio di Bruno Masi e i giornalisti sono corsi qui per sapere... Che cosa devo dire? Come è andato l'intervento?»

«L'intervento è andato bene, ma le condizioni sono sempre disperate.»

«Perché quella faccia scura?» chiese con un sorriso timido e la vocetta da bambina.

«La Masi, quando ha riconosciuto suo padre, è uscita dalla sala operatoria augurandogli di andare all'inferno. Fesso io che mi stupisco. Quella ragazza è dura come l'acciaio.»

Il timore di replicare con un commento sbagliato e di guastare quel momento d'incanto spinse Vera a far cadere il discorso. «Vado a parlare coi giornalisti.»

«Tienimeli fuori dai piedi.»

A Vera costò uno sforzo enorme non dire pubblicamente che la Masi aveva piantato in sala operatoria il padre in fin di vita auspicandone la morte. Ma l'episodio del medaglione le aveva insegnato la stupidità di assecondare ciecamente gli impulsi. Doveva ragionare. Valutare i pro e i contro. In quel caso, trovare il modo giusto per far sapere a giornali e TV il comportamento odioso di Caterina senza esporsi di persona.

L'avvocato Pezzi glielo offrì su un piatto d'argento. Il "gesto disperato" del Masi appariva al suo legale la sola e ultima opportunità di accattivarsi nuovamente la solidarietà dei mass media e averli dalla sua parte nel momento in cui lo avrebbero incriminato per l'esibizione e la corruzione di un falso testimone.

Non avendo più nulla da perdere, poteva osare tutto. Il rischio era che il Masi morisse prima di ricreare "il caso" e che l'interesse dei mass media finisse seppellito con lui. Era *indispensabile* conoscere le reali condizioni dell'uomo al di là dei prudenti e vaghi bollettini di quei cacasotto dei medici, preoccupati soltanto di salvare la faccia nell'eventualità del peggio.

E così si rivolse a Vera. Dopo dieci minuti, esauriti formalismi, preamboli e cautela, si erano perfettamente intesi.

Chi è il mostro? titolava un quotidiano raccontando quanto era accaduto in sala operatoria.

Olivares era ancora a casa quando lesse il disgustoso articolo e Giovanna si inviperì sentendolo inveire contro sua figlia. «È possibile che qualunque cosa accada tu incolpi Vera? In sala operatoria c'erano sei persone oltre a Oberon, e tutte indignate per il comportamento di Caterina Masi. Non ti viene il sospetto che a parlare sia stata una di loro?»

«Parlare coi giornalisti è compito di Vera.»

«Ammesso che le sia sfuggito qualcosa, perché criminalizzarla? È ben più grave quello che ha fatto la Masi. Ma tu la difendi sempre. La proteggi come se... come se...» La voce le si strozzò.

Olivares la guardò con tristezza. «Credevo che avessimo superato la fase degli squallidi pettegolezzi.»

«Io non *insinuo*, vedo le cose come stanno. E il tuo interesse per la Masi è morboso!» esplose.

«Vado alla Life. È meglio non proseguire, perché potrei dire cose molto spiacevoli.»

«Hai paura della verità?»
«Piantala, Giovanna.»
Per la prima volta Diego Olivares avvertiva un sentimento negativo nei confronti della moglie: risentimento? Insofferenza? Stanchezza? Di qualunque cosa si trattasse, pensò guidando verso la Life, non era più disposto ad accettare ogni compromesso per salvare il loro matrimonio.
Non era innamorato di Caterina, la sola idea gli sembrava ridicola. Però, in quel doloroso momento, avrebbe continuato a difenderla e a proteggerla a costo di perdere Giovanna.

Una donna sui quarantacinque anni, dall'aspetto dimesso e l'aria incerta, era seduta poco distante dagli ascensori. Olivares, prima di salire, le gettò un'occhiata. Vide la donna alzarsi di scatto e dirigersi verso l'uscita, come spaventata.
Il mondo è pieno di matti, pensò mentre le porte si aprivano. Andò subito a cercare Caterina. La caposala gli disse che quel giorno non sarebbe venuta: aveva telefonato per avvertire che stava poco bene.

XVII

L'avvocato Pezzi, dopo aver riflettuto bene, decise di accantonare il progetto di convocare i giornalisti per una nuova conferenza stampa. Troppo ufficiale, troppo chiassoso: i giudici avrebbero potuto ritenerla una provocazione.

Accettò invece una intervista televisiva in coda a un telegiornale delle 20, l'ora di massimo ascolto.

E in cinque minuti, dopo aver sottolineato di essere mosso soltanto dall'umana compassione per il suo assistito, riassunse con tono sommesso e volto mesto il dramma del Masi. Contro di lui esisteva soltanto la testimonianza di una figlia, una *infermiera*, che in sala operatoria gli aveva augurato la morte: non era suo compito giudicarla, però era suo dovere porre a chi stava ascoltando alcuni interrogativi: un "mostro" rischia la vita per salvare una bambina dalle gelide acque del lago? Un "mostro" si appicca fuoco anziché rassegnarsi a una giusta condanna oppure studiare una evasione dal carcere?

Marco Oberon spense il televisore avvertendo una viscerale avversione per l'avvocato Pezzi. Quegli aggettivi ad effetto. Quel tono insinuante. Quel falso prendere le distanze da ogni giudizio di condanna dipingendo in realtà Caterina come un essere disumano.

Marco non si era mai chiesto se avesse davvero visto il padre accoltellare la madre, ma l'istinto gli diceva che quella era la verità. Un'adolescente, per quanto bugiarda, mitomane e ostile, non avrebbe mai potuto rivolgere una accusa simile. E nella sciagurata ipotesi che ciò fosse accaduto, Caterina aveva avuto tutto il tempo e le opportunità per pentirsene: vi era stato il processo d'appello, l'adolescente era diventata adulta...

Un'adulta dura, determinata, impietosa, pensò. Neppure la vista del Masi ridotto in quelle condizioni le aveva sciolto il cuore. Come si può odiare tanto? si chiese.

La risposta arrivò come un flash: due occhi sfuggenti, le labbra sottili, un viso dalla pelle olivastra e untuosa. Il viso del fattore che aveva stuprato e messo incinta sua sorella. Sì, si poteva odiare, augurare la morte, vivere nella smaniosa attesa che dall'alto arrivasse il castigo.

Sperò che Caterina non avesse visto l'intervista di Pezzi. Quante violenze, quante umiliazioni, quante ingiustizie le toccava subire?

Ti amo. Qualcosa lo rimescolò, come un altro flash. Ma stavolta impreciso. Una carezza, un viso dolcissimo curvo sul suo.

Il pensiero riandò a Caterina. Anche se ha un altro uomo, non ho mai smesso di amarla, si disse. Quella consapevolezza lo desolò: aveva toccato i vertici dell'imbecillità e del masochismo. Quel sentimento ossessivo gli aveva tolto la dignità e la pace.

Al culmine dell'abiezione, desiderò con tutto se stesso di rivederla. Impedendosi di cambiare idea, prese le chiavi della macchina e uscì per andare da lei.

Imprecando contro il traffico, attraversando un semaforo col rosso, oltrepassando la doppia riga bianca per superare le file di auto in coda, impiegò un quarto d'ora per raggiungere Trastevere. E adesso, che cosa le dico? pensò quando fu a pochi metri dalla casa di Caterina.

Non ebbe il tempo di darsi l'inutile risposta: parcheggiata davanti al portone vide una inconfondibile

Mercedes blu: quella di Diego Olivares. Frenò di scatto, con l'identica reazione di chi si sente annunciare un evento tragico: la mente attutì l'impatto con l'inaccettabile realtà rifiutandosi di comprenderla ed elaborando pietosamente spiegazioni fuorvianti e consolatorie.

Non è la Mercedes di Olivares, stanno parlando di lavoro, forse Diego ha un amico che abita nello stesso palazzo, forse Caterina lo ha chiamato per preannunciare le sue dimissioni, si disse freneticamente. Ma l'inaccettabile realtà travolse tutte le barriere: era Olivares l'uomo di cui Caterina si era innamorata.

Marco mise in moto annientato da questa certezza.

Devo cercare un altro posto e andarmene dalla Life, decise tornando a casa. Gli sarebbe stato molto facile, perché non era un medico qualunque. "Oberon superstar", lo chiamavano. Un rotocalco lo aveva incluso nell'elenco dei migliori chirurghi che operavano in Italia e nell'ambiente ospedaliero si sapeva che in quell'ultimo anno la Life si era rilanciata alla grande grazie al suo arrivo. Dimettendosi, avrebbe arrecato un sicuro danno a Olivares, che ne era il maggiore azionista. Ma gli parve un ben misero conforto.

Il mattino dopo Giovanna andò da lui per una visita di controllo. Diego la raggiunse pochi minuti dopo e la moglie lo accolse con freddezza, invitandolo a tornarsene pure nel suo reparto.

Marco iniziò la visita con imbarazzo: era difficile fingere di non aver sentito e capito nulla.

«Diego si è bevuto il cervello» sbottò a un tratto Giovanna.

«Forse è stanco, stressato...»

«Sicuramente!» replicò lei con sarcasmo. «È stressante avere una relazione con una ragazza di oltre vent'anni più giovane.»

«Io parlavo di...»

«Sai bene quanto me che Diego ha una relazione con Caterina Masi.»

«La stima... Le è molto affezionato.»

«Risparmiati le balle pietose. Come sta il povero Bruno Masi?»

«È incredibile che sia ancora vivo. La prognosi è sempre riservata. Direi infausta.»

«Arrivando alla Life, ho visto la solita ressa di giornalisti e fotografi. La Masi dovrebbe almeno avere la decenza di restarsene a casa per un paio di settimane: all'immagine della clinica non giova certamente tutto questo chiasso. Vera mi diceva poco fa che parecchie persone in attesa di una stanza hanno rinunciato al ricovero.»

Poco dopo Olivares raggiunse Marco per avere notizie della moglie.

«Va tutto bene» gli rispose asciutto.

Diego si sedette di fronte a lui. «Almeno una buona notizia» sospirò. «Credo di non avere mai passato un momentaccio come questo.»

«Capisco» Marco commentò con lo stesso tono. Non aveva certo voglia di ascoltare le intime confidenze di Olivares.

«No, non puoi capire. Il mio matrimonio sta andando a rotoli per incomprensioni assurde, per sospetti ridicoli.»

«Caterina Masi?» Marco buttò lì, provocatorio.

«Giovanna si è messa in mente che ho una relazione con lei! Crede che la difenda come un rincoglionito che ha perso la testa per la ragazzina!» esplose.

«Non è la sola a pensarlo.»

«Non me ne frega niente dei pettegolezzi delle inservienti o dei maligni. Ma Giovanna è mia moglie, mi conosce, sa quanto le sono legato! Sono i suoi sospetti che mi offendono, la sua insensibilità che mi ferisce!»

Marco fu suo malgrado colpito: non tanto dalle parole, quanto dal tono di vibrante sincerità che vi avvertì. Il viso di Olivares esprimeva una autentica sofferenza. «È innegabile che nel tuo rapporto con Caterina c'è qualcosa che va oltre la stima, oltre la solidarietà» obiettò. Stavolta amichevolmente.

«Lo ammetto. Ieri sera, dopo aver visto l'avvocato Pezzi in televisione, sono corso da lei... Mi era insopportabile pensarla da sola, sconvolta e umiliata. Non riesco a spiegare neppure a me stesso perché provo per Caterina un affetto tanto viscerale, profondo.»

Marco lo guardò. «E basta?»

«Non sono innamorato di lei. È una risposta che mi diedi fin dall'inizio, dopo essermi posto io stesso questo dubbio. *Non sono innamorato di lei*» ribatté con vigore. «La sola donna che amo è mia moglie, ma non posso sbattere Caterina fuori dalla Life per dimostrarglielo.»

«Dovresti dirglielo. Parlarle con la stessa franchezza che...»

«Credi che non lo abbia fatto? Tutto inutile. Purtroppo mi rendo conto che le apparenze sono contro di me.»

Marco trascorse quella giornata in uno stato di grazia. *Credeva* a Olivares e per l'ennesima volta era costretto a ricredersi anche su Caterina. No, non era l'arrivista senza scrupoli che mirava al primario, ed era ingiusto detestarla perché c'era un altro uomo nella sua vita.

In sala operatoria, scrutandola, ebbe quasi un sussulto: aveva gli occhi cerchiati, un pallore malsano e l'espressione sofferente.

Alle nove di sera, quando andò dal medico di guardia per lasciargli le disposizioni della notte, vide che Caterina era ancora in reparto. «Il tuo turno non è finito?» le chiese stupito.

«Sì... Ma Teresa mi ha avvertito che fuori dalla Life ci sono dei fotografi e dei giornalisti.»

«Non vorrai restare qui tutta la notte.»

«No. Fra due ore smonta una mia collega e andrò via con lei.»

«Aspettami» le disse perentorio. «Vado a parlare col dottor Grassi e ti accompagno a casa io.»

Caterina annuì, troppo stanca per protestare. Marco la raggiunse dieci minuti dopo. Quando furono nell'atrio, guardò oltre la vetrata: Teresa non aveva sbagliato, c'era almeno una decina di persone in attesa di Caterina.

Le circondò le spalle. «Non preoccuparti, lascia fare a me.»

Bruno Masi non soltanto sopravviveva miracolosamente, ma quattro giorni dopo le sue condizioni migliorarono al punto da autorizzare una pur esile speranza che potesse salvarsi.

Il bestiale assassinio di un bambino di nove anni, scomparso da casa tre giorni prima, indignò l'opinione pubblica e mobilitò stampa e TV: il "caso Masi" smise di fare notizia e l'assedio alla Life cessò. L'ultima immagine di Caterina fu quella che la ritraeva, protetta da Marco Oberon, mentre lasciava la Life.

L'avvocato Pezzi confidò a Vera la propria delusione. «Se Masi si salva e nessuno parlerà più del suo dramma, la figlia l'avrà avuta vinta e lui sarà riportato in galera.»

Vera rifletté. «Bisognerebbe fare qualcosa per riportare il caso alla ribalta. Qualcosa che coinvolga di nuovo l'opinione pubblica e spinga i...»

«E che cosa?» la interruppe Pezzi. «Il Masi sta meglio e le buone notizie non interessano nessuno.»

Vera rifletté ancora. «Io, una idea, la avrei. Potremmo...»

Pezzi la guardò interrogativamente, aspettando che proseguisse. Ma la ragazza si interruppe, inorridita e spaventata da ciò che le era venuto in mente.

«Che idea?» la sollecitò. «Se c'è un modo per salvare quel poveretto dall'ergastolo e dare il giusto castigo alla figlia è bene parlarne.»

Marco e Caterina. Un braccio di lui sulla sua spalla e l'altro teso in avanti per allontanare i giornalisti. Aveva osservato quella fotografia a lungo, con odio, e nel ricordare l'odio riesplose. Caterina le aveva tolto tutto, e andava punita.

«Il Masi è in grado di capire?» Vera chiese.

«L'ho visto poco fa. Sì: parla con fatica, ma capisce tutto.»

«Domani lei può tornare nella sua stanza, Pezzi?»

«Sono il suo legale e ho ottenuto il permesso di visita. Ma perché me lo chiede?»

«Mi ascolti bene. Lei deve dire al Masi che alle otto di domani sera, non un minuto prima né dopo, deve staccarsi di dosso le maschere, le cannule... insomma, quello che gli hanno messo sulla faccia o in vena.»

Pezzi sobbalzò. «La sua idea è spingerlo al suicidio? Non mi pare che...»

«Non dica sciocchezze. Tre minuti dopo le otto farò in modo che una infermiera entri nella stanza e corra a chiedere aiuto.»

«E questo, secondo lei, riaprirebbe il caso Masi?» l'avvocato chiese con una faccia delusa e scettica.

«Sì, se la figlia Caterina verrà accusata di essersi introdotta nella stanza del padre nel tentativo di ucciderlo.»

«Il Masi è piantonato.»

«Dove sta il problema, Pezzi? Caterina è una infermiera e ha libero accesso in ogni stanza.»

«Devo ammettere che l'idea in sé è ottima, ma mi

sembra inattuabile. La Masi non farebbe visita al padre neppure con una pistola alla nuca. E l'accusa contro di lei cadrebbe subito, perché l'agente dichiarerebbe di non averla vista mai entrare nella stanza.»

«Farò in modo che l'agente si allontani per una decina di minuti. E non è affatto necessario che la figlia entri nella stanza: è sufficiente che qualcuno testimoni di averla vista, alle otto, nel reparto di terapia intensiva e che Masi dichiari che è stata Caterina a tentare di ucciderlo.»

Pezzi la guardò ammirato. «Lei è sorprendente! Un mostro di intelligenza!»

Solo un mostro, Vera pensò in un barlume di coscienza.

Tutto andò come era stato programmato. Alle nove della sera dopo il commissario Canziani, chiamato d'urgenza dall'agente di guardia, arrivò alla Life e trovò, riuniti nello studio di Olivares, Giovanna Medici, sua figlia Vera, Giuseppe Ansaldi, Marco Oberon, l'avvocato Pezzi, Caterina Masi e una giovane donna che non conosceva.

Fu il piantone a presentarla, additandogliela. «La signorina è Carla Valletti, l'infermiera che ha visto Caterina Masi nel reparto di terapia intensiva e che ha chiesto soccorso per il detenuto.»

«E lei dov'era?» Canziani chiese brusco.

«Mi ero momentaneamente assentato per raggiungere la portineria.»

Olivares invitò il commissario a sedersi. Sembrava molto provato e stanco. «Ho già svolto una prima indagine all'interno del reparto interessato» disse. «Non abbiamo alcuna prova che Caterina Masi sia entrata nella stanza di suo… del ricoverato.»

«Questo lo lasci stabilire a me» replicò gentilmente Canziani. Si rivolse di nuovo all'agente. «Può raccontarmi come si sono svolti i fatti?»

Vera, ascoltando la ricostruzione del suo piano attraverso il racconto che l'agente e l'infermiera ne fecero, minuto per minuto, fu quasi spaventata per la diabolica abilità con cui aveva incastrato Caterina.

Un quarto d'ora prima delle otto l'avvocato Pezzi aveva fatto telefonare al piantone: andasse subito in portineria, un collega stava arrivando per dargli il cambio.

Cinque minuti dopo la segretaria del Pezzi chiamava Caterina: andasse subito nel reparto di terapia intensiva, c'era una emergenza e Oberon aveva bisogno di lei.

Ovviamente nessun collega era in arrivo per dare il cambio all'agente di guardia e nessuno, dalla terapia intensiva, aveva chiamato Caterina.

«Giuro che quella telefonata l'ho ricevuta!» Caterina gridò. «Sono corsa nel reparto e un'infermiera mi ha detto che non c'era alcuna emergenza!»

«Però è rimasta lì» obiettò Canziani. «Carla Valletti l'ha vista nel corridoio dove si trova la stanza del Masi.»

«Io non lo sapevo. Non me ne sono andata subito soltanto per accertarmi che non ci fosse bisogno di me... per cercare il dottor Oberon.»

L'istinto disse a Canziani, ancora una volta, che la ragazza stava dicendo la verità. Però tutto sembrava provare il contrario. «Il Masi ha detto all'agente che è stata lei a staccargli ossigeno e flebo.»

«Il Masi è un...» Scoppiò in lacrime. «A che serve difendermi? Mi arresti pure, mi faccia...»

La voce ferma di Olivares: «Il Masi è inattendibile e odia la figlia adottiva. Credo che occorra indagare più a fondo su quelle telefonate prima di prendere dei provvedimenti contro chiunque e comunicare alla stampa l'incidente di cui è stato vittima».

Per la prima volta Pezzi prese la parola. «Spiacente, ma poco fa, quando ho appreso dell'*incidente*, ero con un giornalista e non ho potuto nascondergli l'accaduto.»

Olivares, con sarcasmo: «Che coincidenza... Dottor Canziani, io indagherei anche su questo gentiluomo».

«Come si permette?» lo aggredì Pezzi.

«Se non sbaglio, lei ha turlupinato la giustizia esibendo un falso testimone pagato di tasca sua. Non mi stupirei se ora avesse...»

Canziani lo interruppe. «Stia tranquillo, faremo tutte le indagini per arrivare alla verità.»

«La verità è che il mio assistito ha rischiato di morire» Pezzi puntualizzò polemico.

Olivares si rivolse direttamente a Canziani. «Questo non è esatto. Il Masi da ieri è in grado di respirare autonomamente e solo per precauzione abbiamo continuato a somministrargli dell'ossigeno. Quanto alla flebo, si tratta di soluzione fisiologica con antibiotici. Il Masi avrebbe potuto sopravvivere anche per ore alla mancata somministrazione dell'ossigeno e di questa soluzione.»

«Forse la signorina Masi lo ignorava» puntualizzò ancora il Pezzi.

«La signorina Masi frequenta il quinto anno di medicina ed è un'ottima infermiera. Ammesso, per assurdo, che avesse voluto uccidere il suo cliente, avrebbe trovato un modo molto più sicuro per farlo.»

«Per esempio?»

«Mettergli un cuscino sulla faccia. Niente tracce, niente indagini. Le condizioni del Masi, anche se inaspettatamente migliorate, restano gravissime e nessuno di noi avrebbe avuto dei sospetti per un arresto respiratorio.»

Canziani annuì. «Mi pare che per il momento non ci sia altro da chiarire. Tuttavia chiedo che, almeno per stanotte, una infermiera resti accanto al Masi e non lo perda d'occhio.»

Olivares lo rassicurò. «Certamente. In terapia intensiva, comunque, tutti i pazienti sono monitorati e tenuti sotto costante controllo, e non riesco a spiegarmi come una persona abbia potuto introdursi nella stanza del Masi.»

Quando Canziani se ne andò, seguì qualche istante di silenzio.

Vera fu la prima a romperlo. «Sei davvero fortunata, Caterina!» disse rivolta a lei, ironica.

«*Fortunata?*»

«Hai trovato nel marito di mia madre uno strepitoso, appassionato avvocato difensore.»

Olivares fece come per avventarsi su di lei. «Vergognati» sibilò.

La voce quieta di Giovanna: «E di che cosa? Una volta tanto sono perfettamente d'accordo con mia figlia».

Oberon, che fino a quel momento era stato ad ascoltare senza dire una parola, si alzò di scatto e prese Caterina per un braccio. «Vieni, usciamo.»

Fece un cenno di saluto a Olivares e gli parve – ma sicuramente sbagliava – di scorgere come un lampo di gratitudine nel suo sguardo.

Il mattino seguente la notizia dell'attentato a Bruno Masi, morente, era su tutti i giornali. A mezzogiorno, nell'uscire dalla clinica per incontrarsi con Canziani, Olivares vide per la seconda volta la donna dimessa e dall'aria incerta. Lei stava entrando, e per qualche istante i loro sguardi si incrociarono.

Olivares notò la stessa espressione spaventata, e allo stupore seguì una curiosa sensazione di disagio, di ansia. Quel viso gli era vagamente familiare...

XVIII

Nei tre giorni successivi, le condizioni del Masi subirono un ulteriore miglioramento e Marco Oberon eseguì un piccolo intervento su quel che restava delle labbra per consentirgli di riprendere ad alimentarsi normalmente e per facilitargli l'uso della parola.

Il commissario Canziani ridimensionò con stampa e TV il "piccolo incidente" di cui era stato vittima riferendo quanto aveva spiegato Olivares e annunciando che il Masi era stato sottoposto a una prima operazione di chirurgia ricostruttiva.

Ma Canziani intendeva vedere chiaro in quello che era accaduto e costringere l'uomo a dire la verità: aspettava soltanto che Oberon gli desse il permesso di interrogarlo. Era certo dell'estraneità della figlia adottiva al rozzo attentato: ma, se il Masi persisteva nell'accusarla, ombre e sospetti sarebbero rimasti su di lei.

L'avvocato Pezzi confidò ancora una volta a Vera le sue preoccupazioni: il miglioramento del suo assistito era imprevedibile e pericoloso per entrambi. Bisognava studiare qualcosa per impedirgli di rivelare la loro macchinazione. Vera gli rispose freddamente di arrangiarsi: era un problema suo, e lei intendeva starne fuori: anche se il Masi avesse detto la verità, lei non rischiava nulla perché era stato il legale a suggerirgli di staccare flebo e ossigeno, lui a far fare le telefonate per allontanare il piantone e indurre Caterina a correre nel reparto di terapia intensiva.

«Ma il piano non era mio! Se mi incrimineranno, la sputtanerò!» urlò Pezzi.

«Io negherò: sarà la sua parola contro la mia.»

Il cinismo di quella ragazza lo sbalordì. A quel punto gli restava un solo modo per difendersi: persuadere il Masi, con le buone o con le cattive, a tacere la verità e continuare ad accusare la figlia.

Ma Canziani gli fece inaspettatamente revocare il permesso di visita. Alle proteste del legale, esibì un certificato medico: le condizioni del Masi, trasferito in una camera sterile, non gli consentivano alcun contatto all'infuori di quello con il personale medico e paramedico.

Pezzi, sentendosi con le spalle al muro, chiese aiuto a un vecchio amico giornalista: l'opinione pubblica doveva sapere quello che Caterina Masi aveva fatto contro il padre. La figlia di quel povero uomo doveva apparire sempre più come un personaggio negativo, odioso.

L'amico replicò che questo era impossibile: il commissario Canziani, nella sua conferenza stampa, aveva ridimensionato l'accaduto e diffidato dal far circolare notizie false o accuse infondate. La figlia del Masi, inoltre, era assistita dallo studio Gorini: né lui né il suo giornale potevano rischiare una denuncia e una richiesta di danni miliardaria.

L'unico aiuto che poteva dargli era – si tenesse fermo – un articolo *elogiativo* su Caterina Masi. «Siccome la gente la detesta» spiegò il giornalista «otterremo il cosiddetto effetto paradosso: per reazione, la detesterà ancora di più.»

Le cose andarono esattamente così. Caterina cominciò a ricevere telefonate – ovviamente anonime – di insulti e minacce: chi la proteggeva? Si vergognasse. Stesse attenta. Quando qualcuno, per strada, la riconosceva, subito la fissava con disapprovazione e freddezza.

Tilly la costrinse a ritrasferirsi provvisoriamente a casa sua: era sempre più preoccupata per lei e non intendeva lasciarla sola. Caterina si era finalmente decisa a raccontarle tutti i penosi particolari della notte in cui aveva fatto l'amore con Marco Oberon ed era rimasta incinta.

«È innamorato di te! Che cosa aspetti a dirgli la verità?» Tilly le ripeteva. Ma inutilmente.

Nonostante la gravidanza si avvicinasse al quinto mese, i segni non erano ancora visibili e Caterina continuava a prendere tempo. La sola cosa certa era che non avrebbe mai rivelato a Marco quella paternità a tradimento.

Due settimane dopo l'intervento, Bruno Masi cominciò a pronunciare le labiali e a esprimersi in modo comprensibile: e Canziani poté finalmente interrogarlo.

Fu, in realtà, un penoso monologo. Il Masi dapprima finse di dormire e poi sbottò: «Sono innocente. Mia figlia ha testimoniato il falso e ha cercato di ammazzarmi».

Canziani perse le staffe. «Sei una bestia! Hai massacrato tua moglie e violentato una bambina di quindici anni! Lo sai che la povera Fiorenza si è buttata dalla finestra? Le hai distrutto la vita, e un povero innocente è rimasto abbandonato in un istituto. *Tuo figlio*. Un bambino minorato che nessuno vuole. Non fingere di dormire, Masi! Tu sei *peggio* di una bestia... Non ti basta tutto il male che hai fatto? Vuoi distruggere anche Caterina? Se dentro di te esiste un barlume di umanità, deciditi a parlare.»

Masi aprì gli occhi. «Non ho niente da dire.»

Canziani si alzò. «Se avrai la sfortuna di uscire vivo da qui, andrai a marcire in un carcere con la tua faccia sfigurata e repellente fino al giorno in cui creperai e andrai all'inferno.»

«Se parlo, che cosa me ne viene?»

«Fra vent'anni puoi essere fuori.» Indicò il suo viso. «E mi interesserò per farti avere un aspetto più umano.»

Masi chiuse di nuovo gli occhi.

Crepa, imprecò tra sé Canziani lasciando la stanza.

Andò da Olivares e gli comunicò che quel primo tentativo di strappare la verità all'uomo era purtroppo fallito. Olivares lo accompagnò all'uscita e gli espresse la propria preoccupazione per Caterina. «Non le danno pace. Questa persecuzione finirà solamente se il Masi ammetterà di essere l'assassino della moglie e di...»

Fu interrotto da Teresa, la responsabile dell'accettazione. «La stavo cercando, professore. Una donna insiste per vedere Bruno Masi. Le ho spiegato che è impossibile, ma dice che è molto importante.»

«Dov'è?» chiese Canziani, subito interessato.

Teresa la indicò, seduta poco distante, e Olivares riconobbe immediatamente la misteriosa donna che aveva già visto alla Life.

Lo riferì al commissario. «È già stata qui, e si comporta in modo strano, come se avesse paura di qualcosa.»

«Vado a sentire chi è e perché vuole vedere il Masi» Canziani disse, sempre più interessato. Ma, come si mosse per andarle incontro, la donna si alzò di scatto e, a testa bassa, si diresse verso l'uscita. Riuscì a bloccarla un istante prima che le porte automatiche si aprissero. «Sono il commissario Canziani e mi sto occupando di Bruno Masi. Potrei farle avere un permesso di visita, se ha dei validi motivi per parlargli...»

Alla vista di Olivares, che si stava avvicinando, la donna ebbe la solita reazione di spavento. «Un'altra volta... Adesso ho fretta» disse con affanno.

Una coppia stava entrando e, prima che il commissario potesse trattenerla, si infilò nelle portiere aperte e sparì. Decise istantaneamente di non seguirla: non voleva spaventarla ancora di più, se davvero per lei era importante incontrare il Masi si sarebbe rifatta viva.

Si girò verso Olivares. Era sbiancato e con una espressione incredula.

«Ha visto un fantasma, professore?»

«Credo di conoscere quella donna...»

Anna... *Anna Danesi.* Nell'istante in cui la perplessità diventò certezza un impulso incontenibile lo spinse a correrle dietro incurante del richiamo del commissario.

Era arrivata alla metà del vialetto pedonale. Le balzò quasi addosso. «Anna, fermati!»

La donna si girò lentamente. Il suo viso, un tempo bellissimo, era segnato da piccole rughe e come appannato da un velo di sofferenza. La guardò senza parlare.

«Anna, perché scappi? Non mi riconosci?»

«Sì, ti ho riconosciuto subito. Non voglio niente da te» si affrettò ad aggiungere.

Diego si stupì per quella inutile precisazione: non si vedevano da quasi venticinque anni, era ovvio che non volesse niente.

Seguirono alcuni istanti di imbarazzato silenzio. Diego l'aveva rincorsa per domandarle se conosceva il Masi e perché aveva insistito per vederlo, ma a quel punto sarebbe stato penoso per lui, e offensivo per lei, un approccio tanto diretto, come se il passato non esistesse. Ora che l'aveva rivista, di quel loro passato emergevano tutti i ricordi e tutti gli interrogativi che erano rimasti senza risposta.

La prese per un braccio. «Dobbiamo parlare, Anna.» La sentì irrigidirsi, ma non si sciolse dalla sua stretta. «Vieni, qui fuori c'è un bar.»

Percorsero l'ultimo tratto del vialetto in silenzio e, quando furono seduti, il disagio di Diego crebbe. Era passata un'eternità dal mattino di aprile in cui lui l'aveva accompagnata all'aeroporto di Rio e si erano scambiati l'ultimo, malinconico abbraccio.

E d'un tratto gli sembrò ridicolo riesumare i dubbi e gli interrogativi che appartenevano a un'altra età, un'altra vita: perché un mese dopo la partenza hai smesso di rispondere alle mie lettere? Perché ti sei trasferita in un'altra città? Perché i tuoi parenti di Rio si sono rifiutati di darmi il tuo nuovo indirizzo e il tuo numero di telefono?

Per qualche mese si era arrovellato alla ricerca delle risposte, ma alla fine si era rassegnato: qualunque ne fosse il motivo, Anna aveva deciso di sparire dalla sua vita. E ora, tantissimi anni dopo, quelle risposte non gli interessavano più.

Diego accennò un sorriso. «È passato tanto tempo...»

«Sì, tanto.»

«Non sei più tornata in Brasile?»

«No.»

Diego tacque. «Vivi a Roma, adesso?»

«Da qualche mese.»

«Io ho lasciato il Brasile quattro anni fa. Lavoro alla Life.»

«Lo so. Sei un chirurgo famoso.»

«E tu? Che cosa hai fatto in tutti questi anni?»

«Insegno in una scuola elementare.»

«Ti sei sposata? Hai avuto dei...»

«Da qualche anno vivo con un uomo...»

«Io mi sono sposato due anni e mezzo fa. Troppo tardi per avere dei figli.» Tacque di nuovo.

«Devo assolutamente vedere Bruno Masi» Anna disse all'improvviso, quasi con affanno. Lo guardò con occhi imploranti. «È ricoverato nella tua clinica, e tu puoi farmi avere il permesso.»

Anna gli aveva risparmiato l'imbarazzo di entrare nel discorso, ma al sollievo subito subentrò una oscura inquietudine. «Il Masi è piantonato e il permesso di visita è stato revocato anche al suo legale» spiegò.

«Il poliziotto che era con te, nell'atrio, mi ha detto che se avevo dei validi motivi me lo avrebbe concesso!»

«È... un tuo parente?»

«No!» rispose con repulsione.

«Anna, perché vuoi vederlo?»

«*Devo*» puntualizzò cupa.

«Il commissario vorrà sapere perché: consentendo a un'estranea il permesso di visita, può avere dei problemi, anche da parte del legale del Masi... Il motivo deve essere realmente *valido*» le spiegò con pazienza.

«Lo è.»

Olivares le prese una mano. «Di me puoi fidarti.»

«Quell'uomo è... è un mostro.»

«Lo conosci? Ha fatto del male anche a te? Anna, dimmi perché vuoi vederlo» ripeté dolcemente.

«Sta distruggendo la vita di... della persona che più amo al mondo...» un singhiozzo le spezzò la voce.

Olivares ebbe un sussulto. «Parli di Caterina? Sua figlia?»

«Non è sua figlia!» protestò quasi inorridita. «I Masi la ebbero in affidamento quando aveva due mesi... grazie a una assistente sociale che era parente della moglie... E tre anni dopo la adottarono...» Le lacrime le scivolarono sulle gote.

«Nessun giornale ha scritto queste cose» osservò Olivares con voce spenta. Si animò di colpo: «Come fai a saperlo, Anna? Perché hai detto che Caterina è la persona più cara che hai al mondo?».

Anna abbassò la testa. «Perché sono sua madre.»

Di colpo tutti gli interrogativi di Olivares trovarono una risposta. *Caterina è mia figlia*. La verità affiorò quietamente e si stupì di non sentirsi né incredulo né sconvolto. Era come se l'avesse sempre saputo.

«Caterina è mia figlia» ripeté a voce alta, alzando lo sguardo su Anna.

«Sì» sussurrò lei.

La visione di quel volto affranto invece di commuoverlo lo irritò. Istintivamente pensò a un altro volto, quello di Caterina. Quante volte vi aveva scorto sofferenza, stanchezza, delusione, rassegnazione, impotenza? Perché non gli era stato concesso di risparmiare tutto questo a sua figlia?

«Avresti dovuto dirmelo» disse cercando di controllare l'indignazione che montava come una piena. Non vi riuscì. «Perdio, Anna, con quale diritto me l'hai sottratta? E con quale coscienza hai potuto sbarazzarti di lei, dandola in affidamento a quei mostri dei Masi?» urlò.

La donna si eresse sulle spalle. «Tu mi avevi detto chiaramente che per noi non poteva esistere un futuro. Ti stavi dannando l'anima per finire l'università e mantenere la tua famiglia... Non sopportavo di darti un peso in più... Se ti avessi parlato della mia gravidanza, ti avrei distrutto tutti i sogni, tutti i progetti...»

«Hai preferito distruggere il futuro di Caterina?»

«Al settimo mese restai senza posto di lavoro: non avevo più i genitori, e, quando la bambina ebbe due mesi, avevo finito anche i miei pochi risparmi. La signora Masi non era un mostro come il marito, e quando l'assistente sociale del tribunale, la sua parente, mi propose di affidarla a lei, io accettai. Ero certa che si trattasse di una situazione provvisoria, il tempo di cercarmi un nuovo lavoro e riprendere mia figlia... Nel frattempo andavo a trovarla in casa Masi, trascorrevo molte domeniche con lei. La signora mi sembrava, *era*, una donna buona e affettuosa. Ma tre anni dopo, quando fui in grado di riprendere Caterina con me, seppi che l'affido ai Masi era diventato una adozione definitiva. Da un giorno all'altro mi fu vietato di vedere mia figlia e di avere dei contatti con i genitori adottivi. Ero troppo povera per pagare un avvocato per far valere i miei diritti di madre naturale... Supplicai il giudice di revocare la sentenza, di ridarmi la piccola. Ma nessuno mi ascoltò, nessuno mi credette. Contro di me c'era un rapporto che parlava di "totale abbandono"...»

L'indignazione e la collera di Diego Olivares si attenuarono, ma la sofferenza di Anna era poca cosa rispetto a tutto quello che la figlia aveva passato. «Avresti dovuto dirmelo almeno allora, Anna!»

«Quattro anni dopo che non ci sentivamo più? Potevi esserti sposato, avere avuto dei figli...»

«Caterina non era *un'ipotesi*. Era una figlia reale... Una bambina di tre anni che non poteva difendersi, non poteva protestare... Tu mi conoscevi bene, Anna: sarei volato in Italia per riprendere Caterina, avrei fatto *qualunque cosa* per strapparla ai Masi.»

«Mi rassegnai per il suo bene. Credevo che fossero delle brave persone e Caterina sembrava molto affezionata alla madre adottiva...»

«Ma nove anni fa il Masi la ammazzò a coltellate... e Caterina raccontò in tribunale che uomo bestiale fosse. Perché non sei ricomparsa allora? Dov'eri, Anna, mentre mettevano in croce tua figlia come se fosse lei la colpevole? Non leggevi i giornali? Non guardavi la televisione?»

«No... Angelo, il mio compagno, era stato mandato in Nigeria dalla sua società. Faceva il capocantiere e abitavamo in un piccolo villaggio...» Riprese fiato. «Ho saputo tutto soltanto adesso, quando il caso di Masi è tornato alla ribalta.»

Olivares ebbe come una scossa. «Perché vuoi vederlo? Che cosa ti fa pensare che dopo il tuo incontro scagioni Caterina?»

«Angelo, il mio uomo, lavora con quel parente della

Masi che voleva testimoniare a favore dell'assassino in cambio di cinquanta milioni...»

«E allora?» incalzò.

«Il Masi *gli confidò* di essere colpevole... di "avergli fatto fuori" la cugina che odiava. E lui è disposto a dichiararlo in tribunale.»

«Devi dirlo al commissario Canziani, subito! È importantissimo, che cosa aspettavi a parlare?» Diego disse eccitato.

Anna scosse mestamente la testa. «Chi crederebbe alla nuova dichiarazione di un testimone notoriamente falso e corruttibile? Forse i giudici... Ma la gente, i giornali, penserebbero a un'altra macchinazione contro il povero, disperato innocente. Solo se il Masi dirà la verità potremo...»

«Non la dirà mai. Soprattutto adesso che ha qualche speranza di sopravvivere: la vita in carcere è molto più facile per chi si è creato l'alone di innocente incastrato e perseguitato» disse convinto.

«Fammi provare. Io *sento* di poter fare qualcosa per Caterina.»

Sarebbe la prima volta, Olivares pensò amaro.

Anna parve capirlo, e abbassò la testa.

«Ti farò entrare nella stanza del Masi» disse in tono deciso.

«Quando?»

«Domattina. Ti aspetterò nell'atrio della Life alle otto.»

«Non odiarmi» Anna sussurrò. «Io ti ho voluto davvero bene...»

Si erano conosciuti in Brasile. Lei era venuta a Rio, ospite di parenti che vi erano emigrati molti anni prima, per assistere al famoso carnevale, e il primo incontro era avvenuto proprio durante il carnevale.

Anna, travolta dall'incredibile marea di folla, era caduta malamente e qualcuno l'aveva calpestata. Lui, laureando in Medicina, era a bordo di una delle tante ambulanze allertate per soccorrere le centinaia di infortunati come lei.

Era rimasto colpito non soltanto dalla sua bellezza, ma anche dal suo comportamento quasi stoico: nonostante avesse due vertebre incrinate e il volto contuso, non emise un lamento, non inveì, non pianse…

Al termine di quella giornata, Diego andò a trovarla nel reparto in cui era stata ricoverata. Lei lo accolse con un sorriso che le illuminò il povero viso… All'indomani fu dimessa e Diego la accompagnò a casa degli zii.

Fu amore a prima vista. Anna prolungò il soggiorno in Brasile di due mesi e quell'appassionato, giovanile amore diede a Diego i primi giorni felici di un'esistenza dura, difficile.

«Ti ho voluto davvero bene» Anna ripeté.

Diego ebbe la certezza che anche lei aveva inseguito quei lontani ricordi. Sospirò. «Ti ho scritto, ti ho cercato… Dovevi dirmi che aspettavi un figlio.»

Non le avrebbe perdonato mai di non averlo fatto.

XIX

Quella notte le condizioni del Masi si aggravarono improvvisamente a causa di un collasso cardiocircolatorio. Il commissario Canziani, che si era lasciato convincere da Olivares a metterlo faccia a faccia con Anna, di fronte a questo aggravamento gli espresse qualche perplessità: l'uomo era in grado di affrontare quell'incontro? Nelle sue condizioni, non poteva rappresentare un rischio?

In un qualunque caso analogo Olivares avrebbe imposto la massima tranquillità del paziente, impedendo anche l'accesso dei parenti. Ma il Masi non era un paziente qualunque. Ammesso che fosse capace di emozioni o turbamenti, non gli importava nulla del rischio che avrebbe corso. Erano in gioco la serenità e il futuro stesso di sua figlia, e non poteva permettersi di avere scrupoli.

«Il Masi è ancora in grado di capire e di parlare, e credo che sia in grado anche di affrontare un incontro con la signora Danesi» replicò al commissario.

Anna entrò nella stanza alle otto e mezzo e si avvicinò lentamente al letto del Masi. Dal bianco volto bendato emergevano i buchi bui degli occhi spalancati e due labbra dai contorni imprecisi e tumefatti. Come la vide, Masi chiuse gli occhi.

Anna, vincendo un moto di repulsione, lo scosse: «So che mi sta sentendo. Sono la madre di Caterina... la *vera* madre, e lei deve ascoltarmi».

Scorse un impercettibile movimento nelle palpebre chiuse. «Mi guardi! Sono passati ventun anni da quando venni strisciando a casa sua... supplicandola di ridarmi la mia bambina. Perché non l'ha fatto?»

Le labbra informi dell'uomo si mossero. «Vada... via...»

«No, questa volta non me ne vado. Lei sta morendo e dovrà rispondere a Dio di quello che ha fatto. Ha ammazzato sua moglie, ha spinto una ragazza a uccidersi...»

«Se... ne... vada...» Masi ripeté chiudendo gli occhi. Il suo respiro divenne rantolante. Canziani fece un passo avanti e la sottrasse con forza dal letto. «Non lo vede? Sta male, lo lasci in pace.»

Anna perse la testa. «Quale *pace*?»

Si strappò alla sua stretta e si curvò sul letto del Masi. «Stai morendo, brutta bestia! Se non confessi subito il tuo delitto e non dici che Caterina ha sempre detto la verità, Dio ti castigherà! Sarai dannato per l'eternità!»

«Basta» ordinò Canziani. Stavolta Anna non poté sottrarsi alla sua stretta.

Olivares era immobile sulla porta della stanza. «Si muova, il Masi sta male» il commissario gli disse brusco.

Due ore dopo Caterina, passando nel corridoio, sentì due infermiere del suo reparto parlare del Masi e commentare il suo "fisico bestiale". Sapeva dell'arresto cardiaco che aveva mobilitato mezza Life, e capì che ancora una volta ce l'aveva fatta. Non provò né rammarico né rabbia. Il Masi era come una devastante forza della natura. Nulla avrebbe potuto arrestarlo o abbatterlo e, a volte, ridicolmente, pensava che sarebbe vissuto in eterno.

Ma d'un tratto tutto precipitò e anche quel pomeriggio di aprile si impresse indelebilmente nella memoria di Caterina. La tragedia volgeva all'epilogo.

Ore 13,30. Caterina viene raggiunta in infermeria da Diego Olivares. Il primario, incurante della caposala e delle due infermiere che stanno a guardare, la stringe tra le braccia. «Il Masi ha confessato tutto!» le dice con volto raggiante. «La confessione è stata registrata e il commissario Canziani è nella sua stanza per fargli firmare la trascrizione.»

Ore 14. Tilly arriva alla Life con il figlio Massimo e Marco Oberon non capisce perché la donna insista per portare via Caterina, le chieda ripetutamente se sta bene, la tratti come se fosse ammalata. È di questo che lei stessa si lamenta con Tilly: spiegandole gentilmente che desidera restare alla Life fino al termine del suo turno.

Ore 16,30. Olivares chiede a Caterina di raggiungerlo nel suo studio. Vi trova seduta una donna sui quarantacinque anni che, come la vede entrare, si alza di scatto e la fissa come se le fosse apparsa la Madonna. Caterina ha la curiosa sensazione che voglia abbracciarla.

«Volevo presentarti Anna Danesi, una mia vecchia amica» Olivares dice.

Caterina è confusa, continua a non capire. Porge automaticamente la mano alla donna e fissa interrogativamente il primario.

Olivares si schiarisce la voce. «Anna conosceva il

Masi… Dobbiamo a lei se si è deciso a confessare il suo omicidio e tutto il resto.»

La donna si schermisce. «Ho letto la tua storia sui giornali e mi sono indignata per quello che il Masi ti ha fatto passare.» Sembra confusa anche lei, e Caterina ha un sobbalzo: conosce quella voce.

Tra le tante telefonate di minacce e insulti ne ricevette una, la sola che ascoltò fino in fondo, da parte di una donna che le esprimeva la propria solidarietà, la esortava ad avere coraggio. Caterina non ha dubbi: è la stessa donna che ha di fronte.

Ma qualcosa la trattiene dal dirglielo. La ringrazia come meglio riesce, sempre più a disagio, e fissa di nuovo Olivares, come a chiedergli se ha altro da dirle.

Ore 17. Caterina vede Tilly dirigersi verso lo studio di Olivares.

Ore 18,10. Massimo, spazientito, chiede a Caterina di sua madre: è nello studio di Diego da oltre un'ora, cosa avranno mai di così importante da dirsi? Caterina rifiuta di andare a chiamarla, come Massimo vorrebbe, e lui va di persona. Torna dicendo che «la cosa va per le lunghe» e che sua madre prenderà un taxi. «C'è una donna con loro, hanno tutti e tre una faccia da funerale» è il commento di Massimo. Caterina apprenderà in seguito che quel pomeriggio Olivares chiamò Tilly per raccontarle la sua storia con Anna e avere da lei un suggerimento sul modo più giusto per comportarsi. Diego e Anna erano smaniosi di dire la verità alla figlia, ma non sapevano in che modo e con quali parole.

Tilly, a quel punto, era stata costretta a rivelare che Caterina aspettava un figlio da Oberon. Supplicando Diego di tacere e di non intervenire, gli aveva suggerito di lasciare per il momento le cose come stavano: nelle ultime settimane Caterina era stata sottoposta a troppe tensioni e a troppi problemi, e non era il caso di farle subito una rivelazione tanto sconvolgente.

Ore 19. Caterina vede Tilly e l'amica di Olivares lasciare insieme la Life. Tilly sostiene la donna come se stesse male.

Ore 19,30. Olivares, angosciato per la gravidanza di Caterina e la consapevolezza della propria impotenza, avverte uno struggente desiderio di vederla. La raggiunge in infermeria e resta silenziosamente sulla porta a guardarla.

Caterina sta facendo una medicazione a una anziana operata. Il suo viso è attento e assorto, i suoi gesti abili. È mia figlia, Olivares pensa con un fremito di orgoglio, trattenendo l'impulso di correre ad abbracciarla.

Caterina si accorge della sua presenza e arrossisce.

«Ti aspetto fuori, fa' con calma» le dice Olivares.

Quando Caterina lo raggiunge, la invita a bere un caffè. Le chiede dei suoi esami, le parla dell'intervento che dovranno eseguire all'indomani...

Ore 20. Olivares, a malincuore, si sta congedando da Caterina. In quel momento vede Oberon correre verso di lui. «Il Masi ha avuto una nuova crisi e lo stanno defribillizzando» dice.

Olivares, pronto: «Vengo con te».

Ore 20,30. Il commissario Canziani blocca Caterina che sta lasciando la Life. Dietro di lui, agitato e rosso in volto, c'è Olivares.

«Il Masi sta morendo e vuole vederla» il commissario dice a Caterina.

Olivares, con veemenza: «Non sei obbligata a andare da lui!».

Caterina, tremante, alza gli occhi sul commissario. «È sicuro? Il Masi vuole vedere... *me*?»

«Non è obbligata a farlo, come dice il professore. Ma quell'uomo sembra disperato e continua a fare il suo nome.» Scuote la testa. «Non la posso condannare se non riesce a provare pietà per lui.»

Caterina si sente mancare il respiro e annaspa alla ricerca dell'aria. Olivares corre a sorreggerla. «La lasci in pace!» strilla al commissario.

«Sto meglio...» Caterina rialza la testa e inspira profondamente. «Mi porti da lui, dottor Canziani.»

Ore 20,40. Caterina si avvicina al letto del Masi e si curva su di lui. È come sporgersi sull'inferno.

Marco Oberon si fa istintivamente da una parte. «Se ne sta andando» le sussurra.

Il Masi, ansimante e ormai privo di forze, cerca di allungare una mano verso Caterina, ma non ce la fa. «Perdonami... di tutto...»

«È Dio che deve perdonarti!» Non ha un solo ricordo buono di lui, ha devastato le vite di tutti e le ferite sono ancora aperte... No, non riesce a provare pietà per lui.

«Caterina... non farmi morire dannato...» I buchi neri dietro le bende sono lucidi e imploranti. «Dio mi ha fatto nascere come uno storpio... senza cuore...»

Caterina è sconvolta da quelle parole e da quello sguardo. Di fronte alla morte, la bestia è diventata un essere umano.

Scoppia a piangere. «Dio ti perdonerà. Ti perdono anch'io, papà!» Da quanti anni non lo chiama così?

«Quel bambino... Non l'ho mai visto...»

«Sta' calmo, adesso.»

«Nessuno ti farà più del male... Dillo a tua madre... Ho firmato tutto... come voleva lei...»

Delira, pensa Caterina. Il Masi, esausto, ha chiuso gli occhi e il suo respiro è rantolante, affannoso.

Caterina si sente travolgere da un'ondata di pena. «Papà!» piange.

Oberon fa per avvicinarsi a lei, ma Diego Olivares lo precede. «Vieni via, non puoi fare più niente per lui» dice trascinandola quasi a forza fuori dalla stanza.

Ore 22. Canziani rilascia all'ANSA una breve dichiarazione: Bruno Masi è morto per collasso cardiocircolatorio. Ha confessato l'omicidio della moglie e scagionato la figlia adottiva da ogni accusa.

Ore 24. Olivares torna a casa dopo aver accompagnato Caterina da Tilly ed essersi fermato con lei nel tentativo, vano, di confortarla e rasserenarla. Sua moglie

Giovanna non gli rivolge una parola. E poco dopo va a dormire nella stanza degli ospiti.

Nella lunga e particolareggiata confessione rilasciata al commissario, Bruno Masi aveva detto una sola bugia, l'ultima della sua vita: «Ho deciso da solo di staccare l'ossigeno e le flebo... Preferivo morire che tornare in carcere...».

Canziani, ovviamente, non gli credette: ma, morto il Masi e ufficialmente scagionata – anzi, *beatificata* – la figlia adottiva, era inutile indagare sulle telefonate e sul piano sapientemente organizzato per incastrare Caterina.

«Ho la certezza che l'avvocato Pezzi non sia estraneo alla vicenda e abbia agito con la complicità di una persona che lavora alla Life» confidò a Olivares «ma non ho alcuna prova per incriminarlo. Lo confesso, per la prima volta mi sento sollevato da questa impotenza. Cercare la verità sarebbe come scoperchiare il vaso di Pandora...»

Il professore si guardò bene dal dirgli che avvertiva l'identico sollievo. Era certo, come Canziani, che l'avvocato Pezzi non fosse estraneo alla macchinazione e altrettanto certo che ad aiutarlo, all'interno della Life, fosse stata Vera. L'affetto per la moglie lo costringeva a rallegrarsi per la mancanza di prove e per l'impossibilità di proseguire le indagini, ma non poteva consentire a Vera di cavarsela impunemente e di incombere, come una mina vagante, sull'esistenza di Caterina.

Si ritrovava a scrutare sua figlia sempre più preoccupato, detestava Marco Oberon per la sua ottusità, e scaricava su Tilly tutte le proprie tensioni e i propri suoi dubbi: che cosa aspettava, Caterina, a dirgli tutto? Per quanto tempo ancora credeva di poter nascondere il suo stato? Che cosa aveva in mente di fare? Era giusto che lui, suo padre, fosse costretto a guardare senza poter fare niente? E che la povera Anna si struggesse nell'angoscia?

Solo Tilly sapeva la verità e poteva condividere le sue preoccupazioni. «Aspetta, non facciamo passi avventati, riflettiamo bene» gli ripeteva.

Un problema, Olivares, poteva risolverlo: affrontare e neutralizzare Vera. Ma non ve ne fu bisogno.

Una sera, rientrando a casa, trovò due valigie accanto alla porta e sua moglie in lacrime. «Vera ha deciso di partire» gli disse.

«A quest'ora? E per dove?»

Vera stava scendendo dalla scala del piano notte e Giovanna gliela additò: «Chiedilo a lei!» rispose istericamente.

Vera si avvicinò. «Vorrei parlare con Diego, mamma. Da sola.»

Quando la madre si allontanò, Vera disse d'un fiato: «Tu sai quello che ho fatto. Sono un *mostro*».

Olivares la fissò perplesso: dove stava l'inganno?

«Vado in Francia, in una comunità di suore.»

Olivares si spazientì. «Che cos'è questa storia?»

«Ho conosciuto suor Marie, una religiosa straordinaria. È stata ricoverata tre giorni da noi, nel reparto di ortopedia, e mi ha fatto capire tante cose.»

«Per esempio?»

«Non sono malvagia, Diego. E se voglio ritrovare la pace, devo smettere di odiare il mondo... di pensare soltanto a me stessa...» Il pianto le incrinò la voce. «Spiegalo tu a mia madre.»

«Devo crederti?» Nel momento stesso in cui glielo chiedeva capì che sì, Vera era sincera. Per la prima volta nella sua vita. Allargò le braccia e la strinse a sé.

«Grazie di tutto, Diego.»

«E di che cosa? Non mi hai mai permesso di fare qualcosa per te... di volerti bene.»

«Non me lo meritavo.»
«Hai bisogno di qualcosa? Di soldi?»
«Quelli non mi sono mai mancati.»
«Non sparire. Non farci stare in ansia.»
«Vi telefonerò appena arrivata.»
«Dov'è il convento di questa suor Marie?»
«Vicino a Cagnes, nel sud della Francia.»
La abbracciò di nuovo. «Parlerò io con tua madre.»
Ma Giovanna non glielo permise. Non appena Vera se ne andò col taxi, si scagliò come una furia contro di lui. «È partita per colpa tua! L'hai sempre detestata!» Si allontanò di corsa, lasciandolo esterrefatto e desolato.

Alla fine di aprile Olivares decise di accettare l'invito di un convegno medico organizzato a Taormina da una società farmaceutica e di portare con sé Caterina come accompagnatrice.

Avevano entrambi bisogno di una pausa. Il suo matrimonio con Giovanna era ormai entrato in una fase di crisi conclamata e i rapporti tra Caterina e l'ignaro padre del figlio che aspettava erano ben lungi dal chiarirsi.

«Quell'imbecille di Oberon sembra geloso di me!» si sfogò con Tilly.

«Il tuo viaggio con Caterina complicherà tutto.»

«Voglio stare con mia figlia. Parlare finalmente a cuore aperto con lei.»

La sua irragionevolezza irritò Tilly. «Se vuoi perdere ogni speranza di salvare il tuo matrimonio e separare definitivamente Oberon da tua figlia, hai preso proprio la decisione più giusta» gli disse con amaro sarcasmo.

Alla fine, Diego fu costretto a darle ragione. Ma una distrazione creò ugualmente l'irreparabile.

Ripensando a quanto accadde in quei giorni, Tilly

ricordò un altro motto che sua zia Elsa citava con convinzione: quel che deve accadere accade, e non si può fare nulla per fermarlo.

Giovanna, nel cercare una cartelletta sulla scrivania del marito, trovò il modulo di adesione del convegno di Taormina. Diego l'aveva compilato a mano, di persona, indicando il nome di Caterina Masi come accompagnatrice.

Giovanna prese il modulo e attraversò lentamente il corridoio che portava dallo studio del marito al suo reparto. Una gelida calma si era eretta, a mo' di barriera, per difenderla dall'umiliazione e dal dolore. È finita, pensò con indifferenza.

Caterina era davanti all'infermeria, con Oberon e Olivares. Le si parò davanti. «Dopo la tua vacanza d'amore, cercati un altro posto.»

Fece per metterle in mano il modulo, ma Caterina si ritrasse come spaventata. «Che cosa sta dicendo?»

Olivares le fece eco. «Sei impazzita, Giovanna?»

«Al contrario, sono rientrata in me. La tua puttanella è licenziata, e se...»

Olivares alzò una mano come per schiaffeggiarla, ma Oberon, gliela trattenne. «Smettila!» sibilò.

Caterina osservò la scena come paralizzata. D'un tratto, con un gemito, si slanciò correndo verso le scale.

«Caterina, fermati!» gridò Olivares. Era impossibile starle dietro. Una rampa, due rampe, tre rampe: era come se sua figlia volasse, sempre davanti a lui.

Quando lui arrivò nell'atrio, Caterina era già all'uscita. La vide attraversare la porta di corsa e imboccare ciecamente la rampa delle automobili.

«Fermati!» le gridò di nuovo.

Quando la raggiunse, era distesa sull'asfalto. Il tassista scese spaventato dalla sua vettura. «Andavo piano, ma lei mi si è parata davanti all'improvviso... Non è colpa mia!»

XX

Giovanna aveva appena lasciato il reparto quando Oberon udì la caposala comunicare affannosamente al dottor Grassi che Caterina era stata investita da un'auto: il primario aveva chiesto di lui, corresse, la stavano trasportando lì.

I barellieri arrivarono pochi istanti dopo, di corsa, e Olivares li seguiva tenendo una mano di Caterina nella sua. «Dov'è Grassi? Mandatelo nella sala due!» gridò mentre vi si dirigeva.

«Ci sono io» Marco gli disse quando riuscì a ritrovare la voce, accodandosi a loro.

«Spostati, voglio Grassi.»

Il sollievo di vedere che Caterina si muoveva, era ancora viva, non gli fece nemmeno raccogliere l'aggressività di quel rifiuto. Era affranto per la scenata a cui aveva assistito e, fermando la mano alzata di Olivares, non aveva certamente inteso schierarsi dalla parte della moglie, ma soltanto difenderla da un'inaccettabile violenza fisica. La gelosia di Giovanna era diventata patologica.

Non credeva affatto che Olivares avesse una relazione con Caterina, e si sentiva umiliato per il modo insultante con cui Giovanna l'aveva trattata. Però, doveva ammetterlo, Olivares non faceva nulla per rassicurare la moglie e controllare il trasporto, obiettivamente eccessivo, che provava per Caterina. La decisione di portarla al convegno di Taormina era una provocazione assurda, e come tale Giovanna l'aveva vissuta: anche se il progetto era rientrato.

L'arrivo di Grassi ricondusse Marco alla drammaticità del presente. Vide Olivares sussurrargli qualcosa prima di entrare con lui in sala operatoria. Subito dopo arrivò l'infermiera Sacchi e parve molto stupita di vederlo lì fuori. Oberon restò in attesa per una decina di minuti, e fu quasi sollevato quando lo chiamarono dal pronto soccorso: l'ansia era diventata insopportabile.

Tornò nel reparto un'ora dopo e chiese subito notizie di Caterina. Una infermiera gli disse che era appena uscita dalla sala operatoria e stavano trasportandola in una stanza: era fuori pericolo, non sapeva altro.

Andò dalla caposala per sapere quale fosse il numero della stanza e si bloccò sulla porta udendone la voce incredula. «Non è possibile! Nessuno di noi se ne era accorto!»

«Non credo che il primario voglia farlo sapere. Tieni la cosa per te.» Era la voce dell'infermiera Sacchi, questa.

Oberon non si vergognò di origliare. Di che stanno parlando? Qual era la cosa che Olivares voleva tenere per sé?

«Credi che il figlio fosse suo?» Ancora la caposala.

«E di chi, altrimenti? Caterina è sempre stata la sua cocca e da qualche tempo lui non la mollava un attimo.»

Marco si allontanò di scatto... *Caterina incinta di Olivares*. Nei venti secondi che impiegò per rifugiarsi nel suo studio conobbe, con rapidità fulminea, i sentimenti più dolorosi e l'ira più cieca di un uomo tradito. Dovette sedersi, travolto da ciò che provava: talmente violento da paralizzargli la mente, impedirgli di muoversi. Era come se un fiume in piena l'avesse investito e, aggrappato a un ramo, aspettasse il ritrarsi delle acque.

Qualcuno bussò alla sua porta. «Avanti» disse rauco. Si stupì di avere ancora la voce, di essere sopravvissuto.

Era Tilly. «Posso entrare?» chiese lanciandogli un'occhiata timorosa e incerta.

«Che cosa vuoi?»

«Non ti ho ancora visto... Caterina si è risvegliata dall'anestesia, è fuori pericolo.» Poiché lui taceva, aggiunse: «La aiuteremo a superare questo brutto momento».

«Non ne dubito» ringhiò. «Caterina è giovane, e potrà dare a Olivares quanti figli vuole.»

«*Olivares?*» Lo fissò con gli occhi spalancati.

«Tilly, so tutto. È una storia squallida e...» Si interruppe. «Perché sei venuta qui? Che cosa vuoi da me?»

«È una storia molto triste. Caterina era al quinto mese di gravidanza... È disperata.»

«Può piangere sulla spalla di Olivares. Sarà disperato anche lui.» Le lanciò una occhiata cattiva. «O no? Forse è sollevato? Forse questo incidente è stato provvido?»

«Il figlio non era di Diego.» La voce secca di Tilly fu una staffilata.

«Non voglio sentire altre storie.»

«Forse questo incidente è stato provvido *per te...*» Tilly perse il controllo. «Come puoi essere così cinico, così ottuso? Il figlio era tuo! Dovresti vergognarti... per come l'hai concepito e per come ti sei affrettato a scordartelo!»

Il lampo di sbalordimento e di paura che scorse nel suo sguardo non la fermò. «Una volta mi chiedesti che cosa era successo la sera della cena di Natale... Chi ti riportò a casa e ti mise a letto... Te lo dico adesso! *Caterina*. Eri sbronzo marcio... ti caricai su un taxi con tua moglie, ma evidentemente tu tornasti... *Caterina* ti trovò addormentato vicino alla sua macchina e ti riportò a casa con Fernando. Poi volle rimanere con te... E un mese dopo si accorse di essere incinta.»

Ti amo. Un viso dolce curvo su di lui, una carezza lieve. Quel ricordo lo schiacciò come un macigno. «Perché non me lo ha detto?» gemette.

«Credevi di avere fatto l'amore con tua moglie. Eri ubriaco e d'un tratto la chiamasti "Rita". Scappò via inorridita.»

«Tilly, aiutami.» Poco prima credeva di aver toccato il fondo, e invece il fondo era questo. Non si era mai sentito tanto disperato.

«Caterina è nella stanza quattordici. È lei che ha bisogno di aiuto.»

Olivares era lì, seduto accanto al letto. Nel vederlo, si alzò. «Si è addormentata» gli disse piano.

Aveva gli occhi chiusi. La guancia destra era ricoperta da garza e cerotti. Olivares seguì il suo sguardo. «Il parabrezza le ha provocato un brutto taglio. Ma non è la ferita peggiore» spiegò asciutto.

«Lo so... Diego, dovevi dirmelo.»

«Che cosa? Quello che lei si ostinava a tacere e tu a non vedere? Ti ho odiato, Oberon.»

«Dimmi che cosa posso fare. Io amo Caterina.»

«Cristo, non lo so! Siediti qui e aspetta.» Olivares gli girò le spalle e lasciò la stanza.

Marco spostò la sedia, si sedette e appoggiò la testa sul letto di Caterina. *Il medaglione*. La voce di Tilly: *La chiamasti "Rita". Scappò via inorridita*.

Che cosa le ho fatto? si chiese. La mente si sottrasse a quell'orrore. Sfinito, scivolò in un torpore sempre più profondo. Come un suicidio temporaneo. Si risvegliò di soprassalto: Caterina si era mossa e lo stava guardando. «Mi dispiace...» gli sussurrò.

Con un gemito la strinse tra le braccia. «Che cosa ti ho fatto?»

Cinque giorni dopo Marco disse a Olivares che intendeva prendere due settimane di ferie: Caterina poteva essere dimessa, e avevano deciso di partire insieme per un posto tranquillo, dove riposare e stare soli. Al ritorno, Caterina sarebbe andata a vivere con lui. E, appena possibile, si sarebbero sposati.

Vedere la figlia finalmente serena, accanto a un uomo affidabile e innamorato, avrebbe dovuto allargare il cuore di Olivares. E invece si sentiva, paradossalmente, ancor più desolato. Sulla serenità di Caterina incombeva una rivelazione che, come un macigno, le avrebbe ributtato addosso il passato.

Anna non intendeva ragioni: *dovevano* dirle la verità, non sarebbe mai stata *realmente* serena se, nel profondo di sé, fosse rimasta annidata la certezza che i veri genitori l'avevano rifiutata e abbandonata.

Olivares non poteva darle torto, ma era terrorizzato alla sola idea di come la figlia avrebbe potuto reagire.

«Le parlerò io» propose Tilly.

«No» fu la ferma reazione di Anna Danesi. «Sono sua madre, e deve saperlo da me.»

Sei giorni dopo l'incidente, alla vigilia di lasciare la clinica con Marco, Caterina vide entrare nella sua stanza la donna che Olivares le aveva presentato nel suo studio come amica.

Ricordò d'un tratto che doveva al suo intervento se il padre adottivo l'aveva scagionata. «Devo ringraziarla ancora per quello che ha fatto» disse gentilmente.

«Posso sedermi?» la donna disse. Era molto pallida e sembrava stanchissima.

«Sì, certo» rispose Caterina, provando lo stesso, strano disagio di quando Olivares gliela aveva presentata.

Il disagio crebbe quando lei le prese una mano tra le sue. «Avrei dovuto... voluto fare molto di più per te, Caterina.»

La ragazza la guardò interrogativamente. Non capiva. «Adesso sto bene...» disse confusa «e lo devo anche a lei.»

«Non ti sei mai chiesta chi sono i tuoi veri genitori? La tua vera madre?»

Caterina si irrigidì e fece un gesto vago, come a dire che non le importava. Mille volte, da ragazzina, si era chiesta chi fossero e con quale cuore l'avessero potuta abbandonare... Li aveva odiati. Ma adesso, davvero, non le importava più.

«Non vuoi rispondermi?» la donna insistette.

«No. L'unica madre che ho avuto è stata ammazzata e l'unico padre è morto.»

«Non erano i tuoi veri genitori.»

«Quelli sono fantasmi. La mia *vera* madre mi ha abbandonata. Non c'era quando il Masi mi picchiava e...» Si interruppe, esausta. «Sono stanca di odiare.»

«Caterina, forse tua madre non ha potuto tenerti. Forse glielo hanno impedito e ha vissuto nella disperazione, nel rimpianto.»

«Che cosa ne sa lei?» Caterina la aggredì.

La donna aprì e chiuse la bocca, come a cercare l'aria. Il suo viso, pallidissimo, la spaventò. «Mi scusi, signora, non volevo...»

«La tua vera madre sono io.»

La reazione di Caterina fu un istantaneo, violento rigetto, qualcosa che si mosse nelle sue viscere e le eruppe dalla gola come un conato: «La odio!».

«Non uccidermi» Anna implorò.

«Se ne vada! Io non la conosco!»

Per due giorni Caterina piombò in un cupo silenzioso stato di prostrazione. Rifiutava di mangiare, di parlare, di vedere chiunque.

Era impossibile dimetterla, in quelle condizioni, e Olivares si inferocì con Anna: perché non gli aveva dato ascolto? L'egoistica, irragionevole smania di dire la verità aveva avuto effetti devastanti.

La verità che non osava confessarsi era un'altra: condannava l'impulsività di Anna anche per il devastante effetto che aveva avuto su di lui. Era terrorizzato dal solo ipotizzare il momento in cui si sarebbe trovato al posto di Anna, respinto con l'identica avversione, costretto a infliggere nuovamente a Caterina il calvario di quei giorni. No, non ne avrebbe mai avuto il coraggio. Almeno non subito, si corresse.

Però doveva fare in modo che il futuro di Caterina fosse comunque tutelato. Era la sua unica figlia, la figlia di un uomo ricco, ed era giusto che quanto aveva accumulato in tutti quegli anni appartenesse a lei.

Una notte ebbe una crisi anginosa e si spaventò: non *poteva* morire senza aver assicurato a Caterina un avvenire finalmente libero da problemi e ristrettezze.

Al mattino successivo telefonò all'avvocato Gorini e al commercialista Gentili per fissare un appuntamento con entrambi. Ma, prima, doveva informare Giovanna della sua decisione. Ovviamente rivelandole di essere il padre di Caterina.

Si sorprese di non provare alcun timore o disagio: perché Giovanna si stava ogni giorno più staccando da lui? Perché il grande amore di un tempo era stato sopraffatto dai rancori e dai silenzi? Perché, al confronto del terrore che gli impediva di parlare con sua figlia, spiegarsi con Giovanna si configurava come un piccolissimo problema? Non cercò nemmeno di darsi le risposte.

Dopo aver fissato l'appuntamento con Gorini e Gentili pregò la moglie di raggiungerlo nel suo studio. Pacatamente, lealmente, senza nasconderle alcun particolare, le raccontò la lontana storia con Anna Danesi, la sua improvvisa ricomparsa, il suo calvario, le rovinose conseguenze di un silenzio assurdo. E infine le raccontò la terribile reazione che Caterina aveva avuto nei confronti di Anna. Adesso, la sola cosa che lui poteva fare per la figlia era garantirle la sicurezza economica.

Giovanna lo ascoltò senza interromperlo. «Avrei dovuto sapere tutto questo prima che il nostro matrimonio fosse distrutto» disse alla fine, con voce triste.

«Perché non hai avuto fiducia in me? Quante volte ti ho ripetuto che eri tu, e solo tu, la donna che amavo?»

«Immagino che adesso non mi ami più.»

«Non lo so, Giovanna. Adesso sono angosciato dallo stato di Caterina. E dalla sofferenza di sua madre.»

Giovanna arrivò davanti alla stanza di Caterina nel momento in cui Tilly ne stava uscendo, col volto rassegnato e cupo. «Oh, Giovanna...» esclamò vedendola. «Cercavi me?»

«No: Caterina. Devo dirle qualcosa.»

«Non è proprio il momento. Non parla con nessuno.»

«Parlerà con me. Va' pure, Tilly, non sono la strega cattiva.»

Entrò nella stanza e si avvicinò al suo letto. «Ti devo delle scuse, ragazzina.»

«Mi ha chiamato *puttanella*.»

«Non mi sono mai messa in ginocchio, ma se serve per farti capire quanto mi vergogno e mi dispiace sono disposta a farlo.»

«È colpa sua se ho perso il bambino.»

«Quando succede qualcosa di orribile è *sempre* colpa di qualcuno. Sembra che la sfortuna si vergogni a fare le cose da sola.»

«Non ho voglia di scherzare.»

«Sto parlando seriamente, Caterina. Sono più vecchia di te e di piacevole, dalla vita, ho avuto soltanto i soldi. Per colpa di Thomas ho perduto Barbara, per colpa di una moglie castrante ho rovinato Vera, abbandonando suo padre... Se mi guardo alle spalle vedo soltanto sconfitte, funerali e addii. Se guardo al futuro, vedo un divorzio, la paura del cancro, la vecchiaia che avanza. Ma non mi commisero. E nonostante abbia aggredito una ragazza più sfortunata di me chiamandola *puttanella*, sono ancora capace di pentimento e di compassione.»

«Le apparenze erano contro di me... Forse ha ragione, signora Medici. È stata sfortuna, fatalità.» Caterina era turbata dalle parole di Giovanna. Accennò un sorriso. «Non ce l'ho... non ce l'ho più con lei.»

Giovanna restò seria. «Però ce l'hai con tua madre. L'hai respinta e condannata senza nemmeno ascoltarla.»

«Quella donna mi ha abbandonato! E io sono finita con i Masi, all'inferno!»

«Credo che all'inferno ci sia stata anche tua madre. Ti hanno strappata a lei a tradimento, perché era una povera ragazza madre senza lavoro, senza parenti, senza soldi, e per oltre vent'anni ha vissuto come una dannata. L'ultima violenza gliel'hai inflitta tu, buttandola fuori dalla tua stanza e dalla tua vita... proprio quando credeva di averti ritrovata.»

«Basta!» Caterina si strinse la testa fra le mani. «Non ce la faccio più, sto male!»

«Ripensa a quello che ti ho detto» Giovanna concluse, uscendo.

Solo in quel momento si accorse che Tilly era rimasta dietro alla porta. «Mi dispiace» le disse «ho dovuto fare la strega cattiva.»

«Dovevi proprio essere così brusca?» Tilly la rimproverò.

«Era il solo modo per farla ragionare. Scommettiamo che se riporti qui sua madre stavolta starà a ascoltarla?»

Giovanna non sbagliava. Il secondo incontro tra Caterina e sua madre fu all'inizio pieno di circospezione e di disagio. Ma quando Anna Danesi cominciò a rievocare le drammatiche circostanze che l'avevano divisa dalla figlia, il rancore di Caterina crollò. Anna le disse tutto: l'unica cosa che tacque fu il nome di Olivares. E fu, quello, un gravissimo sbaglio. Caterina non osò chiedere nulla ad Anna, perché immaginò che si trattasse del solito seduttore mascalzone e irresponsabile. E via via che avesse imparato ad amare sua madre, quella convinzione si sarebbe radicata in lei, come una odiosa certezza.

XXI

Il dottor Renzi aveva appena cominciato a lavorare alla Life quando sua figlia Gabriella riuscì a scappare dalla clinica in cui era ricoverata. Fu ritrovata due giorni dopo, senza vita, nella toilette di un bar.

Tilly fu sconvolta dalla notizia e, soprattutto, dalla penosa autofustigazione di Massimo: è tutta colpa mia, l'ho abbandonata a se stessa, mi sono rifiutato di aiutarla...

Caterina rinunciò alla vacanza programmata con Marco e, dimessa dalla Life, anziché trasferirsi a casa di lui andò a Villa Nardi. Tilly e Massimo le erano stati vicini nei momenti più difficili, e non poteva lasciarli soli proprio ora che erano loro ad aver bisogno di aiuto.

Oberon capì: avevano tutta la vita davanti, le disse, e anche lui provava per Tilly un grande affetto.

Nel loro rapporto tutto era stato spiegato e risolto. Restavano soltanto la tristezza per il figlio perduto e la brutta cicatrice sulla guancia di Caterina. Ma avrebbero avuto altri figli. E un intervento avrebbe cancellato ogni segno dal viso.

Solamente Olivares continuava a vivere in uno stato di tensione e di inquietudine. Era sempre angosciato dall'idea di rivelarsi a Caterina come il suo vero padre, ma vivere nell'ambiguità e nel compromesso lo estenuava. E avvertiva un senso di dolorosa frustrazione nel dover controllare ogni gesto, ogni slancio nei confronti della figlia per non insospettirla e per non scatenare nuovamente la gelosia di Marco Oberon.

Una sera, rientrato a casa, trovò Giovanna insolitamente loquace: Vera le aveva scritto una lunga lettera da Cagnes, allegando una fotografia che la ritraeva davanti al convento. I capelli le erano cresciuti e aveva una espressione distesa, sorridente.

«Solo le persone felici sorridono!» gli fece osservare. Gli riferì che Vera aveva acquistato un vecchio cascinale e intendeva trasformarlo in una sede di agriturismo riservata ai bambini abbandonati o handicappati che vivevano nel convento di suor Marie.

Quella sera, per la prima volta dopo settimane, si avvicinò alla moglie. Ma tutta la loquacità e la gaiezza sparirono e Giovanna si ritrasse quasi offesa. «Ti estenui nel lavoro e in testa hai solo tua figlia! Siamo diventati due estranei!»

«Ho bisogno di te.»

«No, hai bisogno di una botta di sesso. Io non ci sto, trovati una ragazzina.»

Tre giorni dopo Diego Olivares andò a Milano per un consulto e sull'aereo incontrò una dottoressa che due anni prima si era dimessa dalla Life. Non era una ragazzina, ma una bella e disponibile quarantenne. Quella notte si fermò a casa sua e all'indomani mattina, mentre si recava all'aeroporto, si sentì idiota e colpevole. No, non era la botta di sesso che gli mancava.

Assistere all'agonia del suo matrimonio accresceva la sua frustrazione. Purtroppo tra lui e Giovanna si era creata una frattura insanabile.

Devo separarmi da lei, decise due ore dopo mentre entrava alla Life. Si accorse di sentirsi meglio. Ma nel primo pomeriggio avvertì per la seconda volta gli spasmi di una crisi anginosa. Il cardiologo, dopo averlo visitato e sottoposto agli esami del caso, lo rassicurò e allo stesso tempo lo mise in guardia: non poteva proseguire con quella vita frenetica e stressante.

Lasciato il collega cardiologo, Olivares tornò nel suo studio e telefonò all'avvocato Gorini e al commercialista Gentili. Aggredì entrambi con l'identico nervosismo: di quanto tempo ancora avevano bisogno per risolvere il problema di Caterina? Doveva pensare di essersi affidato a due professionisti incapaci?

Fu Gorini, che gli era amico e conosceva la ragione della sua impazienza, a illustrargli l'unico modo possibile per aggirare la sola e irrisolvibile difficoltà: passare a Caterina dei beni immobili e delle azioni senza metterla al corrente del fatto.

Si trattava, come tenne a precisare, di una soluzione tanto azzardata quanto temporanea: creare una società a cui intestare i beni e le azioni in oggetto, e dare poi a Caterina il novanta per cento delle quote.

«Lo studio di Gentili si occuperà di tutte le pratiche necessarie e dei bilanci» gli spiegò Gorini. «Ma, prima di decidere in questo senso, pensaci bene: la società avrà dei redditi e Caterina dovrà dichiararli. Questo significa che non potrà ignorare a lungo di essere diventata una ricca signora e che tu hai pochi mesi di tempo per dirle la verità.»

Quei "pochi mesi" rappresentavano per Olivares un tempo enorme e una tregua insperata. Ma il commercialista smorzò il suo entusiasmo: la costituzione della società, il trasferimento dei beni e la successiva intestazione delle quote alla Masi richiedevano valutazioni e tempo.

Fu lo stesso commercialista a suggerirgli un compromesso: passare nel frattempo a Caterina le azioni della Life di sua proprietà. Si trattava pur sempre di una considerevole cifra.

Diego gli diede l'incarico di procedere subito. Per

statuto, sua moglie aveva il diritto di prelazione sull'acquisto delle azioni e in teoria avrebbe potuto acquistarle lei stessa.

Ma la mise di fronte al fatto compiuto, con la certezza che, a dispetto di tutto, poteva contare sulla sua comprensione. Invece Giovanna gli gridò che non capiva la sua smania sempre più ossessiva di proteggere Caterina. Non sarebbe stato più semplice fare testamento in suo favore? Era morale che un padre ultracinquantenne si spogliasse di tutto incurante della vecchiaia incombente? Si rendeva conto di quale dolore infliggeva a sua moglie, cedendo quelle azioni? La Life aveva per lei un valore che andava oltre quello del danaro: lì si erano conosciuti, scontrati, innamorati; lì avevano combattuto, insieme, le battaglie più importanti... E si sentiva di colpo come ripudiata.

Giovanna non fece valere il proprio diritto di prelazione, ma la sua amara reazione rattristò profondamente Olivares. Molte delle accuse erano giuste. Inconsciamente, l'aveva davvero ripudiata.

«Non cambierà niente. Resterò a lavorare e a dirigere la Life anche se non sarò più tuo socio» la rassicurò. Ma sua moglie, lo sapeva, non era di lavoro che parlava.

Caterina, nel frattempo, aveva ripreso a lavorare alla Life. Il taglio sulla guancia si era ben cicatrizzato, rivelandosi meno profondo ed esteso di quanto inizialmente sembrava, e bastò un solo intervento per cancellarne ogni traccia.

Anche la ferita di Massimo si stava cicatrizzando: passata la crisi di autofustigazione, aveva finalmente capito che nessuno avrebbe potuto salvare Gabriella. La sua breve esistenza era stata segnata dalla sventura più atroce: un connaturato istinto di autodistruzione che l'aveva spinta a scelte, sfide e azzardi rovinosi.

Entrata nell'adolescenza, questo istinto l'aveva portata a imboccare la strada più breve e sicura per vivere infelicemente e per arrivare dritta alla morte.

Massimo, con grande sollievo di Tilly, riprese a studiare e a trascorrere ogni giorno qualche ora alla Life seguendo Oberon nel suo lavoro. A quel punto Caterina poteva lasciare Villa Nardi e iniziare la vita con Marco.

Ma lui non fece alcun cenno al progettato trasferimento nella sua casa. Caterina ne fu più stupita che delusa perché il loro rapporto continuava a essere senza ombre, era sempre certa dell'amore di Marco e del suo desiderio di sposarla appena ottenuto il divorzio: che cosa era successo, dunque?

Tornò nel suo monolocale impedendosi stupide elucubrazioni. Che cosa voleva di più? Nemmeno nei sogni più rosei avrebbe immaginato di poter essere un giorno tanto felice e fortunata.

Ignorava che per Marco, invece, erano ricominciati i giorni difficili. Alfonso si rifece vivo nel modo più sfrontato, aspettandolo all'uscita dalla Life. «Tranquillo, tranquillo!» gli disse con un sorriso. «Ero di passaggio da queste parti e mi sono chiesto: perché non salutare un vecchio amico?»

«L'hai fatto. Puoi andare» Marco sibilò ritrovando il controllo.

Fece per tirare dritto, ma Alfonso lo prese sottobraccio. «Ehi, che fretta! Lasciami almeno il tempo per congratularmi con te. La tua carriera sta andando a gonfie vele e l'uccellino mi ha detto che hai anche una bella fidanzata...»

«Che cosa vuoi?» gli chiese duro. «I patti erano chiari, e se non sparisci subito...»

«Come sei sospettoso! Non voglio niente, solo fare due chiacchiere. Caterina Masi è anche una brava ragazza.»

Marco si bloccò: «Che c'entra Caterina Masi?».

«È la tua fidanzata, no? Hai tutte le fortune... Rita si è innamorata di un altro e così potrai risposarti senza difficoltà. Sarebbe ingiusto che Caterina Masi, dopo tante sfortune, avesse altri contrattempi, altri problemi.»

Marco avvertì con un brivido la nota di una sommersa minaccia. Ma riuscì a controllarsi. «Sono d'accordo con te. Grazie del saluto e...»

«Ho bisogno di un piccolo prestito, Oberon.» Mellifluo. Insinuante.

«Sparisci.»

«È quello che voglio fare. Ma mi servono quattrocento milioni.»

«*Altrimenti* che fai?» Marco lo aggredì. «Non ho più paura dei tuoi ricatti, non intendo più...»

«Quale ricatto? Io ho parlato di un *prestito*. Se non hai quei soldi, amici come prima: mi arrangerò in un altro modo.»

«*Non ho quei soldi*, perciò arrangiati. E amici come prima» gli rifece il verso.

«Rita ha un quadro di Botero e qualche gioiello: è una parente, certo mi darà una mano.»

«Che c'entra Rita? Lasciala in pace.»

«Vedo che sei ancora affezionato a lei... Così si fa: un bravo uomo protegge sempre le sue donne, anche le vecchie mogli.» Gli mise in mano un fogliettino stropicciato. «Ti lascio il numero dove puoi chiamarmi, nel caso cambiassi idea. Da una parte o dall'altra, io devo assolutamente ottenere quel prestito.»

Fu solo il timore di dare troppa visibilità al rapporto

con Caterina a spingere Marco a rinviare la loro convivenza. Nonostante la sicurezza che si era sforzato di ostentare, era allarmato e inquieto.

Aveva sottovalutato Alfonso: era evidente che quel farabutto poteva contare anche a Roma su amici ben informati, con tutta probabilità "soci" in malaffari.

Dalle insinuanti minacce, era emerso in modo inequivocabile che Alfonso intendeva usare Rita come primo bersaglio. La cercò immediatamente per metterla in guardia, ma non la trovò.

Chiamò allora Jean-Pierre Gorini, nello studio legale: la segretaria gli disse che era partito il giorno prima per una breve vacanza.

Gorini padre gli confermò ciò che la discreta segretaria non aveva voluto dirgli: sì, Rita era partita col figlio e sarebbero tornati dalla Costa Azzurra, meta della vacanza, di lì a una settimana. Per il momento, Marco pensò sollevato, Rita non correva alcun pericolo.

Due giorni dopo, alla Life, si verificò una emergenza che coinvolse in prima persona Caterina e si risolse soltanto grazie alla sua sensibilità e al suo intuito.

Alle otto del mattino, mentre dal parcheggio si dirigeva verso la clinica, vide una vecchia e polverosa auto risalire la rampa di accesso e fermarsi davanti all'ingresso. Un giovanotto scese dal posto di guida: era alto, coi capelli lunghi e scurissimi. Aprì l'altra portiera e trascinò fuori dall'abitacolo una ragazza barcollante.

Esterrefatta, Caterina lo vide rimontare in macchina e ripartire in gran fretta, piantando la ragazza davanti alla Life.

Si diresse in gran fretta verso di lei. Era giovanissima, poco più che adolescente, e si era accasciata gemendo su un gradino. Caterina corse a chiedere aiuto e la ragazza fu subito trasportata al pronto soccorso.

Aspettò che De Paolis, il medico di guardia la visitasse, e l'attesa fu brevissima.

De Paolis uscì dopo cinque minuti: «È un disastro» disse. «Qualcuno le ha praticato un aborto da macellaio e bisogna arrestare subito l'emorragia.»

La ragazza fu immediatamente trasportata nel reparto del dottor Renzi e due ore dopo Caterina andò a chiedere sue notizie. «Le hanno perforato l'utero con un ferro da calza. Da anni non vedevo un tentativo d'aborto tanto invasivo e selvaggio, e siamo riusciti a salvare la ragazza per un capello» spiegò Renzi.

«Bisognerà avvertire la famiglia» Caterina osservò.

«È senza documenti e non sappiamo chi è. In attesa che la ragazza ce lo dica, dobbiamo sporgere una denuncia dell'accaduto. In pratica, siamo di fronte a un mancato omicidio.»

Caterina esitò. «Ha avvertito il primario?»

«Sì. Dovrebbe essere già qui.»

Olivares fu sorpreso di trovarla nel reparto di Renzi e Caterina gli spiegò che era stata lei a portare la ragazza al pronto soccorso. Brevemente, raccontò come era stata scaricata davanti alla Life.

«Dovrai dirlo ai carabinieri: mi sembra una testimonianza molto interessante.»

«Professore, io aspetterei di sentire la ragazza prima di denunciare l'accaduto» Caterina obiettò timidamente. Si fece coraggio. «Ho notato che aveva un Rolex al polso, due orecchini di brillanti e indossava abiti molto costosi...»

Renzi scosse la testa: «E con questo?».

«Si tratta di una ragazza ricca, di buona famiglia... Una ragazza che avrebbe potuto interrompere la gravidanza in una clinica, senza problemi né rischi...» Prese fiato. «Se non l'ha fatto è sicuramente perché i genitori non sapevano che fosse incinta. Io credo che dovremmo parlare con loro prima di avvertire le autorità. Potrebbe trattarsi di una famiglia in vista: in questo caso, accuserebbero la Life di aver provocato un inutile scandalo. Di non aver saputo tutelare la privacy della figlia. È solo una ragazzina... E chissà che cosa ha passato...»

Olivares avvertì il solito fremito d'orgoglio: sì, Caterina era davvero una ragazza eccezionale. «Sono d'accordo con te» le disse.

Renzi annuì. «Anch'io.» Rivolse a Caterina un sorriso amaro. «So che cosa vuol dire avere una figlia nei guai. E lei ha dato un'altra prova della sua sensibilità.»

Soltanto alle otto di sera la ragazza si decise a dire il suo nome, messa con le spalle al muro da Caterina. «Se ti ostinerai a tacere, la Life dovrà avvertire le autorità e i tuoi genitori verranno a sapere nel modo più crudele che eri incinta e hai rischiato di morire.»

«Mi chiamo... Non posso dirlo!» Un piccolo grido spaventato. «Mia madre è morta» aggiunse.

«Chi ti ha fatto abortire?»

«Una zia del mio ragazzo. Lui non è cattivo... Quando si è accorto che perdevo sangue e stavo male, mi ha portato qui.»

Ti ha *scaricato* davanti all'ingresso come un sacco di spazzatura, Caterina avrebbe voluto risponderle. Così giovane, già mostrava una pericolosa inclinazione per il ruolo di vittima. Ma non era quello il momento per dirglielo, e non toccava a lei insegnarle l'amore e il rispetto di sé.

«Allora come ti chiami? Se non lo dici a me, dovrai dirlo ai carabinieri.»

«Valeria Duprès. Mio padre mi ucciderà...»

Il padre della ragazza era un noto e ricco industriale francese che otto anni prima, quando la moglie era morta in un incidente d'auto, si era trasferito definitivamente in Italia. Aveva rilevato un pastificio, una azienda informatica, una cartiera e, di recente, una emittente radiofonica. Il lavoro lo portava a viaggiare su e giù per l'Italia e, assai spesso, all'estero. Ma la sua maggior fatica, si diceva di lui, era reinvestire e spendere i miliardi che guadagnava.

Fu Olivares a informarlo di quanto era accaduto alla figlia. L'industriale si trovava a Parigi e dopo tre ore era già in clinica, grazie al suo jet privato.

Non era il solito padre occupato e latitante. Caterina lo intuì appena lo vide e ne ebbe la conferma parlando con lui: la sua unica preoccupazione era che la figlia fosse fuori pericolo e che quel devastante aborto non le avesse precluso, nel futuro, la possibilità di avere dei figli.

Ringraziò Renzi per l'abilità e il coraggio con cui aveva salvato Valeria impedendosi di frenare l'emorragia con il rimedio più drastico, l'isterectomia. Espresse a Olivares gratitudine e apprezzamento per aver evitato alla figlia l'orribile esperienza di ritrovarsi al centro di uno scandalo. E abbracciò Caterina, con le lacrime agli occhi, quando Valeria gli disse che era stata lei a soccorrerla e a convincerla a rivelare la sua identità.

«Se non denuncio il mascalzone che l'ha messa incinta e la parente che ha rischiato di farla morire dissanguata» le disse «è soltanto perché mia figlia dovrebbe testimoniare contro di loro. Io non ho paura di nessuno, ho subito mille attacchi e sarei pronto ad affrontare qualunque scandalo. Ma Valeria ha soltanto diciassette anni e debbo difenderla.»

Con una semplicità rara negli uomini del suo potere, raccontò a Caterina di essersi sposato tardi e di essere diventato padre a quasi quarant'anni. Adorava quell'unica figlia e, adesso, si sentiva in colpa per aver dedicato troppo tempo al lavoro. Sapeva che sua figlia aveva un ragazzo, ma non poteva immaginare quale farabutto fosse. E si sentiva in colpa anche per questo.

Caterina confessò a Olivares la simpatia e la stima che Duprès le suscitava. «È il padre che avrei sognato di avere» sospirò.

Olivares avvertì un tuffo al cuore. «Non ti sei mai chiesta chi è il tuo vero padre?» chiese cautamente, sogguardandola.

«No.»

«Forse anche lui è un...»

«È un uomo indegno che ha abbandonato una donna incinta e se n'è sempre fregato del figlio che aspettava.»

«Te l'ha detto tua madre?»

«Mia madre non mi ha mai parlato di lui e io non le ho mai chiesto niente per non ricordarle la peggior disgrazia della sua vita. No, professor Olivares, non voglio proprio sapere chi è quell'uomo.»

XXII

Alcuni giorni dopo il ritorno dalla Costa Azzurra Rita e Jean-Pierre Gorini si separarono. Marco apprese la notizia da Tilly, che a sua volta l'aveva appresa dal padre di Jean-Pierre. Sapere che la sua ex moglie era rimasta sola non soltanto lo rattristò, ma accrebbe la sua preoccupazione: se Alfonso avesse voluto usare Rita come bersaglio, adesso gli sarebbe stato molto più facile.

All'ambiguo e mellifluo approccio fuori dalla Life era seguita una telefonata di scoperta minaccia: se non mi dai i soldi entro tre giorni, te ne pentirai. Alfonso aveva capito di non poter più fare leva sull'antico ricatto, e aveva identificato in Rita e in Caterina lo strumento più infallibile per intimorirlo e costringerlo a pagare.

Marco non possedeva la cifra richiesta: ma anche se l'avesse posseduta non avrebbe pagato. Cedere al ricatto significava dare a quel verme un potere enorme: tenerlo in pugno e incombere sulla sua vita con l'arma del terrore, pronto a sfoderarla quando avesse voluto.

Ma la decisione di non pagare non allentava la morsa della paura: la rendeva, al contrario, ancor più fondata e incombente.

Marco era in un vicolo cieco, con le spalle al muro. A quel punto aveva bisogno dei consigli e dell'aiuto di una persona esperta. Senza neppure preannunciare la sua visita, si recò subito allo studio dell'avvocato Gorini. La segretaria gli disse che c'era soltanto il figlio.

Non era a Jean-Pierre che intendeva esporre il proprio problema, ma lo conosceva abbastanza bene per poter parlare di Rita e chiedergli senza imbarazzo i motivi della loro rottura. Gorini figlio lo ricevette inaspettatamente con freddo distacco e guardando l'orologio, come a fargli capire che aveva pochi minuti da dedicargli e si spicciasse a dire quello che voleva.

L'esitazione di Marco fu brevissima: si sarebbe spicciato. «Sono preoccupato per Rita. Ho saputo che vi siete lasciati e...»

«Sono preoccupato anch'io.»

«Perché?» La domanda suonava idiota, ma Marco voleva capire se Jean-Pierre aveva la stessa sua ragione per essere allarmato.

«Perché si è fatta spedire dal Brasile, per aereo, il suo quadro di Botero e ora sta cercando di venderlo come alcuni dei suoi gioielli. Si è rifiutata di motivare questo urgente e inspiegabile bisogno di soldi, ma ho il sospetto che tu abbia dei problemi e lei voglia aiutarti.»

«Non le ho chiesto niente. Non le permetterei mai di...»

«Rita si comporta come se fosse tua madre. È ossessionata da te. Si sente responsabile di te. Ci siamo lasciati per questo» Gorini ammise a denti stretti, con una voce amara e astiosa insieme.

«C'è un uomo che mi sta ricattando da anni» Marco disse d'impeto.

Gorini lo scrutò. «Rita lo sa?»

«Purtroppo lo ha scoperto. Questo uomo è un lontano parente che lei ha sempre detestato. Adesso è a Roma e so che ha voluto incontrarla.»

«Perché ti ricatta?»

Marco fece un gesto vago. «Una storia lontana, che non ha più importanza.»

«Allora dove sta il problema?»

«Alfonso, quell'uomo, mi ha chiesto quattrocento

milioni. Se non pago, mi colpirà attraverso le persone che amo.»

«Cristo...» imprecò Gorini. «Adesso capisco tutto! Come hai potuto cacciare Rita in questo guaio?»

«Non so che cosa fare» ammise disarmato. «Ero venuto per chiedere un consiglio a tuo padre.»

«Adesso ci sono io. E devi raccontarmi tutto, partendo da quella vecchia storia. Poi decideremo.»

Il giorno dopo Gorini gli telefonò per dirgli che Rita aveva venduto il quadro di Botero e alcuni gioielli.

Marco si sentì spiazzato, inviperito e preoccupato per quella iniziativa di Rita. Per quanti mesi, quante settimane il ricattatore se ne sarebbe stato buono?

«Il problema è solo rimandato» fu il commento di Gorini «con l'aggravante che adesso quell'Alfonso sa di poter ricattare anche Rita. Il solo consiglio che posso darti è stare lontano da lei.»

«Non posso lasciarla sola.»

«Vuoi rinunciare al divorzio? Tornare a vivere con lei? Rompere la relazione con Caterina? Se non è così, prima esci dalla sua vita e meglio sarà per tutti.»

Il solo evento felice di una estenuante, interminabile estate fu il matrimonio della madre di Caterina con Angelo. Anna Danesi era stata ricoverata una settimana alla Life, per l'asportazione di un nodulo alla tiroide, e quell'intervento aveva avuto alcuni risvolti positivi: il suo compagno era uscito dall'ombra, l'affetto di Caterina per sua madre si era rinsaldato e Anna aveva trovato in Tilly una confidente e un'amica.

Era stata Tilly a convincerla a sposare Angelo. «È un uomo buono e devoto... E tu hai il diritto di costruirti finalmente un'esistenza serena. Questo renderà felice anche Caterina: vuoi che tua figlia viva nell'ansia per te, continuando a struggersi nell'amarezza di quello che vi ha diviso e avete dovuto subire?»

Il matrimonio venne celebrato un luminoso mattino di settembre e Tilly riunì gli amici più cari nel parco di Villa Nardi per festeggiare gli sposi. C'erano Olivares e Giovanna, Caterina e Marco, l'industriale Duprès con la figlia Valeria, il dottor Renzi, l'avvocato Gorini, suo figlio Jean-Pierre con Rita.

Erano trascorsi oltre nove mesi dalla cena di Natale: e, osservando gli invitati conversare con gli sposi e intrattenersi tra loro, Tilly si chiese se anche quella festa avrebbe segnato svolte importanti nelle loro vite. Il parco le apparve come uno scenario allestito per una nuova storia, con nuovi protagonisti che si affiancavano a quelli già noti.

Suo figlio Massimo e Valeria Duprès si erano conosciuti in ospedale, durante la degenza di lei, e la loro amicizia si stava trasformando in un rapporto diverso, più coinvolgente e intimo.

Diego Olivares si era trasferito in un residence e rivedeva la moglie dopo quattro settimane. Giovanna aveva portato il suo ufficio in un altro piano, per evitare di incontrarlo anche alla Life, e sembrava decisa ad andare in Germania, dove la figlia Barbara viveva felicemente con Thomas e il loro bambino.

Aveva già ceduto a Duprès la metà delle sue azioni mettendo il marito in una situazione di grande disagio: Olivares era stato costretto a rivelare all'industriale che Caterina era sua figlia e che le aveva passato le sue azioni.

Rita e Jean-Pierre continuavano a frequentarsi, ma la loro relazione non era mai ripresa.

Quali trame, quali sorprese si stavano preparando in quel nuovo scenario? Tilly era preoccupata soprattutto per Marco e Caterina. Marco aveva pregato Gorini padre di sospendere le pratiche del suo divorzio e Caterina continuava a vivere nel proprio monolocale.

Il mese prima il commissario Canziani le aveva comunicato che una brava e generosa coppia stava per adottare il bambino down della povera Fiorenza: e la sua reazione era stata di triste impotenza. Solo a Tilly aveva confessato l'impossibile sogno: ottenere lei l'affidamento del bambino e dargli una vera famiglia.

Nel suo inconscio si era insediato un nodo di rancore che a Tilly pareva visibile come un manifesto: è colpa di Marco. Se Marco fosse venuto con me dal giudice, spiegandogli i nostri progetti di vita comune, il giudice ci avrebbe consentito di prendere il figlio di Fiorenza.

Ma Oberon non aveva capito e Caterina non aveva parlato. Il loro rapporto continuava ad apparire perfetto: si amavano profondamente, sul lavoro erano più che mai affiatati, scoprivano affinità sempre più intime. Ma la crisi era in agguato come un male silente. Perché Oberon non si decideva a chiedere il divorzio e a vivere con lei? Non capiva che la loro storia, come ogni storia, aveva i suoi tempi e i suoi sbocchi?

Guardandoli insieme, Tilly ricordò un lontano commento della zia Elsa sulla giovane figlia dei vicini di casa che da tre anni aveva una relazione con un uomo sposato. «*Ha perso la battaglia e non lo sa.*»

«Cosa dici, zia? Lui vuole chiedere il divorzio.»

Zia Elsa aveva scosso la testa: «Non lo farà più. Le amanti o vincono subito oppure vanno fuori tempo».

Aveva concluso con un'altra delle sue convinzioni sentenziose: «Se freni un amore, l'amore se ne va».

Signore, Tilly pregò tra sé, fa' che non succeda anche a Marco e Caterina. Il suo sguardo si spostò sul figlio Massimo e su Valeria. Si accorse che anche l'industriale li stava osservando.

Duprès le rivolse un sorriso. «Sembrano una bella coppia. Tuo figlio mi piace, Tilly.»

Alla metà di ottobre Vera tornò a Roma. Una mattina, senza preavviso, arrivò alla Life e andò subito a cercare Olivares. Lo abbracciò con trasporto.

Vera era proprio cambiata. «Sono tornata anche per mia madre» spiegò. «È depressa, silenziosa, irriconoscibile. Non si rassegna alla fine del vostro matrimonio e io non so darmi pace per esserne stata la causa.»

«Solo in parte» replicò Olivares con amarezza. «Nessuno può insinuarsi in una coppia davvero unita. Tu hai soltanto portato a galla dei problemi che ci rifiutavamo di vedere.»

«Non potete risolverli?»

«Purtroppo no: sono troppi. E ogni problema risolto ne aprirebbe uno nuovo.»

Vera scosse la testa. «Soltanto perché state girando a vuoto nei malintesi e nei compromessi. Mia madre mi ha detto tutto di Caterina. Stai tranquillo, non farò altri disastri. È lei il solo problema, e si risolverebbe subito se tu trovassi il coraggio di dirle che sei suo padre.»

«Tua madre non la accetta. La detesta!»

«Soltanto perché tu ne sei ossessionato e sei diventato un marito inesistente... Non è un'accusa, Diego. Fino a quando non avrai chiarito il tuo rapporto con Caterina, la paura e i sensi di colpa ti impediranno di provare qualunque altro sentimento, di interessarti a qualunque altra persona che non sia tua figlia. È questo che mia madre non sopporta e gliela fa detestare.»

«Da quando sei diventata così saggia?» Olivares chiese, colpito.

«Da quando ho liberato la mente dall'ossessione di

me.» Gli sorrise. «Prima di conoscere suor Marie, gli altri esistevano soltanto in funzione di quello che potevano darmi o togliermi. Non erano *persone*, ma presenze. Non vedevo i loro sentimenti e i loro problemi. E se appena diventavano visibili, le scacciavo con ogni mezzo. A Cagnes, nel convento dove mi ero rifugiata, non ho potuto più farlo. Suor Marie mi ha sbattuto in mezzo a bambini abbandonati, ragazzi handicappati o tolti dal marciapiede... *Persone...*» La voce si incrinò. «Vittime di sofferenze e violenze talmente enormi che era impossibile non vederle... Non esserne coinvolti.»

Olivares si commosse. «Vorrei conoscere questa suor Marie.»

«È venuta a Roma con me. E con noi c'è un ragazzino.» Sospirò. «Non sono tornata soltanto per la mamma, Diego. Questo ragazzino ha bisogno di aiuto, e soltanto tu e Marco Oberon potete darglielo.»

Era impossibile risalire alla sua storia e alle sue origini. Il ragazzino aveva circa quattro anni quando era comparso, come dal nulla, in un fatiscente quartiere della vecchia Antibes abitato da nordafricani e da miserabili come lui. E nessuno fece caso a quel bimbetto, né si chiese da dove venisse e come riuscisse a sopravvivere. La sua comparsa nel quartiere diventò familiare come il Mistral o un acquazzone.

Siccome il bambino non disse il suo nome, venne ribattezzato Rien: in francese, *nessuno*. Di giorno correva e giocava con gli altri bambini e alla sera spariva per ricomparire al giorno dopo. Qualche donna, di tanto in tanto, compassionevolmente, gli regalava gli stracci smessi dai figli o gli dava un boccone.

«È arrivato così ai dodici anni» raccontò Vera a Olivares. «L'indifferenza dei miserabili lo ha sottratto a un orfanatrofio e l'elemosina di qualche anima buona gli ha permesso di sopravvivere. Non escludo che si sia aiutato con qualche furterello, qualche imbroglio... Ma il vero miracolo è che nonostante tutto sia riuscito a far sopravvivere la sua integrità. Rien è un ragazzo leale, generoso, con un connaturato senso del bene e del male.»

Una mattina di tre mesi prima, uscendo dal convento, Vera e suor Marie avevano visto un ragazzo con la schiena appoggiata sul portone e la testa reclinata. Si era assopito. Suor Marie si era chinata su di lui scuotendolo delicatamente. Il ragazzo aveva alzato la testa, e Vera non era riuscita a trattenere un grido.

«Aveva il viso piagato e scarnificato» ricordò. «Una visione atroce.»

Una banda di teppistelli, di qualche anno più grandi di lui, aveva tentato di coinvolgerlo in una rapina a mano armata. Rien si era rifiutato con forza di aiutarli. Per rabbia, per "avvertimento" o per entrambe le cose prima del colpo lo avevano sfregiato con l'acido muriatico. Era stato un amico a parlargli del convento di Cagnes e a trasportarlo lì.

All'ospedale di Nizza, dove Vera e suor Marie l'avevano subito fatto ricoverare, Rien era stato sottoposto a un primo intervento plastico. Ma il chirurgo aveva espresso molti dubbi sulla possibilità che il viso tornasse normale: tanto valeva risparmiare al ragazzo inutili speranze e la tortura di nuovi interventi.

«Anche per quel chirurgo Rien era *nessuno*. Un anonimo e miserabile ragazzino che si poteva liquidare senza tanti complimenti» Vera ricordò ancora indignata.

«Alla Life c'è Marco Oberon, uno dei migliori specialisti di chirurgia ricostruttiva» disse Olivares. «Per lui e per la nostra clinica Rien non sarà *nessuno*, ti assicuro, ma un paziente molto speciale.»

Vera corse ad abbracciarlo. «Ero certa che mi avresti aiutata! Quando possiamo farlo ricoverare?»
«Ieri» Diego scherzò, ricambiando l'abbraccio.

La storia di Rien fece il giro della Life e il ragazzino divenne il beniamino delle infermiere e dei ricoverati del suo reparto. Vera non aveva sbagliato definendolo generoso e leale.
Ma per Caterina il vero miracolo era che Rien fosse sopravvissuto a una esistenza dura e senza affetti conservando la fiducia nel prossimo, la voglia di ridere, un incrollabile ottimismo. Quando parlava di quella sua esistenza, persino le paurose notti all'addiaccio diventavano oggetto di battute scherzose. «Nemmeno i figli dei miliardari hanno dormito, come me, sotto una grande scultura di Picasso!»
Tra Caterina e Rien era stato amore a prima vista. Due settimane dopo il ricovero, il ragazzino già si esprimeva correttamente in italiano. «Tu sei una maestra migliore di Vera» le diceva.
Alla vigilia del primo intervento si guardò attentamente allo specchio e Caterina lo rassicurò. «Non devi avere paura, Marco ti farà tornare come prima.»
Rien rispose che non ne dubitava affatto. «Vedi, mentre quei ragazzi mi tenevano fermo e mi gettavano l'acido in faccia, io ho pensato che tutto quel dolore non poteva essere inutile... Sicuramente c'era un disegno di Dio, come dice sempre suor Marie davanti a una disgrazia. È stato proprio così. Senza quello sfregio, non sarei mai andato a vivere nel suo convento e non sarei mai venuto alla Life.»
La donna del boss, Rien la chiamava scherzando. «Devo tenerti buona, altrimenti il tuo Marco si vendica sulla mia faccia» il ragazzino le disse un pomeriggio.

È ancora *il mio Marco*? Caterina si chiese poche ore dopo mentre faceva ritorno nel suo squallido monolocale. Lo vedeva teso, distaccato, come assorto in cupi pensieri.

Devo capire che cosa è successo, si disse con una fitta di panico. La mattina dopo, mentre bevevano il solito caffè davanti alle macchinette, gli chiese a bruciapelo: «Mi ami ancora, Marco?».

Lui la guardò quasi impaurito. «Se ti perdessi, morirei.»

XXIII

Il 10 novembre, giorno del suo ventiquattresimo compleanno, Caterina ebbe la certezza di essere nuovamente incinta.

Per qualche istante restò a fissare la provetta senza capire se esserne felice, turbata, impaurita.

Quel vuoto emotivo fu travolto da un'ondata di gioia. *Sono incinta!* si disse a voce alta. Pochi mesi dopo la drammatica perdita di un figlio, la vita già le dava una seconda possibilità. Devo dirlo a Marco, pensò.

Prima che dubbi e timori la paralizzassero, fece il suo numero e glielo comunicò. «Aspetto un bambino.»

Seguirono alcuni istanti di silenzio. «Non vale.» Marco disse con una strana voce.

Caterina trattenne il fiato.

Ancora la voce di Marco: «Oggi è il tuo compleanno. Ero io a doverti fare un regalo».

«Vuol dire che sei... contento?»

«Sono talmente felice che...» Si interruppe. «Aspettami, corro subito da te.»

«Ci vediamo fra un'ora alla Life. Mancano otto mesi alla nascita, non estenuarti prima del tempo» scherzò. Aveva voglia di ridere, saltare, ballare.

«Al diavolo la Life. Ora avverto Olivares che ci prendiamo mezza giornata di permesso.»

Arrivò mezz'ora dopo, con una bottiglia di champagne. «Prendi due bicchieri, dobbiamo festeggiare.» La strinse tra le braccia.

«Champagne a colazione... Mi sento una viziosa!»

Dopo il brindisi, Marco estrasse dalla tasca un pacchetto e glielo porse. «Aprilo. È il mio regalo per il tuo compleanno.»

Era una veretta d'oro bianco con tre brillantini. Caterina sollevò i grandi occhi neri su di lui. «Oh, Marco...» Era senza parole.

«Ho fatto incidere all'interno la data del tuo compleanno perché volevo che la ricordassi come una svolta importante per noi, un giorno speciale. Non potevo immaginare che lo fosse fino a questo punto.»

«*Svolta importante?*»

Marco le sorrise. «Io e Rita divorziamo e stamattina Gorini si metterà in contatto con il nostro avvocato di Rio.» Fece una pausa. «Il nostro non sarà un matrimonio riparatore... Insomma, avevo già deciso che era l'ora di vivere insieme e di gettare le basi per una famiglia. L'anello voleva dire questo... Non potevo immaginare che la famiglia fosse già in stato di avanzamento!»

«Lo sai che di felicità si può morire?» disse Caterina, con gli occhi lucidi.

«Se l'antidoto è la sofferenza, dovrai rassegnarti a convivere con il rischio. Non ti capiterà più niente di male, Caterina. Ci sarò io a proteggerti, e ti giuro che sarò un buon marito e un buon padre. Se solo tu capissi quanto ti amo...»

Rien tornò alla Life per essere sottoposto al secondo intervento. I documenti per il divorzio erano pronti e Marco e Rita, per accelerare i tempi, avevano deciso di volare in Brasile. Renzi, dopo la prima visita, era stato molto rassicurante: la gravidanza di Caterina procedeva benissimo. Olivares e la moglie si stavano riavvicinando. Massimo e Valeria formavano ormai una coppia fissa e sembravano sempre più innamorati. Anna era finalmente serena accanto al marito. E, al ritorno di lui dal Brasile, Marco e Caterina avrebbero iniziato a vivere insieme e a fare i documenti per il matrimonio.

«Ho paura» Caterina confidò a Tilly mentre la aiutava a preparare la cena natalizia. All'improvviso tutto sembra diventato *troppo* facile, perfetto...

La sfortuna sferra sempre qualche colpo prima di mollare la presa. Un'altra sentenza della zia Elsa. Tilly ebbe una fitta di inquietudine.

Ma la sera del 20 dicembre l'inquietudine divenne, quando meno se lo aspettava, un segnale d'allarme. Dopo tre anni, attorno alla sua tavola sedevano di nuovo persone serene. Persino le tensioni di Diego sembravano essersi allentate. Tilly stava godendo quella perfetta e gioiosa cena quando si udì all'improvviso lo squillo di un telefonino. Quello di Marco Oberon.

«Scusatemi» disse estraendo il cellulare dalla tasca. Al suo «Sì, pronto?» seguì un brevissimo silenzio. «Spiacente, ha sbagliato numero» Marco tagliò corto interrompendo la comunicazione.

Caterina ebbe un sospiro di sollievo. «Temevo che fosse la Life.»

Tilly si stupì che Marco non mostrasse l'identico sollievo. Due minuti dopo il cellulare suonò di nuovo.

«Non rispondi?» Caterina chiese al sesto squillo.

Marco si alzò da tavola, scusandosi. Tilly lo seguì con lo sguardo mentre si dirigeva verso un angolo del salone per rispondere. Lo vide parlare concitatamente, col volto contratto. Si accorse che anche Jean-Pierre Gorini lo stava osservando, con una espressione stranamente inquieta.

Alla fine della telefonata Marco si avvicinò a lui. «Devo parlarti un attimo» gli disse.

Sta succedendo qualcosa, Tilly pensò. Avvertendo, forte e chiaro, il segnale d'allarme.

Non sbagliava: Alfonso si era rifatto vivo. Stavolta chiedeva un favore da nulla, un prestito quasi ridicolo: cento milioni.

Prima di mollare la presa, la sfortuna sferrò il secondo colpo: a tradimento, con subdola lentezza.

Il 22 dicembre era il suo primo giorno di riposo, e Caterina ne approfittò per andare in un vecchio cascinale che Tilly le aveva segnalato, trasformato dal proprietario in una esposizione "ruspante" di cose vecchie. Tra ciarpame e mobili prelevati da case svuotate era possibile trovare qualche pezzo di pregio o qualche oggetto interessante: era quello che Caterina sperava.

La visita fu però deludente. Non bastasse, sulla via del ritorno il catorcio si arrestò in piena campagna. Caterina scorse una casa in fondo al viottolo e vi si diresse a piedi, proponendosi, e stavolta con fermezza, di comperare un telefonino.

Aveva percorso una trentina di metri quando vide due ragazzi discutere animatamente. Lei era Valeria Duprès, lui il ragazzo alto e coi capelli lunghi che l'aveva scaricata davanti alla Life.

Si arrestò di botto. Anche Valeria la riconobbe e tacque di colpo, fissandola con una espressione tra l'imbarazzo e la sfida.

Caterina si avvicinò e la prese per una mano. «Vieni con me.»

«Fatti i cazzi tuoi» intervenne il ragazzo. «Non lo vedi che stiamo parlando?»

«Non abbiamo altro da dirci» replicò gelida Valeria.

Il ragazzo la sottrasse a Caterina. «Allora sali in moto, ti riporto a casa io.»

Caterina decise istantaneamente che non era il caso di provocare quel farabutto. «Tra mezz'ora ti telefono per sapere se sei arrivata» disse a Valeria.

Il mattino dopo Caterina, entrando nella stanza di Rien, vi trovò Valeria. La fissò. «Io e te dobbiamo parlare.»

«E di che cosa?» Valeria chiese.

Fatti i cazzi tuoi, aveva detto il ragazzo. Purtroppo Caterina *non poteva*. Andò in infermeria e telefonò all'industriale Duprès.

Valeria si difese confessando la verità: Enzo, il suo ex ragazzo, si era rifatto vivo, e lei aveva accettato di vederlo soltanto per dirgli che era innamorata di un altro e che tra loro era finito tutto.

Duprès non si tranquillizzò affatto. «C'era bisogno di andare in campagna, per dirglielo? Non ti rendi conto di quello che hai rischiato, sola con quel mascalzone?»

«È tutta colpa di Caterina» Valeria sibilò. «La odio!»

«Dovresti ringraziarla, invece: per essersi preoccupata di te e per averti a suo tempo preservata da uno scandalo!»

«Papà, non essere ingenuo! L'ha fatto per mettersi in vista con l'industriale Duprès... Adesso sei anche un azionista della Life, il suo capo! Apri gli occhi, Caterina è una opportunista, una calcolatrice. E io *la odio*» disse per la seconda volta.

Duprès esitò. «Senti, resti tra noi: Caterina è la maggiore azionista della Life.»

Valeria spalancò gli occhi. «La maggiore azionista della Life?» ripeté stupefatta.

«Proprio così.»

«Ma è un'infermiera! Come ha fatto a...»

«Questo non posso dirtelo. Per il momento, deve restare una notizia riservata e ti prego vivamente di tenerla per te.»

«Va bene, va bene.»

«Caterina è una brava e leale ragazza.»

«Praticamente una santa: lo dice anche Rien.»

La sera del 31 dicembre, prima di lasciare la Life, Marco chiese a Caterina se non le dispiacesse rinunciare all'invito di Giovanna e aspettare, loro due da soli, l'anno nuovo.

«Non mi dispiace affatto» fu la risposta, pronta, di Caterina. Da qualche giorno Marco le sembrava di nuovo teso, incupito, assente. Era evidente che qualcosa lo rodeva, e quella sera le offriva una opportunità per parlarne.

Era quello che anche Marco voleva. Con sincerità e sofferenza per la prima volta le raccontò della sua difficile adolescenza, della sorella handicappata, della violenza che era stata costretta a subire, della nascita della bambina cerebrolesa, dell'impietoso accanimento terapeutico per farla sopravvivere qualche settimana o qualche giorno, del terribile gesto che lui aveva compiuto per porre fine allo straziante calvario.

Caterina gli afferrò una mano. «Non devi sentirti in colpa...» La faccia desolata di lui le straziava il cuore. Ma quando Marco ricominciò a parlare, capì che il peggio doveva ancora venire.

«Un'infermiera mi vide entrare nel reparto e togliere l'ossigeno alla piccola, e corse a dirlo a un farabutto. Quell'uomo mi sta ricattando da nove anni, e adesso mi tiene in pugno minacciando delle ritorsioni contro Rita...»

Caterina sbiancò. «Mio Dio... Non si può fare niente per...»

«Dovrei trovare due miliardi, subito. Quell'uomo ha combinato qualche grosso pasticcio e ha fretta di sparire dall'Italia. Stamattina mi ha telefonato e ho capito che si sente braccato. Non ha più nulla da perdere, e temo che sia disposto a tutto. Jean-Pierre è spaventato perché anche Rita ha ricevuto una telefonata di minacce. Secondo lui, se riuscissimo a pagarlo, l'incubo di questi nove anni sarebbe finito. Lui si potrebbe rifare una vita da qualche parte, e difficilmente ricomparirebbe.»

«Due miliardi! È una cifra pazzesca...» balbettò Caterina.

«Non so dove sbattere la testa. Io e Gorini dovremmo avere del tempo per vendere, chiedere dei prestiti... Forse basterebbe anche un miliardo: ma subito.»

Caterina congiunse le mani. «Mio Dio!» ripeté. «Ti giuro che farei qualunque cosa per aiutarti! Ma come? Sul mio conto ho sì e no duecentomila lire...» Si sentiva disperata, impotente.

Alfonso richiamò la mattina di Capodanno. Sembrava quasi allegro. «Animo, Oberon. Ho trovato un posticino sicuro e posso darti dieci giorni per quel prestito. Adesso avverto anche Rita.»

Marco sentì il sollievo dilatargli i polmoni. «C'è una speranza» disse a Caterina riferendole la telefonata di Alfonso.

Caterina non osò dirgli che dieci giorni sarebbero passati presto, e quasi sicuramente prima di poter mettere insieme due miliardi. «È una cifra pazzesca» ripeté, affranta.

Quella stessa mattina, uscendo da casa con la figlia per andare a messa, Duprès si ritrovò faccia a faccia con Enzo. L'ex ragazzo di Valeria era sulla sua moto, e come li scorse ne discese togliendosi il casco.

Valeria tentò di fermarlo. «Va' via!» gli gridò con voce spaventata.

Duprès capì al volo. Afferrando il ragazzo per la giacca sibilò: «Se ti rivedo ancora girare intorno a mia figlia, parola mia che ti ammazzo».

«Ma che bravo padre!» Enzo disse con un ghigno sarcastico. «La capisco, sa? I tizi come me sono feccia… Sciò, sciò.»

«Appunto.»

«Non mi spiego perché, allora, permette a Valeria di frequentare Massimo Nardi. Lei sa chi è?»

«Un bravo ragazzo.»

«Forse parliamo di due persone diverse. Io parlo del Nardi che è stato in galera per furto, si è fatto di droga ed è uscito un anno fa da una comunità.» Si rivolse a Valeria. «Diglielo a paparino: se io sono feccia, il tuo Massimo è merda.» Risalì sulla moto e ripartì a tutto gas.

Duprès guardò la figlia. «È vero quello che…»

«Sì, ma non è come credi! Massimo è il ragazzo più onesto e buono del mondo!»

«Ti proibisco di rivederlo fino a quando non ne avrò la certezza.»

Dopo la messa, telefonò alla Life nella speranza che Marco Oberon fosse di turno. Con la rapidità di decisione che gli era connaturata, aveva identificato in lui la persona più affidabile per avere un racconto e un giudizio obiettivo sul passato di Massimo. Alla Life gli dissero che non c'era.

Richiamò il mattino dopo, e Oberon gli fissò un appuntamento per le due. Parlarono per un'ora e Duprès si congedò da lui con la certezza che cercava.

Massimo Nardi era un bravo e onesto ragazzo che aveva trovato da solo, e contro tutti, la forza di risalire la china e di ricostruire l'esistenza devastata da fatalità e sfortuna.

Duprès non aveva pregiudizi e sapeva di potersi fidare del suo istinto.

XXIV

Non sono i colpi di coda, Tilly pensò. La sfortuna era addosso a loro tutti, più salda che mai, e stava infierendo senza pietà. L'anno nuovo era iniziato con un susseguirsi di eventi dolorosi.

Rita fu aggredita in pieno giorno da un giovinastro che, cogliendola di sorpresa, la trascinò dentro un portone sfoderando un piccolo e affilato coltello.

Solo la prontezza di riflessi la preservò dal peggio: con un balzo riuscì a sfuggirgli e a tornare per strada. Purtroppo non abbastanza rapidamente: la lama la colpì di striscio procurandole un taglio sul naso.

Tilly ancora non capiva perché non avesse chiesto aiuto ai passanti e si fosse rifiutata di denunciare l'accaduto.

Rita si limitò a tamponare il naso sanguinante con un fazzoletto e a chiamare un taxi per andare a farsi medicare alla Life.

Un'altra cosa Tilly non capiva: la reazione esagitata di Jean-Pierre Gorini. Fu lui a imporre che Rita restasse ricoverata alla Life per qualche giorno, e Oberon, curiosamente, si guardò bene dal dirgli che, suturata la ferita con due punti, quel ricovero era del tutto superfluo.

Lo studio del commercialista Gentili convocò i soci della Life per firmare il bilancio di fine anno e rifiutò la spericolata proposta del primario: apporre la firma falsa di Caterina Masi. Olivares pregò allora l'amico Gorini di intervenire, ma Gentili non ne volle sapere.

Olivares andò in paranoia: i mesi erano passati e adesso si trovava con le spalle al muro. Non poteva più nascondere la verità a sua figlia. Giovanna, nuovamente esasperata, ricominciò a litigare con lui.

Il secondo intervento su Rien non aveva avuto l'effetto sperato: parte della pelle, tolta da una natica e trapiantata sul viso, si necrotizzò. Oberon dovette rimuoverla ed eseguire un nuovo trapianto. Ma Rien scorse, anche di questo, l'aspetto positivo: poteva restare qualche giorno in più tra gli amici della Life. Adesso, fra questi, figurava anche Giovanna. Come tutti, nel vedere Rien era rimasta incantata.

«Somigli a mia madre» il ragazzino le disse. Giovanna si commosse e suor Marie si turbò profondamente: forse Rien non aveva dimenticato i suoi primi quattro anni di vita, come tutti credevano. L'affettuoso rapporto tra Giovanna e Rien era una cosa buona, ma contribuì ad accrescere le tensioni fra lei e il marito.

«Potremmo adottarlo» propose Giovanna a Diego, cautamente.

«Non dire sciocchezze.»

«Perché no?»

L'uomo era esploso. «Ti sembra che in questo momento, con tutti i problemi che ho, possa pensare a una adozione?»

La discussione era finita con la solita rissa. «Il tuo problema è uno solo! Deciditi a parlare con tua figlia!»

«Ho paura delle sue reazioni.»

Giovanna, velenosamente: «Chi ti dice che non sarebbe estasiata nello scoprirsi una ricca figlia di papà?».

Tilly aveva rimproverato Giovanna per questa inutile, infelice battuta.

Un'altra cosa buona, l'amore di Massimo e Valeria, si trasformò in un'arma puntata contro Caterina. Tilly non era riuscita a capire che cosa avesse scatenato un litigio tra le due ragazze. Forse Caterina, preoccupata e innervosita per il pessimo umore di Marco, aveva reagito sgarbatamente a una parola sbagliata.

Sapeva con certezza che Valeria era andata alla Life per ringraziare Marco Oberon di aver difeso con suo padre Massimo e il loro legame. Oberon era in sala operatoria e la ragazza, invece di aspettarlo nel suo studio, era andata a fare visita a Rien. Nella stanza del ragazzino aveva trovato Caterina e lì era nata la rissa.

Rien, che aveva imparato sui marciapiedi la regola dell'omertà, si era rifiutato di riferire a Tilly i particolari. Di certo, Valeria era andata a ringraziare Oberon poco dopo lo scontro, ancora furente con Caterina.

Attraverso il racconto dello stesso Oberon, Tilly aveva appreso l'insidiosa gravità di quanto era accaduto.

La ragazza era nello studio di Marco quando Caterina entrò per consegnargli una cartella clinica. Ostentatamente, Valeria girò la testa senza rivolgerle nemmeno un cenno di saluto. Quando Caterina uscì, Oberon, stupito, gliene chiese la ragione, rimproverandole affettuosamente di avere messo in imbarazzo la sua amica.

«Caterina non è mia amica.»

Lo stupore di Oberon crebbe. «Avevo l'impressione che ti fosse molto simpatica.»

«Adesso non la posso sopportare.»
«Valeria, si può sapere che cosa è successo?»
«Lo so io...» disse in tono di mistero.
«Piacerebbe saperlo anche a me.»
«Lasciamo perdere.»
Marco la fissò serio. «Sei ingiusta con lei. È una brava ragazza che si prodiga per tutti... che sgobba dalla mattina alla sera senza mai lamentarsi.»
«E chi glielo fa fare? Potrebbe starsene a casa sua a godersi la vita» la ragazza disse con una smorfia.
«Dimentichi che deve lavorare per vivere. Non ha mai avuto nessuno alle spalle, ed era ancora una ragazzina quando è rimasta sola. Non posso sopportare che tu le manchi di rispetto.»
«Adesso Caterina è *ricchissima*!» Valeria disse con aria da bambina ingiustamente rimproverata.
Marco tacque scuotendo la testa. Non sapeva se mettersi a ridere o darle uno sculaccione. Decise di lasciar perdere. Ma quando incontrò Tilly le riferì dell'infantile sparata di Valeria. Tilly minimizzò ridendo, sperando tra sé di apparire convincente. Corse da Olivares e gli riferì tutto.
«Duprès!» il professore tuonò. «È un irresponsabile, un disonesto! Come ha potuto rivelare alla figlia delle cose tanto delicate?» Afferrò il telefono e gli disse urlando quello che pensava di lui.
Duprès non poté difendersi: dopo aver ascoltato in silenzio lo sfogo del primario ammise di aver agito con irresponsabilità e leggerezza. La sola attenuante era il motivo che l'aveva spinto a confidarsi con la figlia: difendere Caterina. A telefonata finita, l'industriale andò da Valeria e per la prima volta la schiaffeggiò.

Tilly non si sarebbe mai rammaricata abbastanza per aver informato il figlio di quanto Valeria aveva fatto. Massimo fece una scenata alla ragazza e concluse di non essere affatto sicuro di voler continuare il loro rapporto: dopo una storia dura come quella che aveva vissuto con Gabriella, aspirava a un rapporto sereno e a un amore senza burrasche.

Valeria si disperò supplicandolo di perdonarla. L'irremovibilità di Massimo («ho bisogno di tempo») trasformò la disperazione in rabbia contro Caterina. Era tutta colpa sua.

A Tilly sembrò di rivivere i tempi degli intrighi e delle cattiverie di Vera. Lo confidò amaramente, ma senza imbarazzo, alla figlia di Giovanna perché ormai era un'altra persona.

«Tilly, devi capirla: Valeria ha avuto una vita facile, all'ombra di un padre iperprotettivo. Non credo che sia cattiva, ma soltanto immatura» Vera la difese.

Tilly alzò gli occhi al cielo. «Se trascuri i figli li rendi aggressivi e infelici, se li proteggi troppo non crescono... Chi ci insegna il mestiere di genitori? Dove sta la ricetta magica?»

Dieci giorni dopo l'aggressione, Rita era ancora in clinica, Tilly capiva sempre meno la necessità di quel lungo ricovero ed era perplessa per le continue visite che Oberon faceva alla ex moglie. Le parve che anche Caterina lo fosse.

Ma per la prima volta la ragazza non si confidò con lei e Tilly fraintese, mettendo nel novero delle sfortune anche una nuova crisi del rapporto tra Marco e Caterina.

Non poteva sapere quello che stava realmente accadendo: Alfonso aveva ripreso le sue telefonate minacciose, irridendo Marco per l'illusione di proteggere Rita con quel ricovero alla Life.

«Vuoi la prova che posso farla raggiungere? Devo sciuparle di nuovo il bel nasino che le hai rifatto?»

Caterina condivideva le paure e l'angoscia di Marco.

La speranza di incontrare Massimo e di rappacificarsi con lui era la vera ragione che spingeva Valeria a recarsi ogni giorno alla Life per far visita a Rien.

Si trovava nella sua stanza il pomeriggio in cui Oberon e Caterina vi entrarono per fare una medicazione al ragazzino.

Rien rivolse a Caterina un'occhiata di ammirazione. «Perché non me l'hai mai detto? Non potevo immaginare che eri la padrona di mezza clinica!»

Caterina rise. «Magari!»

Si stupì per la reazione di Marco. «Vuoi piantarla con queste storie?» disse aspro a Valeria.

«È vero!» proruppe lei. «Il professor Olivares le ha intestato tutte le sue azioni della Life. E non solo! Le ha regalato case, soldi... È *ricchissima*!»

L'espressione divertita di Caterina sparì di colpo. «Sei impazzita?»

Oberon: «Esci di qui, Valeria. *Immediatamente*».

«Ma è vero! Lo chieda a mio padre... Anzi, lo chieda al professor Olivares!» Valeria gridò.

Nella sua voce vibrava una nota di inequivocabile sincerità e Oberon ne fu, suo malgrado, turbato.

La voce allegra di Rien. «Non c'è proprio niente da vergognarsi, a essere ricchi! Perché lo vuoi nascondere, Caterina?»

Valeria lasciò la stanza e Oberon eseguì silenziosamente la medicazione.

Usciti a loro volta dalla stanza, le disse: «Devo avvertire Diego di quanto è accaduto e delle strane voci che circolano».

«Vengo con te. Non sono *strane voci*, ma infami pettegolezzi che soltanto il professore può fermare.»

Marco la scrutò. «Come possono essere nati, secondo te?»

«A me, lo chiedi?» si infuriò Caterina.

Dovettero attendere un quarto d'ora l'arrivo di Olivares e per tutto il tempo tacquero. Quando lo vide affacciarsi sulla porta dello studio, Caterina si alzò e gli andò incontro. «Professore, ho bisogno del suo aiuto» gli disse decisa e diretta. «Lei deve troncare sul nascere la voce che sono una azionista della Life.»

Marco guardò istintivamente in faccia Olivares, aspettandosi di vederlo divertito, infastidito, meravigliato. Il professore ebbe invece una reazione come di spavento che a Marco sembrò quella di un animale preso in trappola. Lo vide fissare Caterina in silenzio. E poi spostare lo sguardo su di lui.

«Diego, di' qualcosa» lo sollecitò con una sgradevole sensazione alla bocca dello stomaco.

«È un discorso lungo... difficile» Olivares annaspò. Guardava sempre lui, quasi supplice.

«Quale *discorso*?» Caterina lo apostrofò imperiosamente. «Basta dire che *non è vero*.» I ruoli sembravano d'un tratto invertiti: era la rispettosa e devota infermiera a dare ordini al primario.

Olivares la fissò desolato, e poi tornò a guardare Marco. «È vero... Caterina è la maggiore azionista della Life. Ho passato a lei le mie quote.»

Marco fu aggredito da un'ondata di sentimenti spaventosa e violenta come il crollo di una diga. Uscì dalla stanza di corsa per rifugiarsi nel suo studio. Caterina *ricchissima*. Caterina proprietaria di mezza Life...

Caterina lo raggiunse ansimante pochi istanti dopo. «Io non so niente, te lo giuro. Sembra impazzito anche Olivares...»

Ti giuro che se avessi quei soldi te li darei. «Vergognati!» tuonò.

«Di che cosa?»

«Delle tue recite, delle tue bugie... Sei l'amante di Olivares? Il figlio che aspetti è suo? A questo punto non capisco più niente. Mi sembra un incubo. *Tu* padrona della Life!»

Caterina fece per rispondere. Invece, silenziosamente, uscì dal suo studio e ritornò da Olivares.

«Lei mi ha rovinato la vita. Perché?» gli chiese con voce rassegnata.

«Io volevo darti quello che non avevo mai potuto...»

«*Darmi* che cosa? Valeria Duprès ha parlato anche di case, di soldi...»

«Sì, è vero. Ma a questo punto devo spiegarti perché l'ho fatto.»

«Per portarmi a letto? Per comprarmi? Io la veneravo, adesso mi fa orrore.»

«Sono tuo padre, Caterina!» gridò disperato. «È da mesi che cerco il coraggio di dirtelo!»

La ragazza lo fissò, la bocca spalancata e gli occhi vitrei, come se fosse caduta in trance. «Mio... padre?» balbettò infine.

Olivares le andò accanto e le cinse le spalle. «Sei la cosa più bella della mia vita. Quando Anna mi ha detto che...»

Caterina riemerse all'improvviso dal suo vuoto stordimento e tolse bruscamente il braccio di Olivares dalla sua spalla. «Io non ho bisogno di un padre e non voglio niente da lei.»

«Caterina, ascoltami...» Inutilmente cercò di trattenerla.

Mezz'ora dopo andò a cercarla in infermeria e la

caposala gli disse che se n'era andata. «Per sempre» aggiunse sogguardando il primario. Era confusa, imbarazzata. Che cosa stava succedendo?

Olivares vide passare Marco Oberon e lo fermò. «Devo parlarti. Vieni con me.»

«Ho deciso di dimettermi dalla Life. Devo comunicarlo a te oppure a Caterina Masi?»

«Non fare l'imbecille.»

Poco dopo, quando Marco uscì dal suo studio assicurando che gli avrebbe riportato la figlia, Olivares si allungò esausto sulla poltrona. Era bastato un quarto d'ora per riassumere i silenzi, le fatalità, gli errori e i colpi di scena di ventisei anni: quelli trascorsi dall'ignaro concepimento di Caterina alla sua comparsa alla Life.

Oberon ritornò preoccupato: Caterina non era andata a casa. Solo nel pomeriggio si tranquillizzarono: Anna Danesi telefonò a Olivares che la figlia si trovava da lei.

«Cerca di parlarle, di farle capire...» la supplicò.

«È chiusa come un riccio. Adesso è a letto, credo che abbia un po' di febbre.»

Anna gli ritelefonò nel cuore della notte: Caterina stava male e aveva la febbre molto alta. «Chiama un taxi e portala alla Life» Olivares le disse. «Io esco subito.»

Il virus che aveva aggredito Caterina fu fatale alla sua seconda gravidanza: due giorni dopo il dottor Renzi raschiò dall'utero l'embrione senza vita.

Marco, timoroso, la raggiunse nella stanza dopo l'intervento. Caterina era già sveglia. Si sorprese che non lo scacciasse con forza come aveva fatto fino ad allora e, ancor più, che non fosse affranta quanto lui per la perdita del secondo bambino.

«Doveva andare così» commentò con una quieta voce rassegnata. «A quanto pare, sono una perdente nata.»

«Non dirlo! Mi ucciderei, per averti detto quelle cose orribili.»

«Le apparenze erano contro di me.»

«Ma i miei sospetti erano vergognosi.»

«Non più di altri. È questo che alla fine ci ha divisi: la tua diffidenza.»

«Io ti amo!»

«Non voglio un rapporto senza fiducia. Sono stanca di scontri, malintesi, sospetti: la nostra storia è stata una guerra estenuante e adesso mi sono arresa.»

«Io no.»

«Marco, te l'ho già sentito dire. Ricominciare, sarebbe come fare i replicanti. Esiste una sola cosa che non abbiamo detto, fatto, provato?»

«La serenità.»

«Col nostro passato? Coi nostri fantasmi?»

«Io parlo del nostro futuro.»

«Quando si vivono violenze e sofferenze come quelle che io ho subito dal Masi e tu in Brasile, la serenità è come un arto amputato. Non l'avrai più. Magari potrai conoscere l'allegria, la speranza, persino la felicità: ma *sereno* non lo sarai mai.»

Marco le sorrise. «E se ci accontentassimo? Se provassimo a essere felici?»

«Lo siamo già stati. E anche allegri, pieni di speranze. Ma non ha funzionato.»

«Voglio un'altra possibilità. E sono disposto a darti tutto il tempo per decidere se vale la pena.»

Caterina scosse la testa. «Già detto anche questo. Lo vedi? Siamo già alle repliche.»

EPILOGO

Caterina si era davvero arresa, anche se in modo diverso da come aveva detto a Marco. Dimessa dalla Life, aveva trascorso una settimana a Cagnes, con suor Marie: e quella saggia, gioiosa, inarrestabile donna ebbe anche su di lei un benefico effetto.

«Non contrastare la vita» le disse la mattina della partenza. «Rassegnati alla parte di sofferenza che tocca a tutti, e non rifiutare le cose buone. Ti toccano anche quelle.»

«E se non le riconosco? In questo momento non riesco a capire quello che è *buono*.»

«Lo capirai. L'importante è non fare lo sbaglio di buttarlo via.»

Convocata dal commercialista Gentili, Caterina decise di accettare ciò che Olivares le aveva voluto dare. Tranne le azioni della Life. E firmò tutte le carte. Non aveva mai inseguito la ricchezza, ma non vi era nulla di negativo nell'essere ricchi. A farla decidere, era stata soprattutto la consapevolezza del dolore che avrebbe inflitto a Olivares rifiutandogli la possibilità di dimostrarle il suo amore.

All'uscita dalla studio di Gentili ebbero il primo, sincero colloquio.

«Dal racconto di mia madre, ho capito che lei non ha alcuna colpa...» esordì Caterina. «Le voglio bene come sempre. Anzi, ancora di più dopo quello che ha fatto per me. E la stimo, la apprezzo...»

Diego le rivolse un sorriso luminoso. «Non puoi smetterla con questo "lei"? Sono tuo padre, bambina mia.»

Caterina scosse la testa. «È questo che stavo per dirle. Lei per me è il professor Olivares, il mio eccezionale primario… Ma non riesco a considerarla mio padre. Sono stata sola per tanti anni e adesso…»

Sollevò lo sguardo su di lui. «Adesso *non voglio* un padre. Nella mia vita c'è stato Bruno Masi e l'ho odiato. Sono cresciuta pensando che avere un padre potesse essere per qualche figlio la più grande disgrazia…»

«Caterina, io non sono il Masi.»

«Certo che non lo è! Lei è una persona eccezionale! Ma l'idea di riconoscerla come padre mi fa sentire confusa, impaurita, persino raggelata. Non me lo chieda. *Per piacere*.»

«D'accordo. Ma tu non chiedermi di considerarti la mia migliore infermiera: per me sei mia figlia.»

Caterina riprese il lavoro alla Life. Adesso tutti sapevano che era la figlia del primario, ma lei finse di ignorarlo e continuò a comportarsi come se nulla fosse cambiato.

Tilly la esortò a trasferirsi in una casa più confortevole, ma Caterina prese tempo. Il detestato, squallido monolocale adesso le appariva come un simbolo di continuità. Aveva paura di ogni cambiamento. E dopo tanti imprevisti, tanti colpi di scena, voleva che le cose restassero come erano.

Anche con Marco. Lo amava, era certa che lui la amasse, una sera erano andati a cena insieme ma, se si fossero spinti oltre, il loro tranquillo e affettuoso rapporto sarebbe ripiombato nell'inferno della passionalità, delle incomprensioni, delle gelosie.

Non era quello che suor Marie aveva inteso, suggerendole di non contrastare la vita. E Caterina era incapace di capire l'elementare verità che le cose devono cambiare, se si vuole che restino le stesse.

Nessuna situazione avrebbe potuto rimanere come era, inoffensiva e tranquilla come lei desiderava, se avesse persistito a ignorare i rischi di quella innaturale staticità.

Intanto le vicende delle persone attorno a lei evolvevano con chiarificazioni, sbocchi, scelte.

Massimo si era riconciliato con Valeria. Diego Olivares aveva finalmente "visto" la moglie, rendendosi conto di quanto a lungo lei si fosse sentita trascurata, umiliata, abbandonata a se stessa. Dando per scontato che dopo l'intervento al seno e i rassicuranti controlli il male fosse stato debellato, non aveva capito che Giovanna, come tutte le persone colpite da un cancro, non sarebbe *mai più* stata sicura di averlo sconfitto per sempre.

Diego desiderava soltanto farle dimenticare l'insensibile latitanza, dimostrarle quanto profondo fosse il ritrovato amore per lei.

Persino la catena che univa Marco, Jean-Pierre e Rita al ricattatore si era spezzata. I due uomini erano riusciti a pagare una cifra di gran lunga inferiore ai due miliardi pretesi. Alfonso, ormai braccato e senza più rifugi sicuri, si era dovuto accontentare. Ma, realisticamente, sia Oberon sia Gorini non avevano più la iniziale certezza che una volta sparito dall'Italia, sarebbe uscito per sempre dalle loro vite.

Inaspettatamente, fu una tragedia a rendere definitiva la sua sparizione. Alla vigilia di lasciare l'Italia, Alfonso fu freddato con tre colpi di pistola alla testa. Le indagini portarono rapidamente al suo complice, un albanese che come lui era già nel mirino degli inquirenti. Nell'appartamento dell'uomo furono ritrovati seicento milioni di lire in contanti, la cifra versata ad Alfonso da Gorini.

L'albanese, messo alle strette per giustificare il possesso di tutti quei soldi, disse ciò che sapeva: l'amico ucciso ricattava un noto chirurgo. No, purtroppo non gli aveva mai rivelato il suo nome.

Marco lesse questo particolare in cronaca: fu Gorini a dissuaderlo dalla decisione, immediata, di andare dagli inquirenti e dire tutta la verità: era meglio prendere tempo e aspettare gli sviluppi della vicenda.

I fatti gli diedero ragione: tre giorni dopo l'omicidio di Alfonso, la sua giovanissima amante romana, terrorizzata dall'idea di poter fare la stessa fine, fece il nome del colpevole: era il cognato Renato, giunto apposta dal Brasile per "giustiziarlo". L'uomo confessò. Alfonso non soltanto aveva abbandonato sua sorella con tre figli piccoli, ma lo aveva distrutto economicamente portando con sé tutti i soldi che gli aveva carpito allettandolo con un "affare" sensazionale.

Marco, fugata la paura di poter essere coinvolto e ingiustamente sospettato, chiese un appuntamento al commissario Canziani e gli confessò tutta la verità. Canziani lo ascoltò con grande interesse e comprensione: alla fine gli disse che il ricattatore non era più perseguibile, in quanto morto, e che non competeva certamente a lui indagare in Brasile sulla improvvisa morte di una neonata cerebrolesa e con gravissimi problemi respiratori avvenuta tanti anni prima. Sarebbe stata anche per i colleghi di Rio un'indagine inutile, senza prove, e destinata a sicuro insuccesso.

Marco chiese una settimana di permesso alla Life e partì con Rita per il Brasile allo scopo di concludere le pratiche del loro divorzio.

Al ritorno, andò direttamente a casa di Caterina. Era quasi mezzanotte e lei, già in pigiama, stava per andare a letto. Gli aprì il portone senza fare storie, e lo fece accomodare gentilmente.

«Adesso col passato ho davvero chiuso» esordì

Marco. «La sola cosa che voglio è cominciare una vita nuova con te.»

Caterina scosse la testa. «Io faccio parte del tuo passato da dimenticare: troppe cose ci hanno diviso.»

«Dobbiamo dimenticare soltanto quelle. Non posso nemmeno immaginare il futuro senza di te.»

«Marco, lasciamo tutto come sta. Io voglio *questa* vita, non una nuova.»

«Che razza di vita è?»

«Tranquilla. Senza scosse, senza pericoli» rispose diligentemente.

«È come essere sotto anestesia! Niente emozioni, niente sentimenti, niente paure, niente sofferenze... Hai un padre che ti adora, ma per te è il "professor Olivares". Hai un uomo che si sta dannando l'anima, ma per carità, "lasciamo le cose come stanno!" Hai una madre che...»

Lo interruppe. «Io non posso chiudere con il passato, Marco. L'ho dovuto subire, ma ora che tutto è andato a posto, ho imparato a convivere con un equilibrio che mi rifiuto di spezzare. Ciascuno ha il ruolo che la sfortuna o il caso ha voluto a suo tempo dargli. Olivares non sarà mai mio padre, tu resterai l'uomo che mi ha fatto soffrire troppo per essere, oggi, più di un amico...»

«E tu sei una pazza! Ti sei rintanata in questo buco e nelle tue paure, respingendo la vita... dimenticando che la vita è breve!»

Rien tornò alla Life per la quarta operazione, ma non trovò ad accoglierlo né Caterina, né Oberon, né Olivares.

Si trovavano in sala operatoria, impegnati in un delicatissimo, disperato intervento. Una giovane donna, incinta di quattro mesi, era stata investita dallo scoppio di una bombola a gas. Aveva il corpo devastato dalle ustioni e un polmone perforato da una scheggia.

Mentre Olivares e Oberon cercavano di arrestare l'emorragia interna e, allo stesso tempo, si consultavano freneticamente sul da farsi, l'anestesista segnalava quasi isterico che la pressione scendeva e la stavano perdendo.

D'un tratto il cuore cessò di battere. «Defibrillatore!» Olivares gridò.

Caterina, straziata dal suo accanimento, avrebbe voluto dirgli basta, è morta, si rassegni. Lo fece Oberon, quando fu chiaro che il cuore della donna non avrebbe mai più ricominciato a battere. Si tolse la mascherina. «È finita, Diego. Vado a parlare con il marito.»

«Mi dispiace, professore» disse Caterina «non si poteva fare niente...»

«Questo non consolerà affatto l'uomo nell'apprendere di aver perduto la moglie e il figlio che aspettava.» La voce di Olivares era piena di amarezza.

Caterina lo guardò. «Mi dispiace» ripeté.

«Dopo tanto tempo, non riesco ancora a vincere questo senso di debolezza e di impotenza di fronte alla morte.»

Lo diceva anche Oberon. Caterina sospirò. «Quella povera donna è arrivata qui in condizioni disperate. È incredibile che sia sopravvissuta a una esplosione tanto...» Si interruppe.

Dalla saletta antistante la sala operatoria giunse la voce tonante e alterata di un uomo: «Me l'avete ammazzata! L'ambulanza non doveva portarla in questa clinica di signori, con uno scalzacani che ha finto di operarla!».

Prima che Olivares riuscisse a trattenerla, Caterina si slanciò fuori dalla sala operatoria. «Questo non è vero! Solo Dio avrebbe potuto salvare sua moglie.»

L'uomo la guardò con odio. «Vi denuncerò, rovinerò questa clinica!»

Olivares prevenne la contemporanea reazione di Caterina e Oberon. «È umano che lei sia pieno di rabbia» disse all'uomo con voce pacata e dolce. «Ora deve farsi coraggio. Quello scoppio è stato un tragico incidente...»

«Non voglio le sue parole di conforto, voglio la sua rovina! Sono sicuro che un vero chirurgo me l'avrebbe salvata!»

Caterina non ci vide più: la pietà per l'uomo fu travolta dall'indignazione. «Mio padre ha tentato l'impossibile per salvare sua moglie e il suo bambino! E anche il dottor Oberon, anche l'anestesista!»

«Lei è la figlia del professore, eh? Certo che lo difende, il marcio deve restare in famiglia.»

«Mio padre non è un macellaio, ma uno dei migliori chirurghi... E lei adesso dovrebbe accettare il dolore con dignità, invece di dire cose tanto crudeli.»

Marco Oberon prese il vedovo per un braccio. «Venga con me, le spiego perché era impossibile fare di più.»

Diego li seguì con lo sguardo mentre si allontanavano. Poi si girò verso Caterina, con gli occhi lucidi. «Grazie.»

Caterina arrossì. «E di che cosa?»

«Di avermi chiamato "tuo padre".»

«Lo sei... E l'ho capito poco fa, in sala operatoria. Ho capito tante cose...» Guardandolo accanirsi in una lotta senza speranza, aveva compreso anche le parole di Marco. Quella sfortunata donna, una giovane donna della sua età, era stata spazzata via da uno scoppio: col suo futuro, i suoi progetti, il figlio che portava in grembo.

La vita è breve... A lei era stato concesso il privilegio di sopravvivere e il dono, sontuosamente riparatore, di una esistenza piena di affetti nuovi e ritrovati. Non poteva continuare a respingerli.

Olivares allargò le braccia e lei vi si slanciò. «Io… io ti voglio bene, papà.»

Oberon li vide così, stretti l'uno all'altra. Restò per qualche istante a guardarli e poi si avvicinò lentamente. Posò una mano sulla spalla di Caterina. «C'è un posto anche per me?» chiese.

INDICE

Finito di stampare nell'aprile 2006 presso
il Nuovo Istituto Italiano d'Arti Grafiche - Bergamo
Printed in Italy

ISBN 88-17-12824-4